D0939737

EL CABALLERO
DEL
JUBÓN AMARILLO

Alfaguara es un sello editorial del Grupo Santillana

www.alfaguara.com

Argentina
Beazley, 3860
Buenos Aires 1437
Tel. (54 114) 912 72 20 / 912 74 30
Fax (54 114) 912 74 40

Bolivia
Avenida Arce, 2333
La Paz
Tel. (591 2) 44 11 22
Fax (591 2) 44 22 08

Chile
Dr. Aníbal Ariztía, 1444
Providencia
Santiago de Chile
Tel. (56 2) 384 30 00
Fax (56 2) 384 30 50

Colombia
Calle 80, nº 10-23
Bogotá
Tel. (57 1) 635 12 00
Fax (57 1) 236 93 82

Costa Rica
La Uruca
100 m oeste de Migración y Extranjería
San José de Costa Rica
Tel. (506) 220 42 42 y 220 47 70 / 1 / 2 / 3
Fax (506) 220 13 20

Ecuador
Avda. Eloy Alfaro, 2277 y 6 de Diciembre
Quito
Tel. (593 2) 244 52 58 / 244 66 56 /
    244 21 54 / 244 29 52 / 244 22 83
Fax (593 2) 244 87 91

El Salvador
Siemens, 51. Zona Industrial Santa Elena,
Antiguo Cuscatlán
Dpto. La Libertad
El Salvador
Tel. (503) 245 29 03

España
Torrelaguna, 60
28043 Madrid
Tel. (34 91) 744 90 60
Fax (34 91) 744 92 24

Estados Unidos
2105 N.W. 86th Avenue
Miami, F.L. 33122
Tel. (1 305) 591 95 22 / 591 22 32
Fax (1 305) 591 91 45

Guatemala
5ª Avenida, 8-96
Zona 9
Guatemala C.A.
Tel. (502) 332 04 04
Fax (502) 360 36 07

Honduras
Colonia Miraflores Norte
6ª Avenida. Bloque 73, Casa 3625
Tegucigalpa
Tel. (504) 231 16 62

México
Avda. Universidad, 767
Colonia del Valle
03100 México D.F.
Tel. (52 5) 688 75 66 / 688 82 77 / 688 89 66
Fax (52 5) 601 10 67

Panamá
Urbanización Industrial La Locería
Ciudad de Panamá / Avda. Juan Pablo II, 15.
Apdo. 863199 Zona 7
Panamá
Tel. (507) 260 09 45
Fax (507) 260 13 97

Paraguay
Avda. Venezuela, 276,
entre Mariscal López y España
Asunción
Tel/fax (595 21) 213 294 / 214 983 / 202 942

Perú
Avda. San Felipe, 731
Jesús María
Lima
Tel. (51 1) 461 02 77 / 460 05 10
Fax. (51 1) 463 39 86

Puerto Rico
Avda. Roosevelt, 1506
Guaynabo
00968 Puerto Rico
Tel. (1 787) 781 98 00
Fax (1 787) 782 61 49

República Dominicana
César Nicolás Penson 26, esquina Galván
Edificio Syran 3º
Gazcue
Santo Domingo R.D.
Tel. (1809) 682 13 82 / 221 08 70 / 689 77 49
Fax (1809) 689 10 22

Uruguay
Constitución, 1889
11800 Montevideo
Tel. (598 2) 402 73 42 / 402 72 71
Fax (598 2) 401 51 86

Venezuela
Avda. Rómulos Gallegos
Edificio Zulia, 1º
Boleita Norte
Caracas
Tel. (58 212) 235 30 33
Fax (58 212) 239 79 52

LAS AVENTURAS DEL | CAPITÁN ALATRISTE

ARTURO
PÉREZ-REVERTE

EL CABALLERO
DEL
JUBÓN AMARILLO

ALFAGUARA

ALFAGUARA

© 2003, Arturo Pérez-Reverte
© 2003, Santillana Ediciones Generales, S.L.
© De esta edición:
    2003, Distribuidora y Editora Aguilar, Altea, Taurus, Alfaguara, S.A.
    Calle 80 No. 10-23
    Teléfono (571) 6 35 12 00
    Telefax (571) 2 36 93 82
    www.alfaguara.com
    www.capitanalatriste.com

ISBN: 958-704-117-8
Printed in Colombia - Impreso en Colombia

Diseño gráfico: Manuel Estrada

Ilustrado por Joan Mundet

A Germán Dehesa,
por las menudas honras.

Por odio y contrario afán
calumniado torpemente,
fue soldado más valiente
que prudente capitán.

Osado y antojadizo
mató, atropelló cruel;
mas por Dios que no fue él,
fue su tiempo quien lo hizo.

I. EL CORRAL DE LA CRUZ

Diego Alatriste se lo llevaban los diablos. Había comedia nueva en el corral de la Cruz, y él estaba en la cuesta de la Vega, batiéndose con un fulano de quien desconocía hasta el nombre. Estrenaba Tirso, lo que era gran suceso en la Villa y Corte. Toda la ciudad llenaba el teatro o hacía cola en la calle, lista para acuchillarse por motivos razonables como un asiento o un lugar de pie para asistir a la representación, y no por un quítame allá esas pajas tras un tropiezo fortuito en una esquina, que tal era el caso: ritual de costumbre en aquel Madrid donde resultaba tan ordinario desenvainar como santiguarse. Pardiez que a ver si mira vuestra merced por dónde va. Miradlo vos, si no sois ciego. Pese a Dios. Pese a quien pese. Y aquel inoportuno voseo del otro –un caballe-

ro mozo, que se acaloraba fácil– haciendo inevitable el lance. Vuestra merced puede tratarme de vos e incluso tutearme muy a sus anchas, había dicho Alatriste pasándose dos dedos por el mostacho, en la cuesta de la Vega, que está a cuatro pasos. Con espada y daga, si es tan hidalgo de tener un rato. Por lo visto el otro lo tenía, y no estaba dispuesto a modificar el tratamiento. De manera que allí estaban, en las vistillas de la cuesta sobre el Manzanares, tras caminar uno junto al otro como dos camaradas, sin dirigirse la palabra ni para desnudar blancas y vizcaínas, que ahora tintineaban muy a lo vivo, cling, clang, reflejando el sol de la tarde.

Paró, con atención repentina y cierto esfuerzo, la primera estocada seria tras el tanteo. Estaba irritado, más consigo mismo que con su adversario. Irritado de la propia irritación. Eso era poco práctico en tales lances. La esgrima, cuando iban al parche de la caja la vida o la salud, requería frialdad de cabeza amén de buen pulso, porque de lo contrario uno se arriesgaba a que la irritación o cualquier otro talante escapase del cuerpo, junto al ánima, por algún ojal inesperado del jubón. Pero no podía evitarlo. Ya había salido con aquella negra disposición de ánimo de la taberna del Turco –la discusión con Caridad la Lebrijana apenas llegada ésta de misa, la loza rota, el portazo, el retraso con que se encaminaba al corral de comedias–, de modo que, al doblar la esquina de la calle del Arcabuz con la de Toledo, el malhumor que arrastraba convirtió el choque fortuito en un lance de espada, en vez de resolverlo con sentido común y verbos razonables. De cualquier modo, era tarde para volverse atrás. El otro se lo tomaba a pecho, aplicado a lo suyo, y no era malo. Ágil como un gamo y con mañas de soldado, creyó advertir en su manera de esgrimir: piernas abiertas, puño rápido con vueltas y revueltas. Acometía a herir a lo bravo, en golpes cortos, retirándose como para tajo o revés, buscando el momento de meter el pie izquierdo y trabar la espada enemiga por la guarnición con su daga de ganchos. El truco era viejo, aunque eficaz si quien lo ejecutaba tenía buen ojo y mejor mano; pero Alatriste era reñidor más viejo y acuchillado, de manera que se movía en semicírculo hacia la zurda del contrario, estorbándole la intención y fatigándolo. Aprovechaba para estudiarlo: en la veintena, buena traza, con aquel punto soldadesco que un ojo avisado advertía pese a las ropas de ciudad, botas bajas de ante, ropilla de paño fino, una capa parda que había dejado en el suelo junto al chapeo para que no embarazase. Buena crianza, quizás. Seguro, valiente, boca cerrada y nada fanfarrón, ciñéndose a lo suyo. El capitán ignoró una estocada falsa, describió otro cuarto de arco a la derecha y le puso el sol en los ojos al contrincante. Maldita fuera su propia estampa. A esas horas *La huerta de Juan Fernández* debía de estar ya en la primera jornada.

Resolvió acabar, sin que la prisa se le volviera en contra. Y tampoco era cosa de complicarse la vida matando a plena luz y en domingo. El adversario acometía para formar tajo, de manera que Alatriste, después de parar, aprovechó el movimiento para amagar de punta por arriba, metió pies saliéndose a la derecha, bajó la espada para protegerse el torso y le dio al otro, al pasar, una fea cuchillada con la daga en la cabeza. Poco ortodoxo y más bien sucio, habría opinado cualquier testigo; pero no había testigos, María de Castro estaría ya en el tablado, y hasta el corral de la Cruz quedaba un buen trecho. Todo eso excluía las lindezas. En cualquier caso, bastó. El contrincante se puso pálido y cayó de rodillas mientras la sangre le chorreaba por la sien, muy roja y viva. Había soltado la daga y se apoyaba en la espada curvada contra el suelo, empuñándola todavía. Alatriste envainó la suya, se acercó y acabó de desarmar al herido con un suave puntapié. Luego lo sostuvo para que no cayera, sacó un lienzo limpio de la manga de su jubón y le vendó lo mejor posible el refilón de la cabeza.

–¿Podrá vuestra merced valerse solo? –preguntó.

El otro lo miraba con ojos turbios, sin responder. Alatriste resopló con fastidio.

–Tengo cosas que hacer –dijo.

Al fin, el otro asintió débilmente. Hacía esfuerzos por incorporarse, y Alatriste lo ayudó a ponerse en pie. Se le apoyaba en el hombro. La sangre seguía corriendo bajo el pañizuelo, pero era joven y fuerte. Coagularía pronto.

–Mandaré a alguien –apuntó Alatriste.

No veía el momento de irse de una maldita vez. Miró arriba, al chapitel de la torre del Alcázar Real que se alzaba sobre las murallas, y luego abajo, hacia la prolongada puente segoviana. Ni alguaciles –ése era el lado bueno– ni moscones. Nadie. Todo Madrid estaba en lo de Tirso, mientras él seguía allí, perdiendo el tiempo. Tal vez, pensó impaciente, un real sencillo resolviese la cuestión con cualquier esportillero o ganapán ocioso de los que solía haber intramuros de la puerta de la Vega, esperando viajeros. Éste podría llevar al forastero hasta su posada, al infierno, o a donde diablos gustara. Hizo sentarse de nuevo al herido, en una piedra vieja caída de la muralla. Luego le alcanzó sombrero, capa, espada y daga.

–¿Puedo hacer algo más?

El otro respiraba despacio, aún sin color. Miró a su interlocutor un largo rato, como si le costara precisar las imágenes.

–Vuestro nombre –murmuró al fin con voz ronca.

Alatriste se sacudía con el sombrero el polvo de las botas.

–Mi nombre es cosa mía –respondió con frialdad, calándose el chapeo–. Y a mí se me da un ardite el vuestro.

Don Francisco de Quevedo y yo lo vimos entrar justo con las guitarras de final del entremés, el sombrero en la mano y el herreruelo doblado sobre el brazo, recogiendo la espada y baja la cabeza para no molestar, abriéndose paso con mucho disimule vuestra merced y excúseme que voy allá, entre la gente que atestaba el patio y todo el espacio disponible del corral. Salió por delante de la cazuela baja, saludó al alguacil de comedias, pagó dieciséis maravedís al cobrador de las gradas de la derecha, subió los peldaños y vino hasta nosotros, que ocupábamos un banco en primera fila, junto al antepecho y cerca del tablado. En otro me habría sorprendi-

do que todavía lo dejaran entrar, cuajado como estaba todo
de público aquella tarde, con gente en la calle de la Cruz
protestando porque no quedaba lugar; pero luego supe que
el capitán se las había ingeniado para no acceder por la puerta
principal, sino por la cochera, que era la entrada de las mujeres a la cazuela que les estaba reservada, y cuyo portero
–con coleto de cuero para protegerse de las cuchilladas de
quienes pretendían colarse sin pagar– era mancebo en la botica que el Tuerto Fadrique, muy amigo del capitán, tenía en
Puerta Cerrada. Por cierto que, tras ensebarle al portero la
palma y sumando entrada, asiento y limosna de hospitales,
el desembolso llegaba a los dos reales: sangría que para el
bolsillo del capitán no era liviana, si consideramos que otras
veces podía conseguirse un aposento de arriba por ese precio. Pero *La huerta de Juan Fernández* era comedia nueva,
y de Tirso. En aquel tiempo, junto al anciano Lope de Vega y
otro poeta joven que ya pisaba fuerte, Pedro Calderón, el
fraile mercedario que en realidad se llamaba Gabriel Téllez
era de los que hacían la fortuna de arrendadores y representantes, así como las delicias de un público que lo adoraba,
aunque no llegase a las alturas de gloria y popularidad en
que se movía el gran Lope. Además, la huerta madrileña que
daba nombre a la comedia era lugar famoso junto al Prado
alto, jardín espléndido y ameno frecuentado por la Corte,
lugar de moda y citas galantes que sobre el tablado de la
Cruz estaba dando mucho de sí, como lo probaba que durante la primera jornada, apenas Petronila apareció vestida
de hombre con botas y espuelas, junto a Tomasa disfraza-

da de lacayuelo, el público había aplaudido a rabiar incluso antes de que la bellísima representante María de Castro
abriese la boca. Y hasta los mosqueteros –el gentío apretado en la parte baja al fondo del patio, así llamado por lo ruidoso de sus críticas y abucheos, y por estarse a pie en grupo
con capa, espada y puñal, como soldados en alarde o facción– orquestados por el zapatero Tabarca, su jefe de filas, habían acogido con mucho batir de palmas y grave asentir de
cabezas, como quien harto conoce y aprecia, aquellos versos de Tomasa:

> *Doncella y Corte son cosas*
> *que implican contradicción.*

Cosa importante, la de la aprobación mosqueteril. En un
tiempo en que los toros y el teatro movilizaban por igual al
pueblo que a la nobleza, y donde la comedia se estimaba con
verdadera pasión, yendo mucho a ganar y a perder en cada
estreno, hasta los más consagrados autores dedicaban la loa
inicial a ganarse el favor de ese público ruidoso y desconten-
tadizo:

> *Éstos que tienen ya el hacer por gala*
> *que sea una comedia buena o mala.*

Y lo cierto es que en aquella pintoresca España nuestra,
tan extrema en lo bueno como en lo malo, ningún médico
era castigado por matar al enfermo con sangrías e incompe-

tencia, ningún letrado perdía el ejercicio de su oficio por enredador, corrupto e inútil, ningún funcionario real se veía privado de sus privilegios por meter la mano en el arca; pero no se perdonaba a un poeta errar con sus versos y no dar en el blanco. Que a veces parecía holgarse más el público con las comedias malas que con las buenas; pues en las segundas se limitaba a disfrutar y aplaudirlas, sin otro aliciente; mientras que las primeras permitían silbar, hablar, gritar e insultar, pardiez, a fe mía, habráse visto, ni entre turcos y luteranos diérase tal desafuero, etcétera. Los más ruines tarugos alardeaban de entendidos, y hasta las dueñas y maritornes hacían sonar las llaves en la cazuela, dándoselas de versadas y discretas. Y así dábase rienda a una de las mayores aficiones de los españoles, que es vaciar la hiel amargada por los malos gobiernos mostrándose bellacos en la impunidad del tumulto. Pues de todos es sabido que Caín, naturalmente, fue hidalgo, cristiano viejo y nació en España.

El caso es que vino, como decía, el capitán Alatriste hasta nosotros, que le habíamos estado reservando asiento hasta que uno del público exigió ocuparlo; y don Francisco de Quevedo, eludiendo reñir, no por pusilánime sino por reparo del lugar y la circunstancia, dejó estar al importuno advirtiéndole, sin embargo, que el sitio estaba alquilado y que en llegando el titular debería ahuecar el ala. El displicente «a fe que ya veremos» con que respondió el otro, acomodándose, se tornó ahora expresión de receloso respeto cuando el capitán apareció en las gradas, don Francisco se encogió de hombros señalando el asiento ocupado, y mi amo clavó al intruso los dos círculos de escarcha glauca de sus pupilas. La mirada del individuo, un menestral adinerado –arrendador de los pozos de nieve de Fuencarral, creí entender luego– a quien la espada colgante de su pretina le cuadraba lo que a un Cristo un arcabuz, fue de los ojos helados del capitán al mostacho de soldado viejo, y luego a la cazoleta de la toledana, toda llena de mellas y marcas, y a la vizcaína cuya empuñadura asomaba detrás de la cadera. Después, sin decir palabra y mudo como una almeja, tragó saliva y, pretextando solicitar un vaso de aguamiel a un alojero, se hizo a un lado, ganándole medio espacio a otro vecino, y dejó a mi amo la totalidad del asiento libre.

–Creí que no llegabais –comentó don Francisco de Quevedo.

–Tuve un tropiezo –repuso el capitán, acomodando la espada al sentarse.

Olía a sudor y a metal, como en tiempo de guerra. Don Francisco reparó en la manga manchada del jubón.

–¿La sangre es vuestra? –preguntó solícito, enarcando las cejas tras los lentes.

–No.

Asintió grave el poeta, miró a otra parte y no dijo nada. Como él mismo había sostenido alguna vez, la amistad se nutre de rondas de vino, estocadas hombro con hombro y silencios oportunos. Yo también observaba a mi amo, preocupado, y éste me dirigió un vistazo tranquilizador, esbozando un apunte de sonrisa distraída bajo el mostacho.

–¿Todo en orden, Íñigo?

Olía a sudor y a metal, como en tiempo de guerra.

–Todo en orden, capitán.

–¿Qué tal estuvo el entremés?

–Fue bueno. *Daca el coche*, se llamaba. De Quiñones de Benavente, y reímos hasta llorar.

No hubo más parla, porque en ese momento callaban las guitarras. Sisearon destemplados los mosqueteros en la trasera del patio, reclamando silencio con los malos modos de costumbre, palabras gruesas y talante poco sufrido. Aletearon los abanicos en las cazuelas alta y baja, dejaron las mujeres de hacer señas a los hombres y viceversa, retiráronse limeros y alojeros con sus cestos y damajuanas, y tras las celosías de los aposentos la gente de calidad ocupó de nuevo sus escabeles. Vi arriba al conde de Guadalmedina en uno de los mejores sitios, en compañía de unos amigos y unas damas –pagaba por disponer del lugar en comedias nuevas la sangría de dos mil reales al año– y en otra ventana contigua, a don Gaspar de Guzmán, conde-duque de Olivares, acompañado de su familia. Se echaba de menos al rey nuestro señor, pues el cuarto Felipe era muy aficionado y a veces acudía, al descubierto o de incógnito; pero estaba cansado de la reciente jornada de Aragón y Cataluña, viaje fatigoso donde, por cierto, don Francisco de Quevedo, cuya estrella seguía ascendente en la Corte, había formado parte del séquito, como ocurriera en Andalucía. Sin duda el poeta habría podido ocupar cualquier lugar como invitado en los aposentos superiores; pero era hombre dado a mezclarse con el pueblo, prefería el ambiente vivo de la parte baja del corral, y además le gustaba ir a la Cruz o al Príncipe con su amigo

Diego Alatriste. Que soldado y espadachín como era, amén de parco en palabras, resultaba hombre razonablemente instruido, había leído buenos libros y visto mucho teatro; y aunque no se las diera de tal y reservase casi todo juicio para sí, tenía buen golpe de vista para las virtudes de una comedia sin dejarse arrastrar por los efectos fáciles que ciertos autores extremaban para ganarse el favor del vulgo. Tal no era el caso de los grandes como Lope, Tirso o Calderón; incluso cuando éstos recurrían a la destreza del oficio, su ingenio marcaba la diferencia, yendo no poco trecho de los recursos nobles de unos a los trucos innobles de otros. El mismo Lope pisaba ese terreno mejor que nadie:

> *Y cuando he de escribir una comedia*
> *encierro los preceptos con seis llaves;*
> *saco a Terencio y Plauto de mi estudio,*
> *para que voces no me den, que suele*
> *dar gritos la verdad en libros mudos.*

Lo que, por cierto, no debe entenderse como mea culpa del Fénix de los Ingenios por emplear recursos de mala ley, sino como explicación de no acomodarse al gusto de los doctos academicistas neoaristotélicos, que censuraban sus triunfales comedias pero hubieran dado un brazo por firmarlas y, sobre todo, por cobrarlas. En cualquier caso, aquella tarde no se trataba de Lope, sino de Tirso; pero el resultado era parejo. La obra, de las llamadas de capa y espada, venía compuesta con hermosos versos, manejando, aparte amor e intriga, conceptos de adecuada hondura como el engaño y espejismo de Madrid, lugar de falsedad donde acude el soldado valiente a pretender el premio a su valor, y del que siempre acaba defraudado; aparte de criticar el desdén al trabajo y el afán de lujo por encima de la propia clase: inclinación esa también muy española, por cierto, que ya nos había arrastrado al abismo varias veces y persistiría en los años venideros, empeorando la enfermedad moral que destruyó el imperio de dos mundos, herencia de hombres duros, arrogantes y valerosos, salidos de ocho siglos de degollar moros sin nada que perder y con todo por ganar. Una España donde en el año de mil seiscientos y veintiséis, cuando ocurrió lo que ahora cuento, aún no se ponía el sol, pero estaba a punto. Que diecisiete años después, alférez en Rocroi, sosteniendo en alto los jirones de una bandera bajo la metralla de los cañones franceses, yo mismo sería testigo del triste ocaso de la antigua gloria, en el centro del último cuadro formado por nuestra pobre y fiel infantería –«Contad los muertos», dije luego al oficial enemigo que preguntaba cuántos éramos en el viejo tercio aniquilado–, cuando cerré para siempre los ojos del capitán Alatriste.

Pero cada cosa la diré a su tiempo. Vayamos ahora al corral de la Cruz y a aquella tarde de comedia nueva en Madrid. Lo cierto es que la reanudación de la obra de Tirso suscitaba en unos y otros toda esa expectación que antes describí. Desde nuestra grada, el capitán, don Francisco y yo mirábamos el tablado donde empezaba la segunda jornada de la comedia: Petronila y Tomasa salían de nuevo a escena, dejando a la imaginación de los espectadores la belleza del jardín, apenas insinuada por una celosía con hojas de hiedra en una puerta del escenario. Por el rabillo del ojo vi cómo el capitán se inclinaba hasta apoyar los brazos en el antepecho, recortado el perfil aguileño por un rayo de sol que se filtraba por un roto del toldo extendido para que no se deslumbrara el público, pues el corral estaba orientado hacia el sol de la tarde y cuesta arriba. Las dos representantes seguían muy gallardas en sus trajes de hombre, variedad esta que ni las presiones de la Inquisición ni las premáticas reales conseguían desterrar del teatro, al ser muy del agrado de la gente. De igual manera, cuando el fariseísmo de algunos consejeros de Castilla azuzados por clérigos fanáticos pretendió abolir las comedias en España, el intento fue desbaratado por el vulgo mismo, reacio a que le arrebataran su gusto, argumentándose además, con razón, que parte de los ingresos de cada comedia se destinaba al sostenimiento de cofradías piadosas y hospitales.

Volviendo al corral de la Cruz y lo de Tirso, salieron, como digo, las dos mujeres vestidas de hombre, aplaudieron cerrado patio, gradas, cazuela y aposentos, y cuando María de Castro, en su papel de Petronila, dijo lo de:

Por muerta, Bargas, me cuenta.
No tengo seso, no estoy...

... los mosqueteros, como ya mencioné gente descontentadiza, mostraron signos de aprobación, aupándose en la punta de los pies para ver mejor, y las mujeres dejaron de masticar avellanas, limas y ciruelas en la cazuela. María de Castro era la más linda y famosa representante de su época; en ella como en ninguna otra se hacía carne esa magnífica y extraña realidad humana que fue nuestro teatro, oscilante siempre entre el espejo –a veces satírico y deformante– de la vida cotidiana, de una parte, y la hermosura de los más aventurados sueños, de la otra. La Castro era hembra briosa, de buenas partes y mejor cara: ojos rasgados y negros, dientes blancos como su tez, hermosa y proporcionada boca. Las mujeres envidiaban su belleza, sus vestidos y su forma de decir el verso. Los hombres la admiraban en escena y la codiciaban fuera de ella; asunto este al que no oponía reparos su marido, Rafael de Cózar, gloria de la escena española, comediante famosísimo de quien tendré ocasión de hablar en detalle más adelante, limitándome a avanzar por el momento que, aparte su talento teatral –los personajes de barba y caballero gracioso, criado pícaro o alcalde sayagués, que interpretaba con mucho donaire y desparpajo, eran adorados por el público–, Cózar no tenía reparos en facilitar, previo pago de su importe, acceso discreto a los encantos de las cuatro o cinco mujeres de su compañía; que por supuesto eran todas casadas, o al menos pasaban como tales para cumplir con las premáticas en vigor desde los tiempos del gran Felipe II. Pues sería pecado de egoísmo y faltar a la caridad, virtud teologal –decía Cózar con simpática desvergüenza–, no compartir el arte con quien alcanza a pagarlo. Y en tales lances, aunque reservada como bocado exquisito, su legítima María de Castro –tiempo después se supo que no estaban de verdad casados y todo era flor para encubrir las cosas–, aragonesa y bellísima, con cabellos castaños y dulce metal de voz, resultaba una mina más rentable que las del Inca. De manera, para resumir, que en pocos como en el despejado Cózar se cumplía aquel guiño lopesco de:

La honra del casado es fortaleza
donde está por alcaide el enemigo.

Pero seamos justos, que además conviene a la presente historia. Lo cierto es que a veces la Castro tenía ideas y gustos menos venales, y no siempre era una alhaja lo que hacía chispear sus hermosos ojos. Uno para el gusto, decía el refrán; otro para el gasto, y otro para llevar los cuernos al Rastro. En lo que toca al gusto, y a fin de situar a vuestras mercedes, diré que María de Castro y Diego Alatriste no eran desconocidos uno para el otro –la regañina de aquel domingo con Caridad la Lebrijana y el malhumor del capitán tampoco resultaban ajenos al negocio–, y que esa tarde en el corral de la Cruz, mientras avanzaba la jornada segunda, el capitán dirigía muy fijas miradas a la comedianta mientras yo alternaba las mías entre ella y él. Preocupado por mi amo, de una parte, y apesadumbrado por la Lebrijana, a la que quería mucho. También fascinado hasta la médula, en lo que a mí se refiere, reavivándose la impresión que ya me había producido la Castro tres o cuatro años atrás, la primera vez que presencié una comedia, *El arenal de Sevilla*, interpretada por ella en el corral del Príncipe, el día notable en que todos, incluido Carlos de Gales y el entonces marqués de Buckingham, anduvieron a cuchilladas en presencia del mismísimo Felipe IV. Porque si la hermosa representante no me parecía, en rigor, la mujer más bella de la tierra –ésa era otra que conocen vuestras mercedes, con los ojos azules del diablo–, contemplarla en escena me turbaba como a cualquier varón. Aun así estaba lejos de imaginar hasta qué punto María de Castro iba a complicar mi vida y la de mi amo, poniéndonos a ambos en gravísimo peligro; por no hablar de la corona del rey nuestro señor, que esos días anduvo literalmente al filo de una espada. Todo lo cual me propongo contar en esta nueva aventura, probando así que no hay locura a la que el hombre no llegue, abismo al que no se asome, y lance que el diablo no aproveche cuando hay mujer hermosa de por medio.

Entre la segunda y tercera jornadas hubo jácara, muy exigida a voces por los mosqueteros, que fue *Doña Isabel la ladrona*, canción famosa dicha en lenguaje de germanía, que una representante madura y todavía apetecible, llamada Jacinta Rueda, nos regaló con mucho donaire. No pude disfrutarla, sin embargo, porque apenas empezada vino a las gradas un tramoyista con el recado de que al señor Diego Alatriste se le aguardaba en el vestuario. Cambiaron una mirada el capitán y don Francisco de Quevedo, y mientras mi amo se ponía en pie y acomodaba la espada al costado izquierdo, el poeta movió desaprobador la cabeza y dijo:

Felices los que mueren por dejallas,
o los que viven sin amores dellas,
o, por su dicha, llegan a enterrallas.

Se encogió de hombros el capitán, requirió sombrero y herreruelo, murmuró un seco «no me jodáis, don Francisco», caló el fieltro y se abrió paso por las gradas. Quevedo me dirigió una mirada elocuente que interpreté como era debido, pues dejé el asiento para seguir a mi amo. Avísame si hay problemas, habían dicho sus ojos tras los lentes quevedescos. Dos aceros hacen más papel que uno. Y así, consciente de mi responsabilidad, acomodé yo también la daga de misericordia que llevaba atravesada atrás en el cinto, y fuime en pos del capitán, discreto como un ratón, confiando en que esta vez pudiéramos terminar la comedia en paz. Que habría sido bellaca afrenta estropearle el estreno a Tirso.

No era la primera vez, y Diego Alatriste conocía el camino. Bajó los peldaños de las gradas, y frente al pasillo de la alojería giró a la izquierda, por el corredor que bajo los aposentos conducía al tablado y a los vestuarios de representantes. Al fondo, en la escalera, su viejo amigo el teniente de alguaciles Martín Saldaña platicaba con el arrendador del corral y un par de conocidos, también gente de teatro. Alatriste se entretuvo un momento a saludarlos, advirtiendo la expresión preocupada de Saldaña. Se despedía ya cuando el teniente de alguaciles lo reclamó un instante, y con aire casual, como si acabara de recordar algún negocio leve, le puso la mano en un brazo mientras susurraba, inquieto:

–Gonzalo Moscatel está dentro.

–¿Y qué?

–Tengamos la fiesta en paz.

Alatriste lo miraba, inescrutable.

–No me jodas tú también –dijo.

Y siguió adelante mientras el otro se rascaba la barba, preguntándose sin duda en compañía de quién acababa de incluirlo su viejo camarada de Flandes. Diez pasos más allá, Alatriste apartó la cortina del vestuario, viéndose en un cuarto sin ventanas donde se guardaban la madera y las telas pintadas que se utilizaban para la tramoya y las apariencias. Al otro lado había varios camarines con más cortinas, destinados a vestuario de las comediantas, pues el de los hombres estaba en el piso de abajo. El cuarto, que también comunicaba con el tablado a través del paño, servía para que los miembros de la compañía esperasen el momento de salir a escena, y también como sala de visita de admiradores. En ese momento lo ocupaban media docena de hombres, entre representantes vestidos para salir apenas concluyese la jácara –se oía a Jacinta Rueda cantando al otro lado del paño la estrofa famosa *De la gura perseguida / y de esbirros acosada*– y tres o cuatro caballeros que estaban allí por privilegio de cali-

dad o bolsa, para cumplimentar a las actrices. Y entre ellos,
naturalmente, se hallaba don Gonzalo Moscatel.

Me asomé al vestuario tras el capitán, notando la mirada de
Martín Saldaña, a quien saludé con buena crianza. Por cierto que las facciones de uno de sus acompañantes en el rellano de la escalera me fueron familiares, aunque no supe de-
terminar de qué. Desde el pasillo, donde me quedé apoyado
en la pared, vi que mi amo y los caballeros que aguardaban
dentro se saludaban con frialdad, sin destocarse ninguno. El
único que no respondió al saludo fue don Gonzalo Moscatel, personaje pintoresco que no estará de más presentar a
vuestras mercedes. El señor Moscatel parecía salido de una
comedia de capa y espada: era corpulento, terrible, con mostacho feroz de guías muy altas, desaforadas, y su indumentaria era una mezcla de galanura y valentía, mitad y mitad,
con algo cómico y fiero a la vez. Vestía como lindo, valona
de mucho pico y encaje sobre jubón morado, folladillos a la
antigua, herreruelo francés, medias de seda, botines de fieltro negro, sombrero de lo mismo con toquilla de mucha
pluma, y la pretina, de la que pendía una larguísima tizona,
iba tachonada de reales antiguos de plata; porque también se
las daba de matasiete, de los que se pasean con mucho voto a
Dios y pese a tal, retorciéndose el bigote y metiendo ruido
de acero. Por añadidura se apellidaba de poeta: hacía alarde de
amistad con Góngora, sin el menor fundamento, y perpetraba

versos con ripios infames que publicaba a su propia costa, pues era hombre de posibles. Sólo un poetastro infame y rascapuertas le había hecho la corte, pregonando las excelencias de su estro; pero al desdichado, un tal Garciposadas que gastaba mucho Calepino –*pira le erige y le construye muro*, etcétera–, escribía con la pluma de un ala del ángel que fue a Sodoma y medraba lamiendo suelas en la Corte, lo quemaron por fisgón, o sea, sujeto paciente de pecado nefando, en uno de los últimos autos de fe; de modo que don Gonzalo Moscatel se había quedado sin nadie que le bailara el agua de las musas hasta que tomó el relevo del quemado un viscoso leguleyo llamado Saturnino Apolo, conocido por adulador famoso y comadreja de bolsas, que le sacaba el dinero con harta desvergüenza y sobre quien volveremos más adelante. Por lo demás, Moscatel había logrado su posición como obligado del abasto de las carnicerías y tablas francas de la ciudad, tocino fresco incluido; y también, cohechos propios aparte, gracias a la dote de su difunta esposa, hija de un juez de los de Justicia más tuerta que ciega, proclive a que los platillos de la balanza se los cargaran con doblones de a cuatro. El viudo Moscatel no tenía descendencia, pero sí una sobrina huérfana y doncella a la que guardaba como el can Cerbero en su casa de la calle de la Madera. También andaba detrás de un hábito de lo que fuera, y lo más probable era que tarde o temprano terminase luciendo una cruz en el jubón. En aquella España de funcionarios inmorales y rapaces, todo estaba a mano si habías robado lo suficiente para tener con qué pagarlo.

Por el rabillo del ojo, el capitán Alatriste comprobó que
Gonzalo Moscatel lo fulminaba con la mirada fiera, apoyada la mano en el pomo de la espada. Se conocían bien a su
pesar; y cada vez que se cruzaban, las ojeadas rencorosas del
carnicero expresaban mucho y claro sobre la naturaleza de
su relación. Databa ésta de dos meses atrás, cierta noche en
que el capitán regresaba a la taberna del Turco a la hora del
agua va, alumbrado por un poco de luna y envuelto en su
capa hasta los ojos, cuando oyó rumor de disputa en la calle
de las Huertas. Sonaba voz de mujer, y mientras se acercaba
advirtió dos bultos en un portal. No era aficionado a lances
galantes ni amigo de meter espadas en barajas ajenas; pero
su camino lo llevaba en esa dirección, y no halló motivo
para tomar otro. Al fin topóse con un hombre y una mujer
que discutían ante la puerta de una casa. Aunque había familiaridad en la conversación, la dama, o lo que fuera, parecía
irritada, y el hombre porfiaba con intenciones de pasar más
allá, o por lo menos al zaguán. Buena voz, la de ella. Sonaba
a mujer hermosa, o cuando menos joven. Así que el capitán
se entretuvo un instante para lanzar un vistazo curioso. Al advertir su presencia, el otro se le encaró con un «siga vuestra
merced su camino, que nada se le ha perdido aquí». La suge-
rencia era razonable, y Alatriste se disponía a aceptarla, cuando la mujer, en tono sereno y de mucho mundo, dijo: «salvo
que ese hidalgo os convenza de dejarme en paz e iros tam-

bién enhorabuena». Aquello situaba la cuestión en terreno resbaladizo; de manera que Alatriste, tras reflexionar un instante, preguntó a la dama si aquélla era su casa. Respondió ésta que sí, que era casada, y que el caballero que la incomodaba no tenía malas intenciones y era conocido de ella y de su marido. Que la había acompañado hasta el portal tras un sarao en casa de amigos, pero que ya era hora de que cada mochuelo retornase a su olivo. Meditaba el capitán sobre el misterio de que no fuera el marido de la mujer quien estuviese en la puerta para zanjar la cuestión, cuando el otro hombre interrumpió sus pensamientos, desabrido, insistiendo en que despejara el campo de una vez, voto a tal y voto a cual. Y en la oscuridad, el capitán oyó el sonido de un palmo de acero saliendo de la vaina. Aquello era cosa hecha, y el frío invitaba a calentarse; de manera que se movió a un lado, a fin de buscar la sombra y situar al otro en la claridad lunar que asomaba entre los tejados, soltó el fiador de la capa, y arrodelándosela en el brazo izquierdo sacó la toledana. Metió mano a su vez el otro, tirándose ambos unas pocas estocadas de lejos y sin muchas ganas, callado Alatriste y jurando su adversario por veinte, hasta que al ruido de la bulla acudieron un criado de la casa, que traía luz, y el marido de la dama. Venía éste en camisa de dormir, con pantuflas, gorrillo de borla y un estoque en la diestra, diciendo qué pasa aquí, ténganse que yo lo digo, quién pone en verbos mi casa y mi honra, amén de otras expresiones semejantes, dichas de un modo en el que Alatriste sospechó latía no poca guasa. Resultó individuo simpático y de mucha política, menudo de estatura y con un poblado bigote a la tudesca que se le juntaba con las patillas. Salvadas las apariencias de todos, esposo incluido, púsose paz con buenas palabras. El caballero noctámbulo era don Gonzalo Moscatel, y a él se refirió el marido –tras darle el estoque al criado para que se lo guardase– como amigo de la familia, en la certeza, añadió conciliador, de que todo se debía a un lamentable equívoco. Aquello adoptaba aires de lance de teatro, y Alatriste estuvo a punto de soltar la carcajada cuando supo que el del gorrillo de borla era el famoso representante Rafael de Cózar, hombre de mucha chispa y de sazonado arte –andaluz por más señas–, y su mujer la conocida actriz María de Castro. A ambos había visto en los corrales de comedias, pero nunca a la Castro tan de cerca como aquella noche, a la luz del velón que sostenía en alto el criado, apenas tapada con el manto, bellísima y sonriendo divertida con la situación. Que sin duda no era la primera de ese género a que se enfrentaba, pues las comediantas no solían ser hembras de virtud acrisolada; rumoreándose que el marido, una vez dadas las voces de rigor y tras pasear el famoso estoque, conocido de toda España, solía volverse muy tolerante con los admiradores, tanto de su legítima como del resto de las mujeres de la compañía; en especial cuando, como era el caso del abastecedor de carne de Madrid, tenían cumquibus. Resultaba universal que, genio teatral aparte, Cózar también era un águila en no dejar bolsa segura de piante ni mamante. Eso aclaraba, tal vez, su tardanza en salir a la puerta en procura de su honra. Pues como solía decirse:

Doce cornudos, digo comediantes,
que todo diz que es uno, y otra media
docena de mujeres de comedia,
medias mujeres de los doce de antes.

Se disponía el capitán a presentar excusas y seguir su camino, algo corrido por el enredo, cuando la esposa, con intención de picar a su acosador dándole celos o por ese juego sutil y peligroso en que a menudo se complacen las mujeres, agradeció con palabras dulces la intervención de Alatriste, mirándolo de abajo arriba mientras lo invitaba a visitarla alguna vez en el teatro de la Cruz, donde esos días se daban las últimas representaciones de una comedia de Rojas Zorrilla. Sonreía mucho al decirlo, mostrando sus dientes blanquísimos y el óvalo perfecto de la cara, que sin duda Luis de Góngora, el enemigo mortal de don Francisco de Quevedo, habría trocado en nácar y aljófares menudos. Y Alatriste, perro viejo en ése y otros lances, entrevió en su mirada una promesa.

El caso es que allí estaba ahora, dos meses después, en el vestuario del corral de la Cruz, tras haber gozado varias veces de aquella promesa –el estoque del representante Cózar no salió a relucir más– y dispuesto a seguir haciéndolo, mientras don Gonzalo Moscatel, con quien se había cruzado en ocasiones sin otras consecuencias, lo fulminaba con mirada fiera traspasada de celos. María de Castro no era de las que cuecen la olla con un solo carbón: seguía sacándole dinero a Moscatel, con mucho martelo pero sin dejarlo llegar a mayores –cada encuentro en la puerta de Guadalajara le costaba al carnicero una sangría en joyas y telas finas–, y al mismo tiempo recurría a Alatriste, de quien el otro ya conocía de sobras la reputación, para tenerlo a distancia. Y así, siempre esperanzado y siempre en ayunas, el carnicero –alentado por el marido de la Castro, que amén de gran actor era pícaro redomado y también le escurría la bolsa, como a otros, con veladas promesas– porfiaba contumaz, sin renunciar a su dicha. Por supuesto, Alatriste sabía que, Moscatel al margen, él no era el único en gozar de los favores de la representante. Otros hombres la frecuentaban, y se decía que hasta el conde de Guadalmedina y el duque de Sessa habían tenido más que verbos con ella; que, como decía don Francisco de Quevedo, era hembra de a mil ducados el tropezón. El capitán no podía competir con ninguno en calidad ni en dineros; sólo era un soldado veterano que se ganaba la vida como espadachín. Mas, por alguna razón que se le escapaba –el alma de las mujeres siempre le había parecido insondable–, María de Castro le concedía gratis lo que a otros negaba o cobraba al valor de su peso en oro:

> *Mas hay un punto, y notadle:*
> *es que se da sin más fueros,*
> *a los moros por dineros*
> *y a los cristianos, de balde.*

Y así, Diego Alatriste descorrió la cortina. No estaba enamorado de aquella mujer, ni de ninguna otra. Pero María
de Castro era la más hermosa que en su tiempo pisara los
corrales de comedias, y él tenía el privilegio de que
a veces fuera suya. Nadie iba a ofrecerle un beso
como el que en ese instante le ponían en
la boca, cuando un acero, una bala, la
enfermedad o los años lo hicieran
dormir para siempre
en una tumba.

II. LA CASA
DE LA CALLE FRANCOS

la mañana siguiente tuvimos granizada de arcabucería. Aunque más bien la tuvo el capitán Alatriste con Caridad la Lebrijana, en el piso superior de la taberna del Turco, mientras abajo oíamos las voces. O la voz, pues el gasto de pólvora corría por cuenta de la buena mujer. El asunto, naturalmente, iba a cargo de la afición de mi amo al teatro, y el nombre de María de Castro salió a relucir con epítetos –atizacandiles, tusona y barragana fueron los más comedidos que oí– que en boca de la Lebrijana no dejaban de tener su miga, pues a fin de cuentas la tabernera, que a los casi cuarenta años conservaba morenos encantos de quien tuvo y retuvo, había ejercido sin empacho de puta varios años, antes de establecerse, con dineros ahorrados en afanes y trabajos, como honesta propietaria de la taberna situada entre las calles de Toledo y el Arcabuz. Y aunque el capitán nunca hubiese hecho promesas ni propuestas de otra cosa, lo cierto es que al regreso de Flandes y Sevilla mi amo había vuelto a instalarse, conmigo, en su antigua habitación de la casa que la Lebrijana poseía sobre la taberna; aparte que ella le había calentado los pies y algo más en su propia cama durante el invierno. Eso no era de extrañar, pues todo el mundo sabía que la tabernera seguía enamorada del capitán hasta las cachas, e incluso le guardó ausencia rigurosa cuando lo de Flandes; que no hay mujer más virtuosa y fiel que la que deja el cantón a tiempo, vía convento o puchero, antes de acabar llena de bubas y recogida en Atocha. A diferencia de muchas casadas que son honestas a la fuerza y sueñan con dejar de serlo, la que pateó calles sabe lo que deja atrás, y cuánto, con lo que pierde, gana. Lo malo era que, además de ejemplar, enamorada, aún jarifa y hermosa de carnes, la Lebrijana también era mujer brava, y los devaneos de mi amo con la representante le habían removido la hiel.

No sé lo que dijo el capitán aquella vez, si es que dijo algo. Conociendo a mi amo, estoy seguro de que se limitó a aguantar la carga a pie firme, sin romper filas ni abrir la boca, muy a lo soldado viejo, aguardando a que escampara. Que tardó, pardiez, porque al lado de la que allí hubo, la del molino Ruyter y el cuartel de Terheyden juntas fueron cosa chica, oyéndose términos de los que no se usan ni contra turcos. Al cabo, cuando la tabernera empezó a cascar cosas –hasta abajo llegaba el estrépito de loza rota–, el capitán requirió espada, sombrero y capa, y salió a tomar el aire. Yo estaba, como todas las mañanas, sentado a una mesa junto a la puerta, aprovechando la buena luz para darle un repaso a la gramática latina de don Antonio Gil, libro utilísimo que el dómine Pérez, viejo amigo del capitán y mío, habíame prestado para mejorar mi educación, descuidada en Flandes. Que a los dieciséis años cumplidos, y pese a tener resuelta intención de dedicarme al oficio de las armas, el capitán Alatriste y don Francisco de Quevedo insistían mucho en que conocer algo de latín y griego, hacer razonable letra e instruirse con la lectura de buenos libros, permitían a cualquier hombre despierto llegar allí donde no podía llegarse con la punta de la espada; y más en una España en la que jueces, funcionarios, escribanos y otros cuervos rapaces estrangulaban a la pobre gente inculta, que era casi toda, bajo montañas de papel escrito para despojarla y saquearla más a sus anchas. El caso es que allí me hallaba, como digo, copiando *miles, quem dux laudat, Hispanus est*, mientras Damiana, la moza de la taberna, fregaba el suelo, y los habituales de aquella hora, el licenciado Calzas, recién llegado de la plaza de la Provincia, y el antiguo sargento de caballos Juan Vicuña, mutilado en Nieuport, jugaban al tresillo con el boticario Fadrique, apostándose unos torreznos y un azumbre de vino de Arganda. Acababa de dar un cuarto de las doce el vecino reloj de la Compañía cuando sonó arriba el portazo, se oyeron los pasos del capitán en la escalera, miráronse unos a otros los camaradas, y moviendo reprobadores las cabezas retornaron a los naipes: pregonó bastos Juan Vicuña, entró con espadilla el boticario y remató Calzas con punto cierto, llevándose la mano. En ésas me había levantado yo, tapando el tintero tras cerrar el libro, y tomando al paso mi gorra, mi daga y mi tudesquillo, de puntas para no ensuciarle el suelo a la fregatriz, salí en pos de mi amo por la puerta que daba a la calle del Arcabuz.

Anduvimos por la fuente de los Relatores hasta la plazuela de Antón Martín; y como para darle razón a la Lebrijana –yo seguía al capitán muy apesadumbrado– subimos luego hasta el mentidero de representantes. Era éste uno de los tres famosos de Madrid, siendo los otros el de San Felipe y las losas de Palacio. El que hoy nos ocupa estaba en el cuartel habitado por gentes de pluma y teatro, en un ensanchamiento empedrado en la confluencia de la calle del León con las de Cantarranas y Francos. Había cerca una posada razonable, una panadería, una pastelería, tres o cuatro buenas tabernas y figones, y cada mañana se daba cita allí el mundillo de los corrales de comedias, autores, poetas, representantes y arrendadores, amén de los habituales ociosos y la gente que iba a ver caras conocidas, a los galanes de la escena o a las comediantas que salían a la plaza, cesta al brazo o con sus criadas detrás, o se regalaban en la pastelería después de oír misa en San Sebastián y dejar su limosna en el cepillo de la Novena. El mentidero de representantes gozaba de justa fama porque, en aquel gran teatro del mundo que era la capital de las Españas, el lugar resultaba gaceta abierta: se comentaba en corros tal o cual comedia escrita o por escribir, corrían pullas habladas y en papeles manuscritos, se destrozaban reputaciones y honras en medio credo, los poetas consagrados paseaban con amigos y aduladores, y los jóvenes muertos de hambre perseguían la ocasión de emular a quienes ocupaban, defendiéndolo cual baluarte cercado de herejes, el Parnaso de la gloria. Y lo cierto es que nunca dióse en otro lugar del mundo semejante concentración de talento y fama; pues sólo por mencionar algunos nombres ilustres diré que allí vivían, en apenas doscientos pasos a la redonda, Lope de Vega en su casa de la calle de Francos y don Francisco de Quevedo en la del Niño; calle esta última donde había morado varios años don Luis de Góngora hasta que Quevedo, su enemigo encarnizado, compró la vivienda y puso al cisne de Córdoba en la calle. Por allí anduvieron también el mercedario Tirso de Molina y el inteligentísimo mejicano Ruiz de Alarcón: el Corcovilla a quien la bilis propia y la aversión ajena barrieron de los escenarios cuando sus enemigos reventaron *El Anticristo*, destapando en pleno corral de comedias una redoma de olor nauseabundo. También el buen don Miguel de Cervantes había vivido y muerto cerca de Lope, en una casa en la calle del León esquina a Francos, justo frente a la panadería de Castillo; y entre la calle de las Huertas y la de Atocha estuvo la imprenta donde Juan de la Cuesta hizo la primera impresión de *El Ingenioso Hidalgo Don Quijote de la Mancha*. Eso, sin olvidar la iglesia en la que reposan hoy los restos del manco ilustre, la de las Trinitarias, donde Lope de Vega decía misa, y en cuya comunidad de monjas moraron una hija suya y otra de Cervantes. Por no faltar a lo español y a lo ingrato, conceptos siempre parejos, señalaré que también estaba cerca el hospital donde el capitán y gran poeta valenciano Guillén de Castro, autor de *Las mocedades del Cid*, moriría cinco años más tarde, tan indigente que hubo que enterrarlo de limosna. Y pues de miseria hablamos, recordaré a vuestras mercedes que el infeliz don Miguel de Cervantes, hombre honradísimo que apenas pidió otra cosa que pasar a las Indias alegando su condición de mutilado en Lepanto y esclavo en Argel, y ni siquiera eso obtuvo, había fallecido diez años antes de lo que ahora narro, el dieciséis del siglo, pobre, abandonado de casi todos, siendo llevado a su sepulcro de las Trinitarias por aquellas mismas calles sin acompañamiento ni pompas fúnebres –ni relación pública hubo de sus exequias–, y luego arrojado al olvido de sus contemporáneos; pues hasta mucho más tarde, cuando en el extranjero ya devoraban y reimprimían su *Quijote*, no empezamos aquí a reivindicar su nombre. Final este que, salvo contadas excepciones, nuestra desgraciada estirpe acostumbró siempre a deparar a sus mejores hijos.

Encontramos a don Francisco de Quevedo despachando una empanada inglesa, sentado a la puerta del figón del León, en la desembocadura de la calle Cantarranas con el mentidero, junto a la tienda de tabaco. El poeta pidió otro jarro de Valdeiglesias, dos tazas y dos empanadas más, mientras acercábamos taburetes para acomodarnos a su mesa. Vestía de negro como siempre, su lagarto de Santiago bordado al pecho, sombrero, medias de seda y capa doblada cuidadosamente sobre un poyete en el que también tenía la espada. Acababa de volver de palacio, donde había ido temprano para ciertas gestiones sobre su pleito interminable de la Torre de Juan Abad, y mataba el hambre antes de volver a casa para corregir la reimpresión de su *Política de Dios, gobierno de Cristo*, en la que andaba atareado por esas fechas; pues al fin sus obras empezaban a verse publicadas, y aquélla había motivado algunas censuras de la Inquisición. Nuestra presencia le iba de perlas, dijo, para alejar moscones; pues desde que su favor estaba en alza en la Corte –había formado parte, como conté, de la comitiva real en la recientísima jornada de Aragón y Cataluña– todo el mundo se le arrimaba buscando la sombra de algún beneficio.

–Además, me han encargado una comedia –añadió– para representar en El Escorial a finales de mes... Su Católica Majestad estará allí de caza, y quiere holgarse.

–Ésa no es vuestra especialidad –apuntó Alatriste.

–Pardiez. Si hasta el pobre Cervantes lo intentó, bien puedo atreverme yo. El encargo me lo ha hecho el conde-duque en persona. De modo que podéis considerarlo mi especialidad desde ahora mismo.

–¿Y paga algo el valido, o va a cuenta de futuras mercedes, como de costumbre?

El poeta soltó una risita mordaz.

—Del futuro no sé nada —suspiró, estoico—. Ayer se fue, mañana no ha llegado... Pero al presente son seiscientos reales. O serán. Al menos eso promete Olivares:

> *Ved en qué vendré a parar*
> *obligado a su poder,*
> *haciendo yo mi deber*
> *y él buscando no pagar.*

—En fin —prosiguió—. El valido quiere comedia de lances y todo eso, que como sabe vuestra merced agradan mucho al gran Filipo. De manera que echaremos siete llaves a Aristóteles y a Horacio, a Séneca y aun a Terencio; y después, como dice Lope, escribiremos unos cientos de versos en vulgo. Lo justo de necio para darle gusto.

—¿Tenéis asunto?

—Oh, claro. Amoríos, rejas, equívocos, estocadas... Lo de siempre. La llamaré *La espada y la daga* —Quevedo miró como al descuido al capitán por encima del borde de su taza de vino—. Y quieren que la estrene Cózar.

Se levantó revuelo en la esquina de Francos. Acudió gente, miramos en esa dirección, y al cabo pasaron varios comentando el suceso: un lacayo del marqués de las Navas había acuchillado a un cochero por no cederle el paso. El matador se había acogido en San Sebastián, y al cochero lo habían metido en una casa vecina, en el último artículo.

–Si era cochero –opinó Quevedo– bien merecido lo tenía desde que se puso a ese oficio.

Miró luego a mi amo, volviendo a lo de antes.

–Cózar –repitió.

El capitán contemplaba el discurrir de gente por el mentidero, impasible. No dijo nada. El sol acentuaba la claridad verdosa de sus ojos.

–Cuentan –añadió Quevedo tras un instante– que nuestro fogoso monarca le tiene puesto asedio a la Castro... ¿Sabíais algo de eso?

–No sé por qué habría de saberlo –respondió Alatriste, masticando un trozo de empanada.

Don Francisco apuró el vino y no dijo más. La amistad que ambos se profesaban excluía tanto los consejos como meterse en camisas de once varas. Ahora el silencio fue largo. El capitán seguía vuelto hacia la calle, inexpresivo; y yo, tras cambiar un vistazo preocupado con el poeta, hice lo mismo. Los ociosos parlaban en corros, paseaban, miraban a las mujeres intentando averiguar lo que tapaban los mantos. A la puerta de su zaguán, con mandil y un martillete en la mano, el zapatero Tabarca sentaba cátedra entre sus incondicionales sobre las virtudes y defectos de la comedia del día anterior. Una limonera pasó con sus capachas al brazo: toíto agrio, voceaba, requebrada al paso por dos estudiantes capigorrones que mascaban altramuces mientras paseaban con manojos de versos asomándoles de los bolsillos, buscando a quién dar matraca. Entonces me fijé en un sujeto escurrido de carnes y moreno de piel, barbado y con cara de turco, que nos miraba apoyado en un portal cercano, limpiándose las uñas con una navaja. Iba a cuerpo, con espada larga en tahalí, daga de guardamano, jubón acolchado de estopilla con mucho remiendo y sombrero de falda grande y caída, a lo bravo. Un pendiente grande de oro le colgaba del lóbulo de una oreja. Iba a estudiarlo con más detenimiento cuando una sombra se proyectó desde mi espalda sobre la mesa, hubo saludos, y don Francisco se puso en pie.

–No sé si se conocen vuestras mercedes: Diego Alatriste y Tenorio, Pedro Calderón de la Barca...

Nos levantamos el capitán y yo para cumplimentar al recién llegado, a quien yo había visto de paso en el corral de la Cruz. Ahora, de cerca, lo reconocí en el acto: el bigote juvenil en el rostro delgado, la expresión agradable. No estaba sucio de sudor y humo ni vestía coleto de cuero: usaba ropas de ciudad, muy galán, capa fina y sombrero con toquilla bordada, y la espada que llevaba al cinto ya no era propia de un soldado. Pero conservaba la misma sonrisa que cuando el saco de Oudkerk.

–El mozo –añadió Quevedo– se llama Íñigo Balboa.

Pedro Calderón me observó largamente, haciendo memoria.

–Camarada de Flandes –recordó al fin–. ¿No es cierto?

Acentuaba la sonrisa, y puso una mano amistosa en mi hombro. Me sentí el mozo más bizarro del mundo disfrutando de la sorpresa de Quevedo y de mi amo, asombrados de que el joven escritor de comedias que algunos decían heredero de Tirso y Lope, y cuya estrella empezaba a brillar en los corrales y en palacio –*El astrólogo fingido* se había representado con gran éxito el año anterior, y estaba corrigiendo *El sitio de Bredá*–, recordara al humilde mochilero que, dos años atrás, lo ayudó a poner a salvo la biblioteca del incendiado ayuntamiento flamenco. Sentóse con nosotros Calderón, que en esa época ya era muy estimado por don Francisco, y durante un rato hubo grata parla y más Valdeiglesias que acompañó el recién llegado con una esportilla de aceitunas, pues no estaba, dijo, con apetito. Al cabo nos levantamos todos y dimos un bureo por el mentidero. Un conocido, que había estado leyendo en voz alta entre un grupo de regocijados ociosos, se acercó con algunos de ellos a la zaga. Llevaba un papel manuscrito en la mano.

–Dicen que es de vuestra péñola, señor de Quevedo.

Echó don Francisco un vistazo displicente al papel, gozando de la expectación, y al cabo se retorció el mostacho mientras leía en voz alta:

> *Este, que en negra tumba rodeado*
> *de luces, yace muerto y condenado,*
> *vendió el alma y el cuerpo por dinero,*
> *y aun muerto es garitero...*

–No tal –dijo, grave en apariencia pero con mucha guasa–. Ese *que en negra tumba* podría mejorarse, si fuera mío. Pero, díganme vuestras mercedes... ¿Tan quebrantado anda Góngora, que ya le hacen epitafios?

Estallaron las risas aduladoras, que lo mismo habrían reído si fuera un venablo de los que el enemigo de Quevedo lanzaba contra éste. Lo cierto es que, aunque don Francisco se guardaba de reconocerlo en público, aquello era, en efecto, tan suyo como otros muchos versos anónimos que oíamos correr cual lebreles por el mentidero; aunque a veces se le atribuyeran también los ajenos, a poco ingenio que éstos mostraran. En cuanto a Góngora, a tales alturas lo del epitafio no era en vano. Comprada por Quevedo su casa de la calle del Niño, arruinado por el vicio del juego y el ansia de figurar, tan ayuno de dineros que apenas podía pagarse un coche miserable y unas criadas, el jefe de las filas culteranas había renunciado al fin, retirándose a su Córdoba natal en donde iba a morir, enfermo y amargado, al año siguiente, cuando la dolencia que sufría –apoplejía, dijeron– se le atrevió a la cabeza. Arrogante y de talante aristocrático por la certeza de su genio, el racionero cordobés nunca tuvo buen ojo ni para el naipe ni para elegir amigos ni enemigos: enfrentado a Lope de Vega y a Quevedo, erró en la apuesta de sus afectos tanto como en los garitos, vinculándose al caído duque de Lerma, al ejecutado don Rodrigo Calderón y al asesinado conde de Villamediana, hasta que sus esperanzas por lograr mercedes de la Corte y favor del conde-duque, a quien solicitó en diversas ocasiones dignidades para sus sobrinos y familia, murieron con aquella famosa frase de Olivares: *«El diablo harte de hábitos a éstos de Córdoba».* Ni siquiera tuvo suerte con sus obras impresas. Siempre se negó a publicar, por orgullo, contentándose con darlas a leer y pregonar a sus amigos; pero cuando la necesidad lo empujó a ello, murió antes de verlas salir de la prensa, e incluso entonces la Inquisición

mandó recogerlas por sospechosas e inmorales. Y sin embargo, aunque nunca me fue simpático ni gusté de sus jeri-
gongóricos triclinios y espeluncas, reconozco ante vuestras
mercedes que don Luis de Góngora fue un extraordinario
poeta que, paradójicamente junto a su mortal enemigo Quevedo, enriqueció nuestra hermosa parla. Entre ambos, cultos,
briosos, cada uno en diferentes registros pero con inmenso
talento, renovaron el castellano dotándolo de riqueza culterana y gallardía conceptista; de manera que puede afirmarse
que tras aquella batalla fértil y despiadada entre dos gigantes, la lengua española fue, para siempre, otra.

Dejamos a don Pedro Calderón con unos parientes y amigos suyos y seguimos calle Francos abajo hasta la casa de Lope
–todos en España lo llamaban así, a secas, sin necesidad del
glorioso apellido–, a quien don Francisco de Quevedo debía
transmitir ciertos encargos que le habían hecho en palacio.
Volvíme a mirar atrás en un par de ocasiones, comprobando
que el hombre moreno sin capa y vestido a lo bravo venía
en nuestra dirección; hasta que al ojear por tercera vez dejé
de verlo. Coincidencia quizás, me dije; aunque mi instinto,
hecho a los lances de Madrid, me decía que las coincidencias
olían a sangre y acero en una esquina con poca luz. Pero había otras cosas que ocupaban mi atención. Una era que don
Francisco, aparte la comedia del conde-duque, tenía el encargo de entregar unas jacarillas suaves, a lo cortesano, que se

le antojaban a la reina nuestra señora para un sarao que daba en el salón dorado del alcázar. Quevedo se había comprometido a llevarlas a palacio, la reina en persona iba a hacérselas leer ante ella y sus damas, y el poeta, que ante todo era un buen y leal amigo, habíame invitado a acompañarlo a título de ayudante, o secretario, o paje, o lo que fuera. Cualquier título me cuadraba, con tal de ver allí a Angélica de Alquézar: la menina de la reina de la que, como recordarán vuestras mercedes, yo estaba enamorado hasta los tuétanos.

El otro asunto era la casa de Lope. Llamó don Francisco de Quevedo a la puerta, abrió Lorenza, la criada del poeta, y pasamos del zaguán adentro. Yo conocía ya la vivienda, y con el tiempo llegué a frecuentarla a causa de las amistades que mantenían don Francisco con Lope, y mi amo con algunos amigos del Fénix de los Ingenios, incluidos su íntimo el capitán don Alonso de Contreras y algún otro personaje inesperado que está a punto de salir a escena. El caso es que cruzamos el zaguán y el pasillo, como dije, y dejando atrás la escalera de la planta principal, donde jugaban dos sobrinillas del poeta –años después se confirmarían hijas suyas y de Marta de Nevares–, salimos al jardincito donde Lope estaba sentado en una silla de enea, a la sombra de una parra, junto al brocal del pozo y cerca del famoso naranjo que cuidaba con sus propias manos. Acababa de yantar y había cerca una mesita con restos de comida, algún refresco y vino dulce en jarra de vidrio para atender a las visitas. Tres hombres acompañaban al Fénix: uno era el citado capitán Contreras, con la cruz de Malta en el jubón, habitual de la casa de Lope cuando estaba en Madrid. Mi amo y él se tenían mucho afecto por haber navegado juntos en las galeras de Nápoles, aparte de haberse conocido mozos, casi niños, cuando iban camino de Flandes con las tropas del archiduque Alberto. Tropas de las que, por cierto, Contreras –gran pícaro entonces, pues con sólo doce años había matado a otro pilluelo a cuchilladas– desertó a medio camino. El segundo caballero era un secretario del Consejo de Castilla, por nombre don Luis Alberto de Prado, que era de Cuenca, tenía fama de hacer decentes versos y admiraba sobremanera a Lope. El tercero era un hidalgo joven y bien parecido, bigotillo escaso y poco más de la veintena, que llevaba una venda en torno a la cabeza, y que al vernos aparecer en el patio se levantó con cara de sorpresa; la misma que pude advertir en el capitán Alatriste, quien se detuvo junto al brocal del pozo mientras apoyaba, con gesto mecánico, la palma en el pomo de su toledana.

–A fe –dijo el joven– que Madrid es un pañuelo.

Lo era. El capitán Alatriste y él se habían batido, sin conocerse los nombres, la mañana anterior en las vistillas del Manzanares. Pero lo singular, averiguado ahora con gran admiración de todos, era que el joven reñidor se llamaba Lopito Félix de Vega Carpio, era hijo del poeta y estaba recién llegado a Madrid desde Sicilia, donde servía en las galeras del marqués de Santa Cruz, en las que habíase alistado a los quince años. El mozo –fruto ilegítimo, aunque reconocido, de los amores de Lope con la comedianta Micaela Luján– había peleado contra los corsarios berberiscos, contra los franceses en las Hieres y participado en la liberación de Génova, y ahora se hallaba en la Corte esperando que se resolviera el papeleo de su confirmación en el grado de alférez, y tambíén, al parecer, rondando la reja de una dama. La situación era incómoda: mientras Lopito contaba lo ocurrido sin omitir detalle, su padre, desconcertado, en su silla y con el regazo de la sotana eclesiástica lleno de miguitas de pan, miraba a unos y otros, indeciso entre la sorpresa y el enojo. Pese a que el capitán Contreras y don Francisco de Quevedo, tras la inicial sorpresa, terciaron con muy buenas razones y mucha política, disculpóse mi amo contrariado y dispuesto a retirarse, seguro de que su presencia no podía ser grata en aquella casa.

–Y sin embargo –decía Quevedo– el mozo puede felicitarse... Cruzar su espada con el mejor acero de Madrid y sacar sólo un rasguño, es cosa de buena mano o de buena suerte.

Confirmaba aquello Alonso de Contreras con muchas razones; que él había conocido a Diego Alatriste en los tiempos de Italia, apuntó, y daba fe de que no mataba sólo cuando no quería matar. Ése y otros discursos se sucedieron en un momento; pero mi amo, pese a todo, seguía atento a irse. Inclinó cortés la cabeza ante el viejo Lope, empeñó su palabra afirmando que nunca habría sacado la espada de saber de quién era hijo su oponente, y dio media vuelta para irse antes de que el poeta abriese la boca. A punto estaba de salir cuando intervino Lopito de Vega. Permitid, padre, que se quede este caballero, dijo. Que no le guardaba rencor alguno, porque riñó muy hidalgo y de bueno a bueno.

—Y aunque la cuchillada no fue elegante, que pocas lo son, no me dejó tirado como un perro... Vendó mi herida, y tuvo la cortesía de buscar quien me acompañara a un barbero.

Sosegóse todo con aquellas dignas palabras, el padre del herido desarrugó el ceño, congratuláronse Quevedo, Contreras y Prado de la discreción del joven alférez, que decía mucho de él mismo y de su limpia sangre, volvió a contar Lopito el lance, esta vez con más detalles y en tono festivo, y la conversación se hizo grata, disipándose los nubarrones que a punto habían estado de aguarle la sobremesa al Fénix y hacer incurrir en su desagrado a mi amo; cosa que Diego Alatriste habría lamentado en lo más vivo, pues era gran admirador de Lope y lo respetaba como a pocos hombres en el mundo. Al fin el capitán aceptó un vaso de dulcísimo Málaga, hízose por todos la razón, y Lopito y él quedaron amigos. Aún habían de serlo durante ocho años, hasta que el alférez Lope Félix de Vega Carpio encaró su desdichado destino, muriendo al naufragar su nave en la expedición de la isla Margarita. De cualquier modo, sobre él tendré ocasión de hablar más adelante; y quizá también en un futuro episodio, si alguna vez cuento el papel que Lopito, el capitán Alatriste y yo mismo, junto a otros camaradas conocidos o por conocer, tuvimos en el golpe de mano con que los españoles intentamos, por segunda vez en el siglo, tomar la ciudad de Venecia y acuchillar al Dux y a sus figurones, que tanto nos fastidiaban en el Adriático y en Italia dándose el pico con el papa y con Richelieu. Pero cada cosa a su tiempo. Que lo de Venecia requiere, pardiez, un libro aparte.

El caso es que hubo grata charla hasta mediada la tarde, en el jardincillo. Yo aprovechaba la ocasión para observar de cerca a Lope de Vega, que una vez me había puesto la mano en la cabeza, a modo de confirmación, hallándome mozalbete y recién llegado a Madrid, en las gradas de San Felipe. Imagino que ahora resulta difícil hacerse una idea de lo que el gran Lope significaba en ese tiempo. Debía de andar por los sesenta y cuatro años, y conservaba el aire galán, acentuado por los elegantes cabellos grises, el bigote recortado y la perilla que seguía luciendo pese a su hábito eclesiástico. Era discreto: hablaba poco, sonreía mucho, y procuraba agradar a todos, intentando disimular la vanidad de su envidiable posición con una extrema cortesía. Nadie como él –y luego Calderón– conoció de tal modo la fama en vida, forjando un teatro original de una hermosura, variedad y riqueza que no se dio tal, nunca, en Europa. Había sido soldado en su mocedad, en las Terceras, en los sucesos de Aragón y en la empresa de Inglaterra, y por el tiempo que narro tenía escritas ya buena parte de las más de mil quinientas comedias y cuatrocientos autos sacramentales que salieron de su pluma. El estado sacerdotal no lo apartó de una larga y escandalosa vida de desórdenes amorosos, amantes e hijos ilegítimos; todo lo cual influía, y no poco, en que pese a su inmensa gloria literaria nunca fuese visto como hombre virtuoso, y se le mantuviera apartado de beneficios cortesanos a los que aspiraba; como el cargo de cronista real, que quiso ser y nunca fue. Por lo demás gozó de laurel y de fortuna. Y a diferencia del buen don Miguel de Cervantes, que murió, como dije, pobre, solo y olvidado, el entierro de Lope, nueve años después de las fechas que nos ocupan, fue acontecimiento y homenaje de multitudes como nunca habíase visto en España. En cuanto a las razones de su fama, mucho se ha escrito sobre ello, y a esas obras remito al lector. Por mi parte, con el tiempo viajé a Inglaterra y llegué a conocer la parla inglesa, leí, e incluso vi representado el teatro de Guillermo Shakespeare. Tengo opinión propia, y puedo decir que aunque el inglés profundiza mucho en el corazón del hombre, y el desarrollo de sus personajes es a menudo superior al que busca Lope, la carpintería teatral del español, su inventiva y su capacidad para mantener al público en suspenso, la intriga, la amenidad de recursos y el arrebatador planteamiento de cada comedia, resultan siempre insuperables. Y hasta en lo que se refiere a los personajes, tampoco estoy seguro de que el inglés fuera siempre capaz de pintar las dudas y desazones de los enamorados o las aspiraciones pícaras de los criados con tan ingeniosos trazos como lo hizo el Fénix en sus obras. Consideren vuestras mercedes, si no, su poco nombrada *El duque de Viseo* y díganme si esa comedia trágica desmerece de las tragedias del inglés. Además, si resulta cierto que el teatro de Shakespeare fue de algún modo universal y cualquier ser humano puede reconocerse en él –sólo el *Quijote* es tan español como Lope y tan universal como Shakespeare–, no es menos verdad que el

Fénix creó con su arte nuevo de hacer comedias un espejo fidelísimo de la España de nuestro siglo, y un teatro cuyas estructuras fueron imitadas en todas partes, merced a que entonces la lengua española, como correspondía al cetro de dos mundos, era admirada, leída y hablada por todos, entre otras cosas porque era la de nuestros temibles tercios y la de nuestros arrogantes y enlutados embajadores. Y a diferencia de tantas naciones –en eso incluyo la de Shakespeare sin el menor complejo–, ninguna puede llegar a conocerse tan a fondo en sus costumbres, valores y parla como la española, merced precisamente al teatro que Lope, Calderón, Tirso, Rojas, Alarcón y otros como ellos hicieron imperar durante tanto tiempo en los tablados del mundo: cuando en Italia, Flandes, las Indias y los mares lejanos de Filipinas se hablaba español, el francés Corneille imitaba las comedias de Guillén de Castro para triunfar en su tierra, y la patria de Shakespeare no era todavía más que una isla de piratas hipócritas en busca de pretextos para medrar, como tantos otros, royendo los zancajos al viejo y cansado león hispano, que todavía era, en versos del mismo Lope, lo que otros no fueron nunca:

> *Ea, sangre de los godos,*
> *ea, españoles del mar,*
> *henchid las manos de oro,*
> *de cautivos, de tesoro,*
> *pues lo supisteis ganar.*

Al fin, en la tertulia del jardincillo hablóse un poco de todo. Refirió el capitán Contreras noticias de los escenarios bélicos, y Lopito puso al corriente a Diego Alatriste de cómo andaban las cosas por el Mediterráneo que mi amo había navegado y reñido en otro tiempo. Pasaron luego a las bellas letras, cosa inevitable: leyó unas décimas don Luis Alberto de Prado, las alabó Quevedo para gran placer del conquense, y salió a relucir Góngora.

—Muriéndose está el cordobés, según dicen —confirmó Contreras.

—No importa —opuso Quevedo—, que relevos tendrá. Pues cada día, de la codicia de la fama, nacen en España tantos poetas cagaversos y pericultos como hongos de la humedad del invierno.

Sonreía Lope desde sus alturas olímpicas, divertido y tolerante. Tampoco él tragaba a Góngora, a quien siempre había pretendido atraerse porque, en el fondo, lo admiraba y temía. Hasta el punto de que llegó a escribir de él cosas como:

Claro cisne del Betis, que sonoro
y grave ennobleciste el instrumento.

Pero el cisne racionero era de aquellos a los que se echa de comer aparte: nunca se dejó camelar. Al principio había soñado con arrebatar el cetro poético a Lope, escribiendo incluso comedias; pero fracasó en esto, como en tantas otras cosas. Por eso profesaba al Fénix constante y manifiesta in-

quina, burlándose de su relativa cultura clásica –a diferencia
de Góngora y de Quevedo, Lope desconocía el griego y apenas se manejaba con el latín–, de sus comedias y de su éxito
entre el pueblo adocenado:

> *Patos del aguachirle castellana,*
> *que de su rudo origen fácil riega,*
> *y tal vez dulce inunda nuestra vega*
> *con razón Vega, por lo siempre llana.*

Sin embargo, Lope no descendía a la arena. Procuraba estar
a buenas con todo el mundo, y a tales alturas de su vida y de su
gloria no era cosa de enredarse en trifulcas. De manera que se
contentaba con suaves ataques velados dejando el trabajo sucio a sus amigos, Quevedo entre ellos, que no se andaban con
remilgos a la hora de lacerar la desmesura culterana del cordobés, y sobre todo de sus secuaces. Y con el temible Quevedo,
que zurraba de lo lindo, Góngora ya no podía.

—Por cierto, leí el *Quijote* en Sicilia –comentó el capitán
Contreras, cambiando de tercio–. Y a fe que no me pareció
tan malo.

—Ni a mí –apuntó Quevedo–. Ya es novela famosa, y so-
brevivirá a muchas otras.

Enarcó Lope una ceja desdeñosa, hizo servir más vino y
cambió de conversación. Ésa era otra prueba de que, como
cuento, la pluma hacía correr más sangre que la espada en
aquella eterna España de envidias y zancadillas, donde el
Parnaso resultaba tan codiciado como el oro del Inca; que

enemigos del propio oficio son los peores que tiene el hombre. El rencor entre Lope y Cervantes, que a esas alturas, como dije, estaba en el cielo de los hombres justos, sentado a la derecha de Dios, era viejo y coleaba aun después de muerto el infeliz don Miguel. La amistad inicial entre los dos gigantes de nuestras letras se había trocado en odio después de que el ilustre manco, quien también fracasó con sus comedias –*«no hallé autor que me las pidiese»*–, fuese el primero en disparar, incluyendo en la primera parte de su novela un ataque mordaz contra las obras de Lope, en especial la famosa parodia de los rebaños de carneros. Respondió éste con su cruda sentencia: *«De poetas no digo; buen siglo es éste. Pero ninguno hay tan malo como Cervantes ni tan necio que alabe a Don Quijote»*. En aquellos años, la novela se consideraba arte menor y de poco ingenio, propio sólo para entretener a doncellas; el dinero lo daba el teatro; el lustre y la gloria, la poesía. Por eso Lope respetaba a Quevedo, temía a Góngora y despreciaba a Cervantes:

> *¡Honra a Lope, potrilla, o guay de ti!*
> *que es sol, y, si se enoja, lloverá;*
> *y ése tu Don Quijote baladí*
> *de culo en culo por el mundo va*
> *vendiendo especias y azafrán romí,*
> *y al fin en muladares parará.*

... Como le escribió en una carta que, para más escarnio, envió a su adversario con un real de portes debidos, para que le costara el dinero –«*Lo que me pesó fue pagar el real*», escribiría después Cervantes–. De modo que el pobre don Miguel, desterrado de los corrales, consumido en trabajos, miserias, cárceles, vejaciones y antesalas, ignorante de la inmortalidad que ya cabalgaba a lomos de Rocinante, él, que nunca pretendió mercedes adulando con descaro a los poderosos, como sí hicieron Góngora, Quevedo y el propio Lope, terminó asumiendo el espejismo de su propio fracaso al confesar, honrado como siempre:

> *Yo que siempre me afano y me desvelo*
> *por parecer que tengo de poeta*
> *la gracia que no quiso darme el cielo.*

En fin. Así fue aquel mundo irrepetible que narro, cuando al solo nombre de España se estremecía la tierra: peleas de ciegos geniales, arrogancia, inquina, crueldad, miseria. Pero también, del mismo modo que el imperio donde no se ponía el sol fue poco a poco cayéndose a pedazos, borrado de la faz de la tierra por nuestro infortunio y nuestra vileza, entre sus despojos y ruinas quedó la huella poderosa de hombres singulares, talentos nunca antes vistos que explican, cuando no justifican, aquella época de tanta grandeza y tanta gloria. Hijos de su tiempo en lo malo, que fue mucho. Hijos del genio en lo mejor que dieron de sí mismos, que no fue poco. Ninguna nación alumbró nunca tantos a la vez, ni registró tan fielmente, como ellos hicieron, hasta los menudos pormenores de su época. Por fortuna, todos siguen vivos en los plúteos de las bibliotecas, en las páginas de los libros; a mano de quien se aproxime a ellos y escuche, admirado, el rumor heroico y terrible de nuestro siglo y de nuestras vidas. Sólo así es posible comprender lo que fuimos y lo que somos. Y al cabo, que el diablo nos lleve a todos.

Quedó Lope en su casa, despidióse el secretario Prado y nos atardeció a los demás, Lopito incluido, en la taberna de Juan Lepre, esquina a la calle del Lobo con Huertas, estrujando un pellejo de vino de Lucena. Fue animada parla aquella, con el capitán don Alonso de Contreras, que era en extremo simpático, tragafuegos y hablador, contando episodios de su vida militar y la de mi amo, incluido lo de Nápoles en el año quince, cuando, después de que éste despachase a un hombre en duelo por causa de una mujer, fue el mismo Contreras quien lo ayudó a precaverse de la justicia y regresar a España.

—Tampoco la dama salió bien parada del lance —añadió, riendo—. Diego le dejó una linda marca en la cara, como recuerdo... Y por vida del rey, que la daifa merecía eso y más.

—Conozco a muchas —remachó Quevedo, misógino como siempre— que lo merecen.

Y nos regaló, al filo del concepto, unos versos repentizados allí mismo:

Vuela, pensamiento, y dile
a los ojos que más quiero
que hay dinero.

Yo observaba a mi amo, incapaz de imaginarlo acuchillando el rostro de una mujer. Pero éste permanecía inexpresivo, inclinado sobre la mesa, los ojos fijos en el vino de su jarra. Don Francisco sorprendió mi mirada, echó un vistazo de soslayo a Alatriste y no dijo más. Cuántas cosas que ignoro, me interrogué de pronto, habrá tras esos silencios. Y como cada vez que vislumbraba la condición oscura del capitán, me estremecí en los adentros. Nunca es grato ganar en años y lucidez, y penetrar así en los rincones ocultos de tus héroes. En lo que se refiere a Diego Alatriste, a medida que pasaba el tiempo y mis ojos se hacían más despiertos, yo veía cosas que habría preferido no ver.

–Por supuesto –puntualizó Contreras, mirándome también como si temiera haber ido demasiado lejos– éramos briosos y mozos. Recuerdo cierta ocasión, en Corfú...

Y se puso a contar. Al hilo salieron a relucir nombres de amigos comunes, como Diego Duque de Estrada, con el que mi amo había estado de camarada cuando la desastrosa jornada de las Querquenes, donde ambos se vieron a pique de dejar la piel salvando la de Álvaro de la Marca, conde de Guadalmedina. Quien, por cierto, había trocado los arreos de antaño por el puesto de confidente del cuarto Felipe, a quien acompañaba cada noche, informó Quevedo, en sus correrías galantes. Yo los oía hablar, borradas ya mis últimas reflexiones, fascinado por aquellos relatos de galeras, abordajes, esclavos y botines, que en boca del capitán Contreras adquirían rasgos fabulosos, como el famoso incendio de la escuadra berberisca frente a La Goleta con el marqués de Santa Cruz y la descripción de gratos lugares en la falda del Vesubio, orgías y bernardinas de juventud, cuando Contreras y mi amo se gastaban en pocos días el dinero obtenido corseando por las islas griegas y la costa turca. Todo eso hizo que, al cabo, entre dos tientos al vino que derramábamos con mano torpe sobre la mesa, el capitán Contreras recitara unos versos que Lope de Vega había escrito en su alabanza, donde ahora él intercalaba otros propios en regalo de mi amo:

Probó el natural valor
la fama, laurel y honor
de Contreras para España;
con Alatriste en campaña
del turco fueron pavor.
Y por la menor hazaña
(que el acero nunca engaña)
hubo sentencia en favor.

El capitán Alatriste seguía callado, la toledana en el respaldo de la silla y el sombrero en el suelo, sobre la capa doblada, limitándose a asentir de vez en cuando, a intercalar monosílabos y a esbozar una sonrisa cortés bajo el mostacho cuando Contreras, Quevedo o Lopito de Vega se referían a él. Yo asistía a todo bebiendo las palabras, atento a cada anécdota y cada recuerdo, sintiéndome uno de ellos con pleno derecho; a fin de cuentas, a los dieciséis años era ya veterano de Flandes y de otras campañas más turbias, tenía cicatrices propias y manejaba la espada con razonable soltura. Eso me afianzaba en la intención de abrazar la milicia en cuanto fuera posible, y ganar laureles a fin de que un día, narrando mis hazañas en torno a la mesa de una taberna, alguien recitara también, en mi honor, unos versos como aquéllos. Ignoraba entonces que mis deseos serían colmados con creces, y que el camino que me disponía a emprender me llevaría también al otro lado de la gloria y de la fama: allí donde el verdadero rostro de la guerra –que había conocido en Flandes con la inconsciencia del boquirrubio para quien la milicia supone un magnífico espectáculo– llega a ensombrecer el corazón y la memoria. Hoy, desde esta vejez interminable en la que parezco suspendido mientras escribo mis recuerdos, miro atrás; y bajo el rumor de las banderas que ondean al viento, entre el redoble del tambor que marca el paso tranquilo de la vieja infantería que vi morir en Breda, Nordlingen, Fuenterrabía, Cataluña o Rocroi, sólo encuentro rostros de fantasmas y la soledad lúcida, infinita, de quien conoce lo mejor y lo peor que alberga el nombre de España. Y ahora sé, tras pagar el precio que la vida exige, lo que encerraban los silencios y la mirada ausente del capitán Alatriste.

Se despidió de todos, anduvo solo calle del Lobo arriba y cruzó la carrera de San Jerónimo, arriscado el sombrero y embozado en la capa. Había anochecido, hacía frío y la calle baja de los Peligros estaba desierta, sin otra luz que la vela que ardía en una hornacina de la pared con la imagen de un santo. A medio camino sintió deseos de parar un momento a una necesidad. Demasiado vino, se dijo. Así que fue al más oscuro de los rincones, echó atrás la capa y desabotonó la portañuela de los gregüescos. Así estaba, abiertas las piernas en el rincón, aliviándose, cuando sonó una campanada en el cercano convento de las bernardas de Vallecas. Tenía tiempo de sobra, pensó. Media hora para la cita en una casa del lado alto de la calle, pasada la de Alcalá, donde una vieja dueña zurcidora de honras y tercera contumaz, plática en el oficio, lo tenía todo dispuesto –cama, cena, jofaina y toallas– para su encuentro con María de Castro.

Se abotonaba los calzones cuando oyó el ruido a su espalda. Calle de los Peligros, pensó de pronto. A oscuras y desabrochado. Tendría maldita la gracia terminar de esa manera. Se acomodó la ropa con urgencia, mirando sobre el hombro, y desembarazó el lado izquierdo de la capa, donde pendía la toledana. Por la sangre de Dios. Moverse de noche por Madrid era vivir con el sobresalto en la boca, y quien podía alquilaba escolta con armas y luz para ir de un lado a otro. El consuelo era que, en casos como el de Diego Alatriste, uno mismo podía ser tan peligroso, o más, que cualquiera con quien topase. Todo era cuestión de intenciones. Y las suyas nunca habían sido las de un franciscano.

De momento no vio nada. La noche era negra a boca de sorna, y los aleros de las casas dejaban las fachadas y los portales en sombra cerrada. Sólo a trechos una vela doméstica recortaba una celosía o un postigo entreabierto. Estuvo un rato inmóvil, observando el cruce con la calle de Alcalá como quien estudia un glacis batido por la arcabucería enemiga, y luego caminó con precaución, atento a no pisar cagajones de caballerías ni otras inmundicias de las que apestaban en el albañal. Sólo oía sus pasos. De pronto, ya en el tramo angosto de la calle de los Peligros y al dejar atrás la tapia del huerto de las Vallecas, el eco pareció doblarse. Miró a diestra y siniestra sin detenerse, y al fin advirtió un bulto moviéndose a su derecha, pegado a la fachada de unas casas altas. Podía ser un transeúnte manso como un cordero, o alguien que rondara con mala fe; de modo que siguió camino sin perderlo de vista. Anduvo así veinte o treinta pasos, manteniéndose en el centro de la calle, y al pasar el bulto ante una ventana iluminada vio a un hombre arrebozado, con sombrero de faldas. Siguió camino, ya muy alerta, y a poco distinguió un segundo bulto al otro lado. Demasiados bultos en tan poca luz, se dijo. Sicarios o salteadores. Entonces soltó el fiador de la capa y sacó la centella.

Divide y vencerás, pensaba. Si hay suerte. Y además, al que madruga Dios lo ayuda. De modo que se fue recto al de la derecha, sin más, arrodelándose la capa en el brazo libre, y le dio una cuchillada antes de que el adversario pudiera de-

sembarazarse del paño. Se echó a un lado el otro con un gru-
ñido, traspasada la capa y lo que hubiera detrás; y envuelto
aún en ella, la espada virgen en su vaina, reculó por las sombras hasta un portal, doliéndose con muchos resoplidos. Confiando en que el segundo no llevara pistola, Alatriste giró
para encararlo, pues lo sentía venir corriendo por la calle.
Cerraba a cuerpo, silueta negra con sombrero también a lo
valentón, el acero desnudo por delante; así que Alatriste
arremolinó la capa, arrojándosela para trabar su espada.
Y cuando el otro, con una blasfemia, intentaba liberar la temeraria, el capitán le tiró media docena de hurgonadas en
corto y a bulto, casi a ciegas. La última pasó adelante, dando
con el jaque en tierra. Miró atrás el capitán, por si peligraba
su espalda, mas el de la capa tenía suficiente; alcanzó a distin-
guirlo calle abajo, perdiéndose de vista. Recogió entonces la
suya, que apestaba tras ser pisoteada en el suelo, envainó
la blanca, extrajo la daga vizcaína con la zurda, y yéndose sobre el caído le puso la punta en la gola.

–Cuéntamelo –dijo– o por Cristo que te mato.

Respiraba entrecortado el otro, maltrecho pero todavía
en estado de apreciar las circunstancias. Olía a vino reciente.
También a sangre.

–Idos... al diablo –murmuró, débil.

Alatriste lo espulgó de cerca lo mejor que pudo. Barba
cerrada. Un aro en la oreja, reluciente en la oscuridad. El hablar era de bravo. Matachín profesional, sin duda. Y por las
palabras, crudo.

–El nombre de quien paga –insistió, apretando más la daga.

... en corto y a bulto, casi a ciegas.

–A iglesia... me llamo –repuso el otro– así me desjarrete voacé... el tragar.

–Pienso hacerlo.

–Pues tal día... hará un año.

Sonrió Alatriste bajo el mostacho, consciente de que el otro no podía ver su gesto. Tenía hígados el caimán, y allí no iba a sacar nada en limpio. Lo registró rápido sin encontrar nada salvo una bolsa, que se guardó, y un cuchillo de buen filo que arrojó lejos.

–¿Así que no hay bramo? –concluyó.

–No... nes.

El capitán asintió, comprensivo, y se puso en pie. Entre licenciados del oficio, que tal resultaba el caso, las reglas de la jacaranda eran las reglas de la jacaranda. El resto iba a ser pérdida de tiempo, y si asomaba gurullada de corchetes se vería en apuros para dar explicaciones, a esas horas y con medio fiambre a los pies. Así que peñas y buen tiempo. Se disponía a envainar la daga y marcharse, cuando lo pensó mejor; y antes, inclinándose de nuevo, le dio al otro un tajo cruzado en la boca. Sonó como en la tabla de un carnicero, y el herido se quedó mudo de veras, por perder el sentido o porque el chirlo le había rebanado la lengua. A saber. Pero tampoco, pensó Alatriste alejándose, era que la utilizase mucho. Y de cualquier modo, si alguien le remendaba los descosidos y salía de aquélla, eso ayudaría a significarlo otro día, con luz, si se topaban. Y si no, para que el fulano –o lo que quedaba de él después de la mojada y el signum crucis– se acordase toda su vida de la calle de los Peligros.

La luna salió tarde, haciendo halos en los vidrios de la ventana. Diego Alatriste estaba de espaldas a su luz, enmarcado en el rectángulo de claridad plateada que se prolongaba hasta el lecho donde dormía María de Castro. El capitán miraba el contorno de la mujer, escuchando su respiración tranquila, los suaves gemidos que exhalaba al agitarse un poco entre las sábanas que apenas la cubrían, para acomodar mejor el sueño. Olió sus propias manos y la piel de los antebrazos: tenía allí el olor de ella, el aroma de aquel cuerpo que descansaba exhausto tras el largo intercambio de besos y caricias. Se movió, y su sombra pareció deslizarse como la de un espectro sobre la pálida desnudez de ella. Por Cristo que era hermosa.

Fue hasta la mesa y se sirvió un poco de vino. Al hacerlo pasó de la estera a las losas del suelo, y el frío le erizó la piel curtida, de soldado viejo. Bebió sin dejar de mirar a la mujer. Cientos de hombres de toda condición, de calidad y con la bolsa bien repleta, habrían dado cualquier cosa por gozarla unos minutos; y era él quien estaba allí, ahíto de su carne y de su boca. Sin otra fortuna que su espada y sin más futuro que el olvido. Eran extraños, pensó una vez más, los mecanismos que movían el pensamiento de las mujeres. O al menos de las mujeres como aquélla. La bolsa del sicario que él había puesto sin palabras sobre la mesa –sin duda el precio de su propia vida– contenía apenas lo necesario para que se adornara con unos chapines, un abanico y unas cintas. Y sin embargo, allí estaba él. Y allí estaba ella.

—Diego.

Sonó en un susurro adormilado. La mujer se había vuelto en la cama y lo miraba.

—Ven, mi vida.

Dejó el vaso de vino y se acercó, sentándose en el borde del lecho, para posar una mano sobre la carne tibia. Mi vida, había dicho ella. No tenía donde caerse muerto —incluso eso lo establecía a diario con la espada— y tampoco era un lindo elegante, ni un hombre gallardo y cultivado de los que admiraban las mujeres en las rúas y los saraos. Mi vida. De pronto se encontró recordando el final de un soneto de Lope que había oído aquella tarde en casa del poeta, y que concluía:

> *Quiere, aborrece, trata bien, maltrata,*
> *y es la mujer al fin como sangría,*
> *que a veces da salud, y a veces mata.*

La luz de la luna hacía los ojos de María de Castro increíblemente bellos, y acentuaba el abismo de su boca entreabierta. Y qué más da, pensó el capitán. Vida o no vida. Amor mío o de otros. Mi locura o mi cordura. Mi, tu, su corazón. Esa noche estaba vivo, y era lo único que contaba. Tenía ojos para ver, boca para besar. Dientes para morder. Ninguno de los muchos hideputas que cruzaron por su existencia, turcos, herejes, alguaciles, matachines, había logrado robarle ese momento. Seguía respirando pese a que muchos intentaron estorbárselo. Y ahora, para confirmarlo, una mano de ella le acariciaba suave la piel, deteniéndose en cada vieja cicatriz. «Mi vida», repetía. Sin duda don Francisco de Quevedo habría sacado buen partido a todo eso, plasmándolo en catorce perfectos endecasílabos. El capitán Alatriste, sin embargo, se limitó a sonreír en sus adentros. Era bueno estar vivo, al menos un rato más, en un mundo donde nadie regalaba nada; donde todo se pagaba antes, durante o después.

Así que algo habré pagado, pensó. Ignoro cuánto
y cuándo, pero sin duda lo hice, si ahora la
vida me concede este premio. Si
merezco, aunque sea por unas
pocas noches, que una
mujer así me mire
como ella me
mira.

III. EL ALCÁZAR
DE LOS AUSTRIAS

spego con deleité vuestga comediá, señog de Quevedó.

La reina era bellísima. Y francesa. Hija del gran Enrique IV el Bearnés, tenía veintitrés años, clara la tez y un hoyuelo en la barbilla. Su acento era tan encantador como su aspecto, sobre todo cuando se esforzaba en pronunciar las erres frunciendo un poco el ceño, aplicada, cortés en su majestad llena de finura e inteligencia. Saltaba a la vista que había nacido para el trono; y aunque extranjera de origen, reinaba tan lealmente española como su cuñada Ana de Austria –la hermana de nuestro cuarto Felipe–, desposada con Luis XIII, lo hacía en su patria adoptiva de Francia. Cuando el curso de la historia terminó enfrentando al viejo león español con el joven lobo francés, disputándose ambos la hegemonía en Europa, ambas reinas, educadas en el deber riguroso de su honor y su sangre, abrazaron sin reservas las causas nacionales de sus augustos maridos; con lo que en los crudelísimos tiempos que estaban por venir iba a darse la paradoja de que los españoles, con reina francesa, íbamos a acuchillarnos con franceses que tenían una reina española. Pues tales son, pardiez, los azares de la guerra y la política.

Pero volvamos a doña Isabel de Borbón y al Alcázar Real. Contaba a vuestras mercedes que esa mañana, con la luz entrando a raudales por los tres balcones de la sala de los Espejos, la claridad de la estancia doraba su cabello rizado, arrancando reflejos mate a las dos perlas sencillas que usaba como pendientes. Vestía muy doméstica dentro de las exigencias de su rango, de chamelote de aguas color malva, entero, guarnecido con esterillas de plata, y el verdugado ahuecaba su falda con mucha gracia, chapín de raso y una pulgada de media blanca a la vista, sentada como estaba en un escabel junto a la ventana del balcón central.

–Temo no estar a la altura, mi señora.

–Lo estaguéis. Toda la cogté confía muchó en vuestgo inguenió.

Era simpática como un ángel, pensé, clavado en la puerta sin atreverme a mover una ceja; petrificado por diversos motivos, de los que hallarme en presencia de la reina nuestra señora era sólo uno entre muchos, y no por cierto el más grave. Me había vestido con ropa nueva, jubón de paño negro con golilla almidonada y calzón y gorra de lo mismo, que un sastre de la calle Mayor, amigo del capitán Alatriste, me había

confeccionado a crédito en sólo tres días, desde el momento
en que supimos que don Francisco de Quevedo iba a permi-
tirme acompañarlo a palacio. Mimado de la Corte, bienquis-
to entonces de su majestad la reina, don Francisco se había
vuelto asiduo de todo acto cortesano. Divertía a nuestros
monarcas con su ingenio, adulaba al conde-duque, a quien
convenía contar con su inteligente péñola frente al número
creciente de adversarios políticos, y era adorado por las damas, que en cualquier sarao o reunión le rogaban las compla-
ciese con versos e improvisaciones. De modo que el poeta, astuto y listísimo como era, se dejaba querer, cojeaba más de la
cuenta para hacerse perdonar el talento y la privanza, y se disponía a medrar sin complejos mientras durase la buena racha.
Favorable conjunción de los astros, aquélla, que el escepticis-
mo estoico de don Francisco, forjado en la cultura clásica, en
el favor y en la desgracia, le pronosticaba no sería eterna. Pues
como él mismo apuntaba, somos lo que somos hasta que dejamos de serlo. Sobre todo en España, donde esas cosas ocu-
rren sin más, de la noche a la mañana. De modo que te arrojan
a prisión o te llevan encorozado por las calles, camino del cadalso y sin transición alguna, los mismos que ayer te aplaudían
y se honraban con tu amistad o con tu trato.

—Permita mi señora que le presente a un joven amigo. Se
llama Íñigo Balboa Aguirre, y ya se ha batido en Flandes.

Me incliné hasta casi tocar el suelo con la frente, la gorra en
la mano, ruborizado hasta las orejas. Y el golpe de calor, como ya apunté, no era sólo por hallarme en presencia de la esposa de Felipe IV. Sentía fijos en mí los ojos de cuatro meni-

nas de la reina que estaban sentadas cerca, en almohadones y cojines de raso puestos sobre las baldosas amarillas y rojas, junto a Gastoncillo, el bufón francés que doña Isabel de Borbón había traído con ella cuando los desposorios con nuestro monarca. Las miradas y sonrisas de esas jóvenes damas bastaban para que a cualquier mozo se le fuera la cabeza.

–Tan joven –dijo la reina.

Luego me dedicó un último gesto amable, se puso a conversar con don Francisco sobre los pormenores de las jacarillas que éste había compuesto, y yo me quedé de pie como estaba, la gorra en las manos y mirando al infinito, sintiendo la necesidad de apoyarme en el zócalo de azulejos portugueses antes de que me flaquearan las piernas. Las meninas cuchicheaban entre ellas, Gastoncillo se les unía en susurros, y yo no sabía dónde poner los ojos. Por cierto que el bufón medía una vara de alto, era feo como la madre que lo parió, y famoso en la Corte por tener maldita la gracia –imaginen vuestras mercedes el salero de un enano gabacho contando chistes–; pero a la reina le complacía y todo el mundo reía sus chacotas, aunque por compromiso y de mala gana. El caso es que seguí como estaba, quieto cual figura representada en los cuadros que ornaban el salón, que era nuevo, inaugurado con las recientísimas reformas de la fachada del alcázar, en cuyo vetusto edificio se avecinaban y superponían oscuras estancias del pasado siglo con modernas habitaciones de nueva fábrica. Miré el *Aquiles* y el *Ulises* del Tiziano sobre las puertas, la oportuna alegoría de *La religión socorrida por España*, el retrato ecuestre del gran emperador Carlos en la batalla de Mühlberg y, en la pared opuesta, otro del cuarto Felipe, también a caballo, pintado por Diego Velázquez. Al cabo, cuando me supe de memoria cada uno de aquellos lienzos, reuní el valor suficiente para volverme hacia el verdadero objeto de mi inquietud. No sabría decir si los golpes que retumbaban en mis adentros procedían del martillo de los carpinteros que aparejaban el cercano salón dorado para el sarao de la reina, o si los causaba la sangre bombeando con fuerza en mis venas y en mi corazón. Mas allí estaba yo, de pie como para aguantar una carga de caballería luterana, y frente a mí, sentada en un cojín de terciopelo rojo, se hallaba el ángel-diablo de mirada azul que endulzó y amargó, a un tiempo, mi inocencia y mi juventud. Naturalmente, Angélica de Alquézar me miraba.

Cosa de una hora más tarde, terminada la visita, cuando seguía a don Francisco de Quevedo bajo los pórticos del patio de la Reina, el bufón Gastoncillo me dio alcance, tiró con disimulo de la manga de mi jubón y púsome en la mano un billetito plegado. Me quedé estudiando el papel sin osar desdoblarlo; y antes de que don Francisco reparase en él lo introduje, discreto, en mi faltriquera. Luego miré alrededor sintiéndome osado y galán, con aquel mensaje que me hacía semejante a los personajes de las comedias de capa y espada. Por Cristo que la vida era hermosa –pensé de pronto– y la Corte fascinante. El mismo alcázar, desde donde se regían los destinos de un imperio que abarcaba dos mundos, reflejaba el pulso de aquella España que se me subía a la cabeza: los dos patios, llamados del Rey y de la Reina, estaban llenos de cortesanos, pretendientes y ociosos que iban y venían entre éstos y el mentidero de la explanada de afuera, pasando bajo el arco de la entrada donde, entre las sombras y el contraluz de la puerta, destacaban los ajedrezados uniformes de la guardia vieja. Don Francisco de Quevedo, cuya singular persona ya dije estaba de moda esos días, se veía detenido a cada momento por gente que lo saludaba con deferencia o solicitaba su apoyo en alguna pretensión. Aquél pedía beneficios para un sobrino, el otro para un yerno, éste para un hijo o un cuñado. Nadie ofrecía trabajar a cambio, nadie se comprometía a nada. Se limitaban a andar en corso, reivindicando la merced como un derecho, haciéndose todos de la sangre de los godos en pos del sueño que acarició siempre cada español: vivir sin dar golpe, no pagar impuestos y pavonearse con espada al cinto y una cruz bordada al pecho. Y para que se hagan idea vuestras mercedes de hasta dónde llegábamos en materia de pretensiones y solicitudes, diré que ni los santos de las iglesias quedaban libres de impertinencias; pues hasta en las manos de sus imágenes depositábanse memoriales pidiendo tal o cual gracia terrena, como si de funcionarios de palacio se tratara. De modo que en la iglesia del solicitadísimo San Antonio de Padua llegó a ponerse un cartel bajo el santo, diciendo: «*Acudan a San Gaetano, que yo ya no despacho*».

Y así, lo mismo que San Antonio de Padua, don Francisco de Quevedo, familiarizado con ese naipe –él mismo soli-

citó varias veces sin reparo, aunque no siempre lo acompa-
ñaran la oportunidad y la suerte–, escuchaba, sonreía, enco-
gía los hombros sin comprometerse más allá de lo justo. Sólo
soy un poeta, advertía para escurrir el bulto. Y a veces, harto
de la insistencia del impertinente y sin poder zafarse de modo amable, terminaba enviándolo al carajo.

–Por los clavos de Cristo –murmuraba– que nos hemos
convertido en un país de pedigüeños.

Lo que no era poca verdad, y aún había de serlo más en lo
que estaba por venir. Para el español, la merced no fue nunca
privilegio sino derecho inalienable; hasta el punto de que no
conseguir lo que su vecino alcanzaba ennegreció siempre su
bilis y su alma. Y en cuanto a la proverbial hidalguía tan traída
y llevada entre las supuestas virtudes patrias –hasta el francés
Corneille con su Cid y algún otro se tragaron ese pastel de a
cuatro–, diré que tal vez la hubo en otra época: cuando nuestros compatriotas necesitaban pelear para sobrevivir, y el valor
era sólo una entre muchas virtudes imposibles de comprar con
dinero. Pero ya no era el caso. Demasiada agua había corrido
bajo los puentes desde aquellos tiempos sobre los que el mismo don Francisco de Quevedo escribió, a modo de epitafio:

Yace aquella virtud desaliñada,
que fue, si rica menos, más temida,
en vanidad y en sueño sepultada.

En los días que narro, las virtudes, si alguna vez existie-
ron, habíanse ido casi todas al diablo. Nos quedaban sólo la

soberbia ciega y la insolidaridad que terminarían por arras-
trarnos al abismo; y la poca dignidad que conservábamos se
limitaba a unos cuantos individuos aislados, a los escenarios
de los corrales de comedias, a los versos de Lope y de Calderón, y a lejanos campos de batalla donde aún resonaba el
hierro de nuestros tercios veteranos. Que mucho me hicieron reír siempre los que se retuercen el mostacho pregonando la nuestra como nación digna y caballeresca. Pues yo fui
y soy vascongado y español, viví mi siglo de cabo a rabo, y
siempre topé en el camino con más Sanchos que Quijotes,
y con más gente ruin, malvada, ambiciosa y vil, que valiente y honrada. Nuestra única virtud, eso sí, fue que algunos,
incluso entre los peores, supieron morir como Dios manda
cuando hizo falta o no hubo otro remedio, de pie, el acero
en la mano. Lo cierto es que mucho mejor habría sido vivir
para el trabajo y el progreso que pocas veces tuvimos, pues
nos lo negaron, contumaces, reyes, validos y frailes. Pero
qué le vamos a hacer. Cada nación es como es, y aquí hubo
lo que hubo. De cualquier modo, y puestos a irnos todos al
fondo como al cabo nos fuimos, mejor así: unos cuantos
desesperados poniendo a salvo, como si fuese la bandera
rota del reducto de Terheyden, la dignidad del infame resto. Rezando, blasfemando, matando hasta vender cara la piel.
Y algo es algo. Por eso, cuando alguien me pregunta qué respeto de esta infortunada y triste España, siempre repito lo
que le dije a aquel oficial francés en Rocroi. Pardiez. Contad
los muertos.

Si sois lo bastante hidalgo para escoltar a una dama, aguardad esta noche, a las Ánimas, en la puerta de la Priora.

Venía tal cual, sin firma. Lo leí varias veces, recostado en una columna del patio mientras don Francisco departía en corro con unos conocidos. Y a cada lectura el corazón se me desbocaba en el pecho. Mientras el poeta y yo estuvimos en presencia de la reina, Angélica de Alquézar no había hecho un solo gesto que delatase interés por mi persona. Hasta sus sonrisas, entre los cuchicheos de las otras meninas, fueron más contenidas y sutiles. Sólo sus ojos azules me calaban con una intensidad tal que, como ya dije, en algún momento temí no soportarla a pie firme. Por ese tiempo yo era un mozo de buena traza, alto para mi edad, de ojos vivos, con espeso cabello negro, y la ropa nueva y la gorra con pluma roja que tenía en las manos me procuraban una apariencia decente. Eso me había dado ánimo para soportar el escrutinio de mi joven dama, si es que la palabra *mía* puede aplicarse a la sobrina del secretario real Luis de Alquézar; que todo el tiempo fue de ella sola, e incluso cuando poseí su boca y su carne —yo estaba lejos de imaginar lo poco que faltaba para esa primera vez— siempre me sentí de paso, como el intruso que se mueve inseguro del terreno que pisa, esperando de un momento a otro que los criados lo echen a la calle. Sin embargo, como ya apunté otra vez, y pese a todo cuanto después ocurrió entre nosotros, incluida la cicatriz de daga que tengo en la espalda, sé —quiero creer que lo sé— que ella me amó siempre. A su manera.

Nos encontramos con el conde de Guadalmedina bajo uno de los arcos de la escalera. Venía de las habitaciones del joven rey, donde entraba y salía con mucha confianza, y a las que el cuarto Felipe acababa de retirarse tras pasar la mañana cazando en los bosques de la Casa de Campo; placer al que era aficionadísimo, contándose que gustaba de ir sin perros tras los jabalíes y que era capaz de correr el monte todo el día tras una presa. Álvaro de la Marca vestía jubón de gamuza y polainas manchadas de lodo, y se tocaba con una graciosa monterilla enjoyada con esmeraldas. Iba refrescándose con un pañizuelo mojado en agua de olor, camino de la explanada frente a palacio donde lo esperaba su coche. La indumentaria de cazador lo hacía aún más apuesto, dándole un falso toque rústico que realzaba su estampa gallarda. No era extraño, decidí, que las damas de la Corte se abanicasen con más pasión y garbo cuando el conde les asestaba sus miradas; y que incluso la reina nuestra señora le hubiese mostrado al principio cierta inclinación, aunque sin faltar nunca, por supuesto, al decoro de su alto rango y su persona. Y digo al principio porque, en el tiempo de esta aventura, Isabel de Borbón ya estaba al corriente de las almogavarías de su augusto esposo y del papel de acompañante, escolta o tercero, que el de Guadalmedina desempeñaba en tales lances. Lo aborrecía por eso, y aunque el protocolo la obligaba a ciertas finezas –además de servidor de su esposo, el de la

Marca era grande de España–, procuraba tratarlo con frialdad. Sólo otro personaje de la Corte era más detestado por
la reina nuestra señora: el conde-duque de Olivares, cuya
privanza nunca fue bien vista por aquella princesa criada en
el arrogante señorío de la Corte de María de Médicis y del
gran Enrique IV de Francia. Y así, con el tiempo, querida y
respetada hasta su muerte, Isabel de Borbón terminaría en-
cabezando la facción palaciega y cortesana que, década y
media más tarde, iba a acabar con el poder absoluto del valido, derribándolo del pedestal donde lo habían encumbrado
su inteligencia, su ambición y su orgullo. Eso ocurrió cuando al fin el pueblo, que no había hecho sino oír, admirar y temer con el gran Felipe II, y murmurar o lamentarse con prudencia con Felipe III, diezmado al fin, exhausto, harto de
bancarrotas y desastres, empezó a mostrar más desesperación que respeto con Felipe IV, y fue oportuno servirle una
cabeza política para calmar su cólera:

> *Quien no tiene por hazaña*
> *caer, quien se aventuró,*
> *acuérdese, pues se engaña,*
> *que cayó Troya, y cayó*
> *la princesa de Bretaña.*

El caso es que aquella mañana, en palacio, el conde de Guadalmedina nos vio a don Francisco y a mí, bajó de dos en
dos los últimos peldaños de la escalera, esquivó con práctica
y donaire a un grupillo de solicitantes –un capitán reforma-

do, un clérigo, un alcalde y tres hidalgos provincianos a la espera de que alguien despabilara sus pretensiones– y tras saludar con mucho afecto al poeta, y a mí con una cordial palmada en el hombro, nos llevó aparte.

–Hay un asunto –dijo grave, sin más preámbulos.

Me miraba de soslayo, dudando de ir más allá en mi presencia. Pero eran muchos lances los que me conocía junto al capitán Alatriste y don Francisco, y mi lealtad y discreción eran cosa probada. Así que, decidiéndose, echó un vistazo en torno para comprobar que no había orejas palaciegas cerca, saludó tocándose la montera a un miembro del Consejo de Hacienda que pasaba bajo los arcos –los del grupillo pretendiente le fueron detrás como cochinos a un maizal–, bajó un poco más la voz y susurró:

–Decidle a Alatriste que cambie de montura.

Tardé en comprender aquellas palabras. Don Francisco, no. Agudo como siempre, se ajustó los lentes para estudiar al de la Marca.

–¿Habla vuestra excelencia en serio?

–A fe mía si hablo. Miradme la cara y juzgad las ganas de chacota.

Un silencio. Yo empezaba a comprender. El poeta maldijo en voz baja.

–Yo, en asuntos de faldas, me siento un fui, un seré y un soy cansado... Debería decírselo vuestra excelencia misma. Si tiene huevos.

–Y un cuerno –Guadalmedina movió la cabeza, sin afectarse por la familiaridad–. Yo no puedo mezclarme en eso.

–Pues bien que se mezcla vuestra excelencia en otros menesteres.

El aristócrata se acariciaba bigote y perilla, evasivo.

–No me fastidiéis, Quevedo. Cada uno tiene sus obligaciones. En cualquier caso cumplo de sobra con él, avisándolo.

–¿Qué debo contarle?

–Pues no sé. Que pique menos alto. Que el Austria asedia la plaza.

Se miraron en largo y elocuente silencio. Lealtad y prudencia en uno, debate entre amistad e interés en otro. Bien situados como ambos vivían en ese tiempo, en pleno favor de la Corte, habría sido más sensato para éste callar, y para aquél no escuchar. Más cómodo y seguro. Y sin embargo allí estaban, cuchicheando junto a las escaleras de palacio, inquietos por un amigo. Y yo era ya lo bastante cuerdo para apreciar su actitud. Su dilema.

Al cabo, Guadalmedina se encogió de hombros.

–¿Y qué queréis? –zanjó–... Cuando el monarca codicia, no hay más que hablar. Se hacen con los ochos quince.

Reflexioné sobre eso. Qué extraña era la vida, concluí. Con aquella reina en palacio, mujer hermosísima que bastaría para llenar de dicha a cualquier hombre, el rey andaba salteando hembras. Y para más escarnio, de baja estofa: sirvientas, comediantas, mozas de taberna. Yo estaba lejos de sospechar entonces que ya despuntaban en el rey nuestro señor, pese a su naturaleza bondadosa y su flema, o tal vez a causa de ellas, los dos grandes vicios que en pocos años darían al traste con el prestigio de la monarquía labrado por su abuelo y su bisabuelo: la afición desmedida a las mujeres y la apatía en asuntos de gobierno. Puestas ambas cosas, siempre, en manos de terceros y de favoritos.

—¿Luego es cosa hecha? —quiso saber don Francisco.

—Se remata en un par de días, me temo. O antes. Lo de vuestra comedia está ayudando mucho... Filipo ya le tenía echado el ojo a la dama en los corrales. Pero ahora ha presenciado de incógnito el ensayo de la primera jornada, y arrastra la soga por ella.

—¿Y el marido?

—En el ajo, naturalmente —Guadalmedina hizo gesto de palparse la faltriquera—. Listo como el hambre, y sin complejos. Es el negocio de su vida.

El poeta movía la cabeza con desaliento. De vez en cuando me miraba, inquieto.

—Pardiez —dijo.

El tono era sombrío, cifrado por las circunstancias. También yo pensaba en mi amo. Según en qué cosas, y María de Castro podía ser muy bien una de ellas, a los hombres como el capitán Alatriste les daban igual los reyes que las sotas.

Atardecía templado, con el sol amarillento, horizontal, alargando sombras carrera de San Jerónimo abajo. A esa hora hervía de coches la olla del Prado, con rizos enjoyados y manos blancas con abanicos asomadas a algunas ventanillas, y gallardos jinetes cosidos al estribo. Frente a la huerta de Juan Fernández, en la confluencia de los prados alto y bajo, hormigueaban paseantes gozando de las últimas horas de luz: damas chapineando, tapadas con manto o a medio tapar, aunque algunas no eran damas ni lo serían nunca, pese a dárselas de tales; del mismo modo que buena parte de los supuestos hidalgos que por allí discurrían, pese a la espada al cinto, la capa y los aires, venían directamente del zaguán de zapatero, la tienda o la sastrería donde se ganaban el pan con las manos: honrada actividad de la que, ya dije, renegó siempre todo español. Había también gente de calidad, por supuesto; pero ésta se concentraba más en los bosquecillos de frutales, los macizos de flores, el laberinto de seto, la noria y el cenador campestre de la famosa huerta, donde aquella tarde, inspiradas por el éxito de la comedia de Tirso que seguía representándose en el corral de la Cruz, la condesa de Olivares, la de Lemos, la de Salvatierra y otras señoras de la Corte habían dado una merienda sin protocolo, hojaldres de las descalzas reales y chocolate de los padres recoletos en honor del cardenal Barberini, legado –y sobrino carnal, además– de su santidad Urbano VIII; que visitaba Madrid entre muchas zalemas diplomáticas por ambas partes y sobre todo por la suya. A fin de cuentas, los tercios españoles eran la más poderosa defensa con que contaba el catolicismo. Y como en los tiempos del gran Carlos V, nuestros monarcas seguían dispuestos a perderlo todo –al cabo lo perdieron, y lo perdimos– antes de verse gobernando a herejes. Aunque no deja de ser paradójico que, mientras España se consumía defendiendo con dinero y sangre la verdadera religión, su santidad procurase, bajo cuerda, minar nuestro poder en Italia y en el resto de Europa, con sus agentes y diplomáticos entendiéndose con nuestros enemigos. Quizá habría sido mano de santo, para encauzar las cosas, otro saco de Roma como el que las tropas del emperador habían consumado noventa y nueve años atrás, en 1527, cuando todavía éramos lo que éramos y el solo nombre de español quitaba el resuello al mundo. Pero lo cierto es que ahora vivíamos otros tiempos, Felipe IV no era ni de lejos su bisabuelo Carlos, las formas se cuidaban con mucha más política, y la temporada no resultaba oportuna para higos, ni para brevas, ni para que pontífices con la sotana arremangada corrieran a refugiarse en Santángelo con las alabardas de nuestros lansquenetes haciéndoles cosquillas en el culo. Y es una lástima. Porque en la revuelta Europa que narro, con naciones jóvenes haciéndose y con la nuestra vieja de siglo y medio, ser amado no tenía ni la décima parte de ventaja que ser temido. Si tal como estaba el panorama los españoles nos hubiéramos propuesto ser amados, quienes nos segaban la hierba bajo los pies, ingleses, franceses, holandeses, venecianos, turcos y demás, nos habrían liquidado mucho antes. Y gratis. Así, al menos, peleando cada palmo de tierra, cada legua de mar y cada onza de oro, se lo hicimos pagar bien caro, a los hideputas.

En fin. Volviendo a Madrid y a su eminencia el legado apostólico Barberini, aquella tarde todas las ilustres personas, sobrino papal incluido, se habían retirado hacía rato de lo de Juan Fernández; mas aún quedaban en la huerta famosa los restos de la celebración, damas y caballeros de la Corte, paseantes disfrutando de los amenos jardincillos y el césped junto a la noria, y refrescos y fuentes con frutas y golosinas bajo el dosel del cenador. También afuera, por las alamedas y entre las fuentes de ambos prados, de San Jerónimo a los agustinos recoletos, la gente iba y venía o descansaba bajo los árboles: más coches, matrimonios respetables, señoras de condición, daifas con perrillos de faldas disimulándose señoras, jóvenes perdularios, mozas de mesón buscando lo que aún no habían perdido, galanes a caballo, lindos, limeras, vendedores de golosinas, corros de criadas y escuderos, pueblo que miraba. Y el ambiente era tal y como lo describió, con su habitual desenfado, nuestro conocido y vecino el poeta Salas Barbadillo:

> *Este prado es común a los casados,*
> *deleite es de maridos y mujeres.*
> *Igualmente dos sexos se recrean,*
> *porque ellos pacen y ellas se pasean.*

El caso es que por allí andábamos, de bureo en la atardecida, el capitán, don Francisco de Quevedo y yo, de la huerta a la torrecilla de la música y Prado arriba de nuevo, bajo los tres órdenes de álamos cuyas ramas frondosas se extendían sobre nuestras cabezas. Mi amo y el poeta parlaban en voz baja de sus asuntos; aunque he de confesar que yo, siempre atentísimo a lo que decían, iba esa vez distraído en mis cosas: con las campanadas de las ánimas tenía cita cerca de palacio. Lo que no me estorbaba, sin embargo, para captar el aire de la con-

versación. Os la jugáis, decía don Francisco. Y al cabo de unos
pasos –el capitán caminaba a su lado, silencioso, la mirada
sombría bajo el ala del chapeo– lo repitió:

–Os la jugáis, y estos bueyes vienen marcados.

Se detuvieron un poco y yo con ellos, junto al pretil del
puentecillo, para dejar pasar unos coches con damas que iban
de retirada, cediendo espacio a las trotonas y campadoras de
medio manto que con la noche empezarían a buscar lanzas
para sus broqueles, y a las tapadas que, a hurtadillas de padres
o hermanos, con pretexto de una última misa o una caridad y
acompañadas por una dueña complaciente, iban al encuentro
de un galán perdidizo, o lo hallaban allí sin buscarlo. Saludó el
poeta quitándose el sombrero al ser reconocido desde uno de
los coches, y luego se volvió hacia mi amo.

–Lo vuestro –dijo– es tan absurdo como el médico que se
casa con mujer vieja, estando en su mano matarla.

El capitán torció el mostacho, sin poder evitar media
sonrisa; pero no dijo nada.

–Si porfiáis –insistió Quevedo– daos por muerto.

Aquellas palabras me hicieron sobresaltar. Presté atención a mi amo, su perfil aquilino recortado en la última luz
de la tarde. Impasible.

–Pues no pienso regalarla –dijo al fin.

El otro lo miró, intrigado.

–¿La hembra?

–La piel.

Hubo un silencio y luego el poeta miró a un lado, luego
a otro, y después murmuró entre dientes algo del género es-

táis loco, capitán, ninguna mujer merece arriesgar así la gorja. Ésa es caza peligrosa. Pero mi amo se limitó a pasarse dos dedos por el mostacho sin abrir más la boca. Al cabo, tras cuatro o cinco maldiciones y pardieces, don Francisco se encogió de hombros.

–Para eso no cuente vuestra merced conmigo –dijo–. Con reyes no me bato.

El capitán lo miró y tampoco dijo nada. Así echamos a andar de nuevo hacia las tapias de la huerta, donde a los pocos pasos, a medio camino entre la torrecilla y una de las fuentes, vimos de lejos un coche descubierto tirado por dos buenas mulas. No presté atención hasta que observé el rostro de mi amo. Entonces seguí su mirada y vi a María de Castro, arreglada para el paseo y bellísima, sentada en el lado derecho del carruaje. Al izquierdo iba su marido, pequeño, patilludo, sonriente, con jubón de trencilla dorada, bastón de puño de marfil y un elegante sombrero de castor a la francesa que se quitaba continuamente para saludar a diestra y siniestra, encantado de la vida y de la expectación que su esposa y él mismo suscitaban.

–Ahí llegan dos pares de manos –ironizó don Francisco–: manos de Sierra Nevada y manos de Sierra Morena... Gentil almadraba para pescar atunes.

El capitán siguió callado. Unas señoras con escapularios, ropones, amplias basquiñas negras y rosarios de quince dieces, que estaban cerca con sus maridos, hacían corro cuchicheando entre abanicazos mientras disparaban al coche ojeadas como saetas berberiscas, al tiempo que los respectivos, enlutados, graves, procurando no perder el continente, miraban con disimulada avidez, retorciéndose hacia arriba los mostachos. Mientras se acercaban los comediantes, don Francisco contó un episodio que ilustraba el talante festivo y el gracioso ingenio del marido de María de Castro: durante una representación en Ocaña, habiendo olvidado el puñal con el que tenía que degollar a otro actor en escena, Rafael de Cózar se había quitado la barba postiza, haciendo como que lo estrangulaba con ella; tras lo cual la compañía tuvo que huir campo a través, perseguida a pedradas por los lugareños furiosos.

—Así de guasón es el pájaro —remató el poeta.

Al llegar el coche a nuestra altura, Cózar reconoció a don Francisco y a mi amo; y el gran pícaro hizo una cortés reverencia en la que mi ojo, ya advertido en sutilezas cortesanas, entendió no poca zumba. Con estas finezas y mi parienta, decía el gesto, me pago jubón y sombrero; y con vuestra bolsa el desquite. O, dicho en versos de Quevedo:

> *Más cuerno es el que paga que el que cobra;*
> *ergo, aquel que me paga es el cornudo,*
> *lo que de mi mujer a mí me sobra.*

En cuanto a la sonrisa y la mirada de la legítima del representante Cózar, directamente dirigidas al capitán, éstas eran elocuentes en otro orden de cosas: complicidad y promesa. Hizo ademán de taparse con el manto, sin llegar a ello –lo que fue menos recato que si nada hiciera–, y vi que mi amo,

... Cózar reconoció a don Francisco y a mi amo...

discreto, se destocaba despacio y permanecía sombrero en mano hasta que el coche de los comediantes se alejó alameda abajo. Luego caló el fieltro, volvióse más allá y encontró la mirada llena de odio de don Gonzalo Moscatel; quien, con una mano puesta en el pomo de la espada, nos observaba desde el otro lado del paseo, mordiéndose las guías del bigote de pura cólera.

–Atiza –dijo don Francisco–. El que faltaba.

Estaba el carnicero de pie junto al estribo de un coche propio con más guarnición que un castillo de Flandes, dos mulas tordas en los arreos, cochero en el pescante y una joven sentada dentro, junto a la portezuela abierta en la que don Gonzalo Moscatel se apoyaba. La joven era una sobrina doncella y huérfana que con él vivía, y a la que reservaba casamiento con su amigo el procurador de tribunales Saturnino Apolo: hombre mediocre y vil donde los hubiera, que aparte los cohechos propios de su oficio –de ahí venía su amistad con el obligado de abastos– frecuentaba el mundillo literario y se las daba de poeta, sin serlo, pues sólo era diestro en sangrarles dinero a los autores de éxito, adulándolos y llevándoles el orinal, por decirlo de algún modo, a la manera de quienes sacan barato en el garito de las Musas. El tal Saturnino Apolo era uña y carne de Moscatel y se las daba de conocer bien el ambiente teatral, con lo que alentaba las esperanzas del carnicero respecto a María de Castro, sacándole las doblas mientras esperaba sacarle también a la sobrina y la dote correspondiente. Que tal era su pícara especialidad: vivir de la bolsa ajena, hasta el punto de que el mismo don Francisco de Quevedo, que como todo Madrid despreciaba a ese miserable, le había escrito un soneto famoso que terminaba:

> *Zurrapa de las musas, gran bellaco,*
> *te importa más la bolsa que la lira,*
> *y más que Apolo te emparenta Caco.*

El caso es que la joven Moscatel era bonita moza, harto infame su pretendiente el procurador, y don Gonzalo, el tío, celoso en extremo de su honra. De suerte que todo aquello, sobrina, casamiento, los celos respecto al capitán Alatriste por el asunto de la Castro, la figura y talante desaforado del carnicero, habrían parecido elementos más propios de una comedia que de la vida real –Lope o Tirso llenaban los corrales con historias así– de no darse la circunstancia de que el teatro debía su éxito a reflejar lo que acontecía en la calle, y a su vez la gente de la calle imitaba lo que veía en los escenarios. De ese modo, en el pintoresco y apasionante teatro que fue mi siglo, los españoles nos adornábamos unas veces con aires de comedia, y otras con aires de tragedia.

–Seguro que ése –murmuró don Francisco– no pone reparos.

Alatriste, que miraba a Moscatel con los ojos entornados y el aire ausente, se volvió a medias hacia el poeta.

–¿Reparos a qué?

–Pardiez. A esfumarse cuando sepa que caza en coto real.

El capitán moduló un apunte de sonrisa y no hizo comentarios. Desde el otro lado de la alameda, luciendo capotillo francés, contramangas huecas, ligas del mismo color bermellón que la pluma del sombrero, tizona larguísima de mucha cazoleta y gavilanes, acartonado de gravedad y ridículo continente, el carnicero seguía fulminándonos con la mirada. Observé a la sobrina: recatada, morena de pelo, sentada entre vuelo de falda ahuecada por el guardapiés, mantilla sobre la cabeza y crucifijo de oro en la valona.

–Coincidirán conmigo –dijo una voz a nuestro lado– en que es muy linda.

Nos volvimos, sorprendidos. Lopito de Vega se nos había acercado por detrás y allí estaba, con los pulgares en la pretina donde llevaba la espada, el paño de la capa doblado sobre un brazo, el sombrero a lo soldado un poco inclinado atrás, sobre el vendaje que aún le envolvía la frente. Miraba con ojos lánguidos a la sobrina de Moscatel.

–No me diga vuestra merced –exclamó don Francisco– que ella es *ella*.

–Lo es.

Nos admiramos todos, y hasta el capitán Alatriste observó al hijo de Lope con atención.

–¿Y don Gonzalo Moscatel tolera el galanteo? –quiso saber don Francisco.

–Al contrario –el mozo torcía el bigotillo con amargura–. Dice que su honor es sagrado, etcétera. Y eso que medio Madrid sabe que con el abasto de carne robó lo que no está escrito, ¿verdad?... Pues bueno. Con todo y eso, al señor Moscatel no se le cae el honor de la boca. Ya saben vuestras mercedes: los abuelos, las armas, la prosapia... La vieja copla.

–Pues para ser quien es y con ese apellido, el tal Moscatel se remonta lejos.

–A los godos, naturalmente. Como todo cristo.

–Ay, amigo mío –filosofó el otro–. Por desgracia, la España grotesca nunca muere.

–Pues alguien debería matarla, vive Dios. Oyendo a ese menguado se diría que vivimos en tiempos del Cid... Ha jurado despacharme si rondo la reja de la sobrina.

Don Francisco miró al hijo del Fénix con renovado interés.

–¿Y vuestra merced ronda, o no ronda?

–¿Tengo yo, señor de Quevedo, trazas de no rondar?

Y en pocas palabras Lopito nos completó la situación. No era un capricho, aclaró. Amaba sinceramente a Laura Moscatel, que ése era el nombre de la moza, y estaba dispuesto a casarse con ella apenas lograse el despacho de alférez que solicitaba. El problema era que, soldado de profesión e hijo de autor de comedias –aunque ordenado sacerdote, Lope de Vega padre tenía fama de mujeriego y ponía en entredicho la moralidad de la familia–, sus posibilidades de obtener el permiso de don Gonzalo eran remotas.

–¿Se ha intentado la empresa a fondo?

–De todos los modos posibles. Y nada. Se cierra de campiña.

–¿Y qué tal –preguntó Quevedo– si le metéis un palmo de acero al cagarruta del pretendiente, ese tal Apolo?

–No cambiaría nada. De no ser con él, Moscatel la comprometería con otro.

Don Francisco se ajustó los anteojos para ver mejor a la joven del carruaje, y luego observó al amartelado galán.

–¿De veras la pretendéis en serio?

–Por mi vida que sí –repuso el mozo, firme–. Pero cuando fui a pedir al señor Moscatel una conversación honorable, encontré en la calle a un par de bravos que había contratado para disuadirme.

El capitán Alatriste se volvía a escuchar, interesado; le sonaba aquella música. Quevedo enarcó las cejas con curiosidad. De rondas y estocadas él también sabía un rato.

–¿Y cómo anduvo el lance? –interrogó el poeta.

Lopito encogió los hombros con hidalga modestia.

–Razonable. De algo sirven la esgrima y la milicia... Además, los jaques no eran gran cosa. Metí mano, lo que no esperaban; tuve suerte y se fueron calcorreando. Pero don Gonzalo no quiso recibirme. Y cuando volví de noche a la reja, acompañado de un criado que además de guitarra llevaba rodela y estoque para andar parejos, resultó que ya sumaban cuatro.

–Hombre precavido, el carnicero.

–Vaya si lo es. Y con buena bolsa para pagarse las precauciones... A mi criado le rebanaron media nariz, al pobrete, y tras unas pocas cuchilladas tuvimos que tomar las de Villadiego.

Nos quedamos mirando los cuatro a Moscatel, muy picado de nuestras ojeadas y de ver en buena compaña a quienes desde dos ángulos tan diferentes batían sus murallas. Se retorció un poco más el fiero bigotazo de vencejo y anduvo unos pasos a diestra y siniestra, sobando la guarnición de la espada como si se contuviera de no venir a nosotros y hacernos pedazos. Al fin, iracundo, abrochó la cortinilla del carruaje para ocultarnos la vista de la sobrina, dio órdenes al criado del pescante mientras se acomodaba en el coche, subió el estribo y fue calle arriba haciéndose más lugar que un aceitero.

—Es como el perro del hortelano —apuntó Lopito, dolido—. Ni come, ni deja comer.

Amores difíciles. Meditaba yo sobre eso aquella misma noche, convencido de que todos lo eran, mientras aguardaba recostado en la tapia de la puerta de la Priora, mirando la oscuridad que se extendía más allá del puente del Parque hacia el camino de Aravaca, entre los árboles de las huertas próximas. La cercanía del arroyo de Leganitos y el río Manzanares refrescaban mucho. La capa que me cubría el cuerpo —y de paso mi daga terciada a los riñones y la espada corta de Juanes que llevaba al cinto— no bastaba para tenerme templado; pero tampoco quería moverme por no llamar la atención de alguna ronda, curioso o maleante de los que a tales horas se buscaban la vida en parajes solitarios como aquél. De modo que seguía allí, confundido con las sombras de la tapia, junto al portillo del pasadizo que, discurriendo entre el convento de la Encarnación, la plaza de la Priora y el picadero, comunicaba el ala norte del Alcázar Real con las afueras de la ciudad. Esperando.

Meditaba, repito, sobre los amores difíciles; que como dije son todos, o así me lo parecían entonces. Pensaba en el extraño designio de las mujeres, capaces de cautivar a los hombres y llevarlos hasta extremos donde van al parche del tambor, como dados, la hacienda, la honra, la libertad y la vida. Yo mismo, que no era un mozo lerdo, estaba allí en plena noche, cargado de hierro como un matamoros de la Heria, expuesto a un mal lance y sin saber qué diablos pretendía de mí el diablo, sólo porque una moza de ojos claros y cabellos rubios me había enviado dos líneas escuetas y garabateadas a toda prisa: *Si sois lo bastante hidalgo para escoltar a una dama*, etcétera. Eran buenas para lo suyo, todas ellas. Y hasta las más estúpidas salían capaces de aplicar el arte sin darse cuenta. Ningún astuto hombre de leyes, ningún memorialista, ningún pretendiente en Corte lo habría hecho mejor en materia de apelar a la bolsa, la vanidad, la hidalguía o la estupidez de los hombres. Armas de mujer. Sabio, vivido, lúcido, don Francisco de Quevedo llenaba hojas y hojas de versos sobre eso:

> *Y eres así a la espada parecida,*
> *que matas más desnuda que vestida.*

La campana de la Encarnación dio las ánimas, y al instante se le sumó, como un eco, el mismo toque procedente de San Agustín, cuyo chapitel se adivinaba recortado por la media luna entre las sombras de los tejados cercanos. Me persigné, y todavía sin extinguirse la última campanada oí chirriar el portillo del pasadizo. Contuve el aliento. Luego, con mucha cautela, desembaracé de la capa el puño de la espada, por si acaso, y volviéndome hacia el ruido tuve tiempo de ver la luz de una linterna que, antes de retirarse, iluminó desde dentro una silueta que salía con presteza, cerrando el portillo tras de sí. Aquello me desconcertó, pues la forma entrevista era de hombre, mozo, ágil, sin capa, vestido de negro y con el inconfundible relucir de un puñal en el cinto. No era lo que yo esperaba, ni de lejos. Así que hice lo único sensato que podía hacer a esas horas y en aquel sitio: ligero como una ardilla, metí mano a mi blanca y le apoyé la punta al recién llegado en el pecho.

–Si dais un paso más –susurré–,
os clavo en la puerta.
Entonces oí reír a
Angélica de
Alquézar.

IV. LA CALLE
DE LOS PELIGROS

a estamos cerca –dijo ella.

Caminábamos sin luz, guiándonos por la claridad lunar que recortaba sombras de tejados en el camino y proyectaba nuestras siluetas en el suelo sin empedrar, surcado de arroyuelos de fregaza e inmundicias. Hablábamos en susurros y nuestros pasos resonaban en las calles desiertas.

–¿Cerca de dónde? –pregunté.

–Cerca.

Habíamos dejado atrás el convento de la Encarnación y desembocábamos en la plazuela de Santo Domingo, presidida por la siniestra mole oscura del convento de los frailes del Santo Oficio. No había nadie junto a la fuente vieja, y los pequeños puestos de frutas y verduras estaban cerrados. Un farol medio apagado, puesto sobre una Virgen, señalaba a lo lejos la esquina de la calle de San Bernardo.

–¿Conocéis la taberna del Perro? –inquirió Angélica.

Me detuve, y tras unos pasos ella se detuvo también. La luna me permitía ver su traje de hombre, el jubón ajustado que no traicionaba formas de jovencita, el cabello rubio recogido bajo una gorra de fieltro. El destello metálico del puñal en su cintura.

–¿Por qué os paráis? –preguntó.

–Nunca imaginé que pudiera oír el nombre de esa taberna en vuestra boca.

–Hay demasiadas cosas que no imagináis, me temo. Pero tranquilizaos. No voy a pediros entrar allí.

Me tranquilicé un poco. Lo justo. El del Perro era un antro poco recomendable hasta para mí: putas, jaques, pícaros y gente de paso. Aquel cuartel, Santo Domingo y San Bernardo, no era lugar de mala nota sino habitado por gente respetable; pero el callejón donde estaba la taberna –un tramo angosto entre la calle de Tudescos y la de Silva– constituía una especie de pústula que las protestas de los vecinos no habían logrado eliminar.

–¿Conocéis la taberna, o no?

Respondí que sí, obviando detalles. Había estado alguna vez con el capitán Alatriste y con don Francisco de Quevedo, cuando al poeta se le espoleaba la chanfaina y buscaba material fresco para sus jácaras; amén de que el Perro, pues de tan ilustre apodo gozaba el dueño de la taberna, vendía bajo cuerda hipocrás: bebida famosa y cara cuyo consumo

estaba prohibido por varias premáticas, pues para abaratarla
se adulteraba con piedra alumbre, bascosidades y substancias
nocivas para la salud. Pese a lo cual seguía consumiéndose de
forma clandestina; y como toda prohibición hace ricos a los
comerciantes que no la cumplen, el Perro vendía su matarra-
tas a veinticinco maravedís el cuartillo. Que ya era vender.

–¿Hay algún sitio desde el que se pueda vigilar la taberna?

Hice memoria. La calle era corta y oscura, con varios reparos que incluían una tapia derruida y un par de ángulos que la
noche mantendría en sombras. El único problema, dije, sería
que los sitios adecuados estuvieran ocupados por acechonas.

–¿Acechonas?

–Putas.

Sentí un rudo placer en hablarle de ese modo, como si aquello me devolviera la iniciativa que ella parecía empeñada en
controlar. Angélica de Alquézar no lo sabía todo, al cabo. Y a
fin de cuentas, por muy vestida de hombre y muchas agallas
que tuviera, en Madrid y de noche yo estaba en mi elemento,
y ella no. La espada que pendía de mi cinto no era un adorno.

–Ah –dijo.

Eso me dio aplomo. Enamorado, sí. Hasta la gola. Pero no
menguado. Y no estaba de más, concluí, ponerlo en claro.

–Decidme qué os proponéis, y qué pinto en esto.

–Luego –repuso, y echó a andar, decidida.

No me moví. Tras un corto trecho ella se detuvo, volviéndose.

–Contádmelo –insistí– o seguís sola.

–No seréis capaz.

Se me encaraba desafiante en su indumento masculino, silueta negra, una mano al descuido en el cinto donde llevaba atravesado el puñal. Era mi turno: conté hasta diez y luego volví la espalda y caminé decidido. Seis, siete, ocho pasos. Maldije en mis entrañas, desgarrándome el corazón. Ella me dejaba ir, y yo no podía volver atrás.

–Esperad –dijo.

Me detuve, aliviado. Sus pasos sonaron acercándose, su mano se apoyó en mi brazo. Cuando me giré hacia ella, un reflejo de luna entre dos aleros clareaba sus ojos frente a los míos. Creí sentir su olor: pan tierno. Por mi vida que olía a pan tierno.

–Necesito escolta –apuntó.

–¿Y por qué yo?

–Porque no puedo fiarme de otro.

Sonó sincero. Sonó a mentira. Sonó a cualquier cosa probable o improbable, posible o imposible; y lo cierto es que me daba igual cómo sonara. Ella estaba cerca. Mucho. Si hubiera alzado una de mis manos habría tocado su cuerpo. Rozado su rostro.

–He de vigilar a un hombre –dijo.

La contemplé, atónito. Qué hacía una menina de palacio en plena noche y peligros de Madrid, vigilando a un hombre. Por cuenta de quién. La siniestra imagen de su tío el secretario real me pasó por la cabeza. Me estaba enredando de nuevo, comprendí. Angélica era la sobrina de uno de los enemigos mortales del capitán Alatriste; la niña-moza que me había llevado tres años atrás a las cárceles de la Inquisición y al pie de la hoguera.

–Debéis de tomarme por estúpido.

Se quedó callada, el óvalo de su rostro como una mancha pálida en las sombras. Seguía el reflejo lunar en sus pupilas. Comprobé que se acercaba un poco más, y más todavía. Su cuerpo estaba tan próximo que la guarnición de su puñal se me clavaba en la cadera.

–Una vez os dije que os amo –susurró.

Y me besó en la boca.

Una ventana iluminada y un hacha de luz sucia, humeante, puesta en una argolla de la pared junto a la puerta de la taberna del Perro, era la única luz de la calleja. El resto estaba a oscuras, de modo que era fácil disimularse en las sombras, junto a la tapia en ruinas que daba a un huertecillo abandonado. Nos situamos allí, desde donde veíamos la puerta y la ventana. Al extremo de la calle, entre las tinieblas próximas a la calle de Tudescos, se movían los bultos de dos o tres pecatrices que echaban el anzuelo con poca suerte. De vez en cuando, hombres solos o en grupo entraban y salían de la taberna. Dentro se oían voces y risas, y a veces el canto de una copla o el aire de una chacona a la guitarra. Un borracho tambaleante vino a aliviarse a nuestro rincón; le di un susto de muerte cuando, sacando la daga, se la puse entre los ojos y le dije que se fuera enhoramala con su vejiga a otra parte. El borracho debió de tomarnos por gente ocupada en comercios carnales, y sin replicar nada se alejó dando bordos. Cerquísima de mí, Angélica de Alquézar sofocaba la risa, divertida.

–Nos toma por lo que no somos –dijo–. Ni hacemos.

Parecía encantada con todo aquello: el lugar inadecuado, la hora, el peligro. Tal vez también conmigo, quise creer. Con mi presencia. De camino hacia allí habíamos visto pasar de lejos a la ronda nocturna: un alguacil y cuatro corchetes con rodelas y espadas, que caminaban alumbrándose con un farol. Eso nos obligó a dar un rodeo; primero, porque el uso de espada por un mozo de mis años, casi en el límite requerido por las premáticas, podía ser tomado a mal por la Justa. Pero había algo más serio que mi toledana: el traje de hombre de Angélica no habría superado el escrutinio de los corchetes; y tal suceso, simpático y novelero en el tablado de un corral de comedias, podía tener graves consecuencias en la vida real. El uso de ropas de hombre por las mujeres estaba prohibido con rigor. Incluso muchas veces censuróse representar así en el teatro; y sólo se permitió a quienes interpretaban papeles de mujeres solteras ofendidas o deshonradas; que, como las Petronila y Tomasa de *La Huerta de Juan Fernández* o la Juana del *Don Gil de las calzas verdes* de Tirso, la Clavela de *La francesilla* de Lope y otros sabrosos personajes de ocurrencias semejantes, tenían como excusa ir en procura de su honor y del matrimonio, y no se disfrazaban por vicio, capricho o putería:

> *No te finjas tan helado.*
> *Yo os quiero desengañar;*
> *que soy sirena de mar,*
> *de medio abajo, pescado.*

En fin. Mojigatos e hipócritas aparte –luego se llenaban las mancebías, pero ésa es otra historia–, no resultaba ajena a ese celo indumentario la presión de la Iglesia, que a través de confesores reales, obispos, curas y monjas, de los que siempre estuvimos más abastecidos que de chinches y garrapatas una posada de arrieros, procuraba, por la salvación de nuestras almas, que el diablo no hiciese de las suyas; hasta el punto de que ir vestidas de hombre llegó a considerarse agravante a la hora de mandar mujeres a la hoguera en los autos de fe. Pues hasta el Santo Oficio tomaba cartas en este asunto, como lo hacía –y lo sigue haciendo, pardiez– en tantos otros de nuestra desdichada España.

Pero no era desdicha lo que yo sentía aquella noche, escondido en las sombras frente a la taberna del Perro junto a Angélica de Alquézar. Estábamos sentados sobre mi capa, aguardando, y a veces nuestros cuerpos se rozaban. Ella miraba la puerta de la taberna, yo la miraba a ella, y a veces, cuando se movía, el hacha que chisporroteaba enfrente iluminaba el perfil de su rostro, la blancura de la piel, algunos cabellos rubios que escapaban bajo la gorra de fieltro. El ajustado jubón y las calzas dábanle el aspecto de un paje joven; pero esa impresión quedaba desmentida cuando un resplandor más intenso iluminaba sus ojos: claros, fijos, resueltos. En ocasiones parecía estudiarme con mucho sosiego y penetración, hasta el último recodo del alma. Y siempre, al final, antes de volverse de nuevo hacia la taberna, el lindo trazo de su boca se curvaba en una sonrisa.

–Contadme algo de vos –dijo de pronto.

Acomodé la espada entre mis piernas y estuve un rato azorado, sin saber qué decir. Al cabo hablé de la primera vez que la vi, casi una niña, en la calle de Toledo. De la fuente del Acero, de las mazmorras de la Inquisición, de la vergüenza del auto de fe. De su carta escrita a Flandes. De cómo pensaba en ella cuando nos cargaron los holandeses en el molino Ruyter y en el cuartel de Terheyden, mientras corría tras el capitán Alatriste con la bandera en las manos, seguro de que iba a morir.

–¿Cómo es la guerra?

Parecía atenta a mi boca. A mí o a mis palabras. De improviso me sentí adulto. Casi viejo.

–Sucia –respondí con sencillez–. Sucia y gris.

Movió la cabeza despacio, cual si reflexionara sobre eso. Luego pidió que siguiera contando, y el color sucio y gris quedó relegado a un rincón de mi memoria. Apoyé la barbilla en la cazoleta de la espada y volví a hablar de nosotros. De ella y de mí. Del encuentro que tuvimos en el alcázar de Sevilla y de la emboscada a la que me condujo junto a las columnas de Hércules. De nuestro primer beso en el estribo de su coche, momentos antes de que yo me batiera a vida o muerte con Gualterio Malatesta. Eso fue lo que dije, más o menos. Nada de palabras de amor, ni sentimientos. Sólo describí nuestros encuentros, la parte de mi vida que tenía que ver con ella, de la forma más ecuánime posible. Detalle a detalle, como la recordaba. Como no la olvidaría nunca.

–¿No creéis que os amo? –dijo de pronto.

Nos miramos fijamente durante siglos. Y la cabeza empezó a darme vueltas como si acabara de tomar un bebedizo. Abrí la boca para pronunciar palabras imprevisibles. Para besar, tal vez. No como antes había hecho ella en la plazuela de Santo Domingo, sino para imprimir en sus labios un beso mío, fuerte y largo, con ansias de morder y acariciar al mismo tiempo, y todo el vigor de la mocedad a punto de estallarme en las venas. Y ella sonrió a escasas pulgadas de mi boca, con la certeza serena de quien sabe, y aguarda, y convierte el azar del hombre en destino inevitable. Como si todo estuviera escrito antes de que yo naciera, en un viejo libro del que ella poseía las palabras.

–Creo... –empecé a decir.

Entonces su expresión cambió. Los ojos se movieron con rapidez en dirección a la puerta de la taberna, y yo seguí su mirada. Dos hombres habían salido a la calle, calados los sombreros, el aire furtivo, poniéndose las capas. Uno de ellos vestía un jubón amarillo.

Anduvimos tras ellos con cautela, a través de la ciudad en tinieblas. Procurábamos amortiguar el ruido de nuestros pasos mientras vigilábamos a distancia sus bultos negros, cuidando no perderlos de vista. Por suerte iban confiados y seguían una ruta clara: de la calle de Tudescos a la de la Verónica, y por ésta al postigo de San Martín, que recorrieron a todo lo largo hasta San Luis de los Franceses. Allí se detuvieron para descubrirse ante un cura que salía, acompañado por un monaguillo y un paje de linterna, con la extremaunción para algún moribundo. Con la breve luz tuve oportunidad de estudiarlos: el del jubón amarillo se embozaba ahora hasta los ojos con sombrero y capa negros, usaba zapatos y medias, y al descubrirse al paso del sacerdote advertí que sus cabellos eran rubios. El otro llevaba una capa parda que la espada en gavia levantaba por detrás, chapeo sin pluma y botas; y mientras salía de la taberna del Perro rebozándose en el paño, yo había tenido ocasión de verle al cinto, amén de la espada ceñida sobre un coleto grueso, un par de lindas pistolas.

—Se diría gente de cuidado —le susurré a Angélica.

—¿Y eso os preocupa?

Guardé un silencio ofendido. Los dos hombres siguieron su camino, con nosotros detrás. Un poco más allá cruzamos entre los puestos de pan y los bodegones de puntapié, cerrados y sin un alma a la vista, de la red de San Luis, junto a la cruz de piedra que aún señalaba el lugar de una de las antiguas puertas de la ciudad. En la calle del Caballero de Gracia se detuvieron al amparo de un portal para esquivar una luz que venía en su dirección —al pasar junto a nosotros comprobamos que era una matrona acudiendo a un parto, alumbrada por el nervioso y apresurado marido—, y después caminaron de nuevo, buscando el disimulo de los sitios menos iluminados por la luna. Les fuimos detrás un buen trecho entre calles oscuras, rejas con celosías y persianas bajas, gatos sobresaltados por nuestro paso, alguna advertencia lejana de «agua va», aceitosas luces de candil junto a hornacinas con vírgenes o santos. En la boca de un callejón oyóse dentro ruido de aceros: alguien reñía muy empeñado, y los dos hombres se detuvieron a escuchar; mas no debió de interesarles el lance, pues reemprendieron camino. Cuando Angélica y yo llegamos al callejón, una sombra embozada pasó corriendo, espada en mano. Me asomé con precaución. Rejas y macetas. Al fondo oí quejarse. Envainé la de Juanes –la aparición del fugitivo me había hecho meter mano como un rayo– y quise ir en socorro del doliente; pero Angélica me agarró del brazo.

–No es asunto nuestro.

–Alguien puede estarse muriendo –protesté.

–Todos moriremos un día.

Y dicho eso anduvo decidida tras los dos hombres que se alejaban, obligándome a seguirla por la ciudad en tinieblas. Que así era la noche de Madrid: oscura, incierta y amenazadora.

Los seguimos hasta que entraron en una casa de la calle de los Peligros en su tramo alto, el más angosto, a media distancia entre la calle del Caballero de Gracia y el convento de las Vallecas. Angélica y yo nos quedamos en la calle, indecisos, hasta que ella sugirió que nos apostáramos bajo un soportal. Fuimos a sentarnos en un poyete disimulado tras una columna de piedra. Como refrescaba un poco le ofrecí mi capa, que había rechazado en dos ocasiones. Ahora aceptó, a condición de que nos cubriera a ambos. Así que la extendí sobre sus hombros y los míos, lo que hizo que nos acercáramos más. Yo estaba como pueden imaginar vuestras mercedes: apoyaba las manos en la guarnición de mi espada, con la cabeza aturdida y una exaltación interior que me impedía hilar dos pensamientos seguidos. Ella, con lindo despejo, se mantenía atenta a la casa que vigilábamos. La sentí más tensa, aunque serena y dueña de sí; algo admirable en una moza de su edad y condición. Conversamos en voz baja, tocándonos con los hombros. Siguió negándose a contarme qué hacíamos allí.

–Más tarde –respondía cada vez.

El techo del soportal ocultaba la luna, y su rostro estaba en sombras: sólo un perfil oscuro a mi lado. Noté el calor de su cuerpo cercano. Me sentía como quien pone el cuello en la soga del verdugo, pero se me daba un ceutí. Angélica estaba conmigo, y yo no habría trocado papeles con el hombre más seguro y feliz de la tierra.

–No es que importe demasiado –insistí–. Pero me gustaría saber más.

–¿Sobre qué?

–Sobre esta locura en la que estáis metida.

Sobrevino un silencio cargado de malicia por su parte.

–Ahora también estáis metido vos –apuntó al cabo, regocijada.

–Eso es precisamente lo que me inquieta: no saber en lo que ando.

–Ya lo sabréis.

Conversamos en voz baja, tocándonos con los hombros.

–No lo dudo... Pero la última vez lo supe rodeado por media docena de asesinos, y la penúltima en un calabozo del Santo Oficio.

–Os creía un mozo alentado y valiente, señor Balboa... ¿Acaso no confiáis en mí?

Dudé antes de responder. Es lo que hace el diablo, pensé. Jugar con la gente. Con la ambición, la vanidad, la lujuria, el miedo. Hasta con el corazón. Está escrito: *Todo será tuyo si, postrándote, me adoras.* Un diablo inteligente ni siquiera necesita mentir.

–Pues claro que no confío –dije.

La oí reír en voz baja. Luego se apretó un poco más bajo la capa.

–Sois un bobo –concluyó con muchísima dulzura.

Y me besó otra vez. O para ser exactos: nos besamos el uno al otro, no una sino muchas veces; y yo pasé un brazo por sus hombros y la acaricié con cautela, sin que ella mostrara oposición, primero el cuello y los hombros y después buscando con suavidad sus formas de jovencita bajo el terciopelo del jubón. Ella reía quedo, en mis labios, acercándose y retirándose cuando el deseo me subía demasiado a la cabeza. Y juro a vuestras mercedes que, aunque entonces hubiera visto delante las llamas del infierno, habría seguido a Angélica sin vacilar, espada en mano, a donde quisiera arrastrarme consigo, dispuesto a defenderla a cuchilladas de los mismísimos brazos de Lucifer. A riesgo, o certeza, de mi condenación eterna.

De pronto se apartó de mí. Uno de los embozados había salido a la calle. Eché atrás la capa, incorporándome para ver

mejor. El hombre estaba inmóvil como si vigilase o espera-
ra. Estuvo así un rato y luego anduvo de un lado a otro, de
modo que llegué a temer que nos descubriera. Al fin pareció
dirigir su atención al extremo de la calle. Miré en esa dirección
y vislumbré la silueta de alguien que se acercaba: sombrero,
capa larga, espada. Venía por el centro, cual si desconfiara de
las paredes en sombras. Así fue llegándose al embozado. Advertí que su paso se hacía más lento hasta que ambos estuvieron frente a frente. Algo en la forma de moverse del recién
llegado me era familiar, sobre todo su manera de echar atrás
la capa para desembarazar el puño de la espada. Me adelan-
té un poco, pegado a la columna del soportal, a fin de verlo
mejor. Y a la luz de la luna reconocí, estupefacto, al capitán
Alatriste.

El desconocido estaba en mitad de la calle, embozado casi
hasta el ala del fieltro, y no parecía tener intención de moverse.
De modo que Diego Alatriste se apartó el lado izquierdo de la
capa, volviéndola sobre el hombro. El pomo de la toledana ro-
zaba la palma de su mano cuando se detuvo frente al hombre
que le cortaba el paso. De un vistazo plático estudió al fulano:
tranquilo, callado. Si está solo, decidió, es temerario, del oficio,
o lleva pistola. Quizá todo a la vez. Y a lo peor, concluyó mirando de soslayo, tiene gente cerca. La cuestión era si lo esperaba a él o a otro. Aunque, a tales horas y frente a esa casa, las
dudas eran pocas. No se trataba de Gonzalo Moscatel. El car-

nicero era más corpulento y ancho; y en cualquier caso, no de los que resolvían sus asuntos en persona. Tal vez el embozado era un matarife ganándose el jornal. Pero muy bueno tenía que ser, pensó, si sabiendo quién era él acudía a despacharlo sin más ayuda.

–Ruego a vuestra merced –dijo el desconocido– que no pase adelante.

Sorprendía el tono. Educado y muy cortés, sofocado por el embozo.

–¿Y quién lo dice? –preguntó Alatriste.

–Uno que puede.

No era buen comienzo. El capitán se pasó dos dedos por el mostacho, y luego bajó la mano hasta apoyarla en la gruesa hebilla de bronce del cinto. Prolongar la parla parecía de más. La única cuestión era si el marrajo estaba solo o no. Echó otro vistazo disimulado a diestra y siniestra. Había algo muy raro en todo aquello.

–Al asunto –dijo sacando la espada.

El otro no hizo ni siquiera el gesto de abrir su capa. Se mantuvo quieto en el contraluz de la luna, mirando el acero desnudo que relucía suavemente.

–No quiero batirme con vos –dijo.

Apeaba el tratamiento. Del vuestra merced al vos. O era alguien que lo conocía bien, o estaba loco al provocar así.

–¿Y por qué no?

–Porque no me acomoda.

Alatriste alzó la espada y se la puso al otro ante el embozo.

–Meted mano –dijo– de una puta vez.

Al ver el acero tan cerca, el desconocido retrocedió un paso abriéndose la capa. El rostro seguía en sombra bajo el ala del chapeo, pero las armas quedaron a la vista: no llevaba una pistola al cinto, sino dos. Y el coleto tenía todo el aspecto de ser doble. Bravo de la carda o galán precavido, concluyó Alatriste, éste es cualquier cosa menos un cordero inocente. Y como roce la culata de una de esas pistolas, le meto un palmo de hierro en la garganta antes de que pueda decir Jesús.

–No voy a reñir contigo –dijo el otro.

Me lo pone fácil, decidió el capitán. Ahora, del voseo al tuteo. Me lo pone divino para ensartarlo, salvo que ese tono familiar que advierto en su voz tenga alguna justificación, y yo lo conozca lo bastante para que meter su hocico en mi vida y en mis noches no le cueste la piel. De cualquier modo se hace tarde. Acabemos.

Se encajó mejor el sombrero y soltó el fiador de la capa, dejándola caer. Luego avanzó un paso, listo para herir y pendiente de las pistolas del adversario, mientras con la zurda desenfundaba la daga vizcaína. Viéndose estrechado, el otro retrocedió un poco más.

–Maldita sea, Alatriste –masculló–. ¿Todavía no me reconoces?

El tono era irritado. También arrogante. Sin el embozo, el capitán creyó encarnar aquella voz. Dudó, y al hacerlo contuvo la estocada que le bailaba en la punta de los dedos.

–¿Señor conde?

–El mismo.

Un silencio largo. Guadalmedina en persona. Todavía con la espada y la daga empuñadas, Alatriste intentaba encajar la novedad.

–¿Y qué diablos –preguntó al fin– hace aquí vuestra excelencia?

–Evitar que te compliques la vida.

Otro silencio. Alatriste reflexionaba sobre lo que acababa de oír. Las advertencias de Quevedo y las señales evidentes encajaban de maravilla. Sangre de Dios. También era mala suerte: con lo grande que era el mundo, toparse con aquello. Y por si fuera poco, Guadalmedina de por medio. De tercero.

–Mi vida es cosa mía –replicó.

–Y de tus amigos.

–Veamos entonces por qué no debo pasar adelante.

–Eso no puedo contártelo.

Alatriste movió un poco la cabeza, pensativo, y luego miró su espada y su daga. Somos lo que somos, pensó. Obligados por nuestra reputación. Y no hay otra.

–Me esperan –dijo.

Álvaro de la Marca permaneció impasible. Era diestro con la espada, sabía de sobra el capitán: pie firme y mano rápida, con el valor frío, desdeñoso, de moda entre la nobleza española. Desde luego, no tan buen esgrimidor como él. Pero la noche y la suerte siempre dejaban algo a lo imprevisto. Además, llevaba dos pistolas.

–La plaza está ocupada –dijo Guadalmedina.

–Prefiero comprobarlo yo.

–Antes tendrás que matarme. O dejar que te mate.

Había sonado sin jactancia ni amenaza: sólo como algo evidente. Inevitable. Un amigo confiándose en voz baja a otro amigo. También el conde era lo que era, con reputaciones propias y ajenas que sostener.

Alatriste repuso en el mismo tono:

–No me ponga vuestra excelencia en ese disgusto.

Y dio un paso adelante. El otro se mantuvo firme donde estaba, envainado el acero pero visibles las pistolas cruzadas al cinto. Que, por cierto, sabía usar. Alatriste lo había visto servirse de ellas pocos meses atrás, en Sevilla, despachando a bocajarro a un alguacil sin darle tiempo a pedir confesión.

–Sólo es una mujer –insistió Guadalmedina–. En Madrid las hay a cientos –su tono aún era amistoso, conciliador–... ¿Vas a arruinar tu vida por una comedianta?

El capitán tardó en responder.

–Quien sea ella –dijo al fin– es lo de menos.

Como si hubiera conocido de antemano la respuesta, el otro suspiró con desaliento. Después sacó la espada y se puso en guardia mientras arrimaba la zurda a la culata de una pistola. Entonces Alatriste levantó los aceros, resignado. Consciente de que con aquel gesto la tierra se abría bajo sus pies.

Cuando vi desenvainar al desconocido –de lejos no podía saber quién era, pese a que estaba al fin desembozado–, di un paso adelante; pero las manos de Angélica me retuvieron junto a la columna.

–No es asunto nuestro –susurró.

Me volví a mirarla como si se hubiera vuelto loca.

–Pero ¿qué decís? –exclamé–... Ése es el capitán Alatriste.

No pareció sorprendida en absoluto. La presión de sus manos se hizo más fuerte.

–¿Y queréis que sepa que espiamos?

Aquello me contuvo un poco. ¿Qué explicaciones iba a dar cuando el capitán preguntara por mi presencia allí, a tan menguada hora?

–Si salís, me delatáis –añadió Angélica–. Vuestro amigo Batiste es capaz de resolver sus propios asuntos.

Qué está pasando, me pregunté aturdido. Qué ocurre aquí, y qué tenemos que ver el capitán y yo con todo esto. Qué tiene que ver ella.

–Además, no podéis dejarme sola –dijo.

Se me nublaba el seso. Seguía aferrada a mi brazo, tan cercana que sentía su aliento en mi rostro. Yo estaba avergonzado de no acudir junto a mi amo; pero si abandonaba a Angélica, o la descubría, mi vergüenza iba a ser otra. Un golpe de calor me subió a la cabeza. Apoyé la frente en la piedra fría mientras devoraba con los ojos la escena de la calle. Pensaba en las pistolas que había visto en la pretina del embozado cuando salía de la taberna del Perro, y eso me inquietaba mucho. Ni la mejor esgrima del mundo tenía nada que hacer frente a una bala disparada a cuatro palmos.

–Tengo que dejaros –le dije a Angélica.

–Ni se os ocurra.

El tono había cambiado de la súplica a la advertencia, pero mis pensamientos estaban en lo que sucedía ante mis ojos: tras una pausa en la que ambos contendientes se miraron sin moverse, espada en mano, mi amo dio al fin un paso adelante y se trabaron de aceros. Entonces me zafé de las manos de Angélica, desenvainé mi espada y fui en socorro del capitán.

Diego Alatriste oyó los pasos que se acercaban a la çarrera y se dijo que, después de todo, Guadalmedina no estaba solo; y que, aparte la pistola que Álvaro de la Marca ya tenía en la mano, las cosas iban a ponerse turbias de allí a nada. Así que madruguemos, decidió, o soy historia. Su adversario se reparaba con la espada, retrocediendo mientras echaba atrás el codo de la zurda con la pistola empuñada, buscando el momento de amartillar el perrillo para utilizarla. La operación, por suerte para Alatriste, requería ambas manos; de modo que el capitán tiró una cuchillada alta, de filos, a fin de tenerle ocupada la diestra, mientras meditaba la forma de herir y a ser posible no matar. Los pasos del otro que venía sonaban cerca; aquello exigía destreza, pues iba la piel al naipe. De manera que amagó con la daga, hizo ademán de retirarse para confiar a Guadalmedina, y cuando éste se creyó a tiempo de amartillar la pistola y bajó la mano de la espada para sujetar el cañón del arma, el capitán le largó una mojada al brazo que vino a dar con la pistola en tierra, e hizo al de la Marca irse atrás dando traspiés entre un pardiez y un voto a Cristo. Para mí que di en carne, pensó Alatriste, aunque el otro sólo maldecía y no se quejaba; por más que en hombres como ellos maldecir y quejarse fuera uno. En cualquier caso el tercero en discordia ya estaba allí, sombra a la carrera con un brillo acerado en la mano; y Alatriste comprendió que, todavía con la otra pistola al cinto, Guadalmedina era un riesgo mortal. Hay que terminar, resolvió. Ahora. El de la Marca también había oído los pasos que se acercaban; pero en vez de animarse pareció desconcertado. Miró atrás, perdiendo con ello un tiempo precioso. Y antes de que se rehiciera, aprovechando aquel instante y sin descuidar de soslayo al que venía, Alatriste calculó de una ojeada experta la distancia, tiró una finta baja, a la ingle, y cuando Guadalmedina, descompuesto, se cubría a la desesperada con el acero, alzó la punta del suyo, dispuesto a tirarse a fondo y herir, o matar, o lo que fuese.

—¡Capitán! —grité.

No quería que me atravesara en la oscuridad, sin conocerme. Vi que se quedaba a medias, la espada en alto, mirándome, y que su adversario hacía lo mismo. Levanté mi acero hacia este último, que al verse apretado por atrás se apartó a un lado, cubriéndose con evidente desconcierto.

—Por el amor de Dios, Alatriste —dijo—... ¿Cómo metes al chico en esto?

Me quedé de piedra al reconocer la voz. Bajé la temeraria, mirando de cerca al adversario de mi amo, cuyo rostro adiviné al fin a la luz de la luna.

–¿Qué haces aquí? –me preguntó el capitán.

El tono era seco, metálico como su espada. De pronto sentí un calor espantoso y la camisa se me pegó al cuerpo bajo el jubón, empapada de sudor. La noche daba vueltas dentro y fuera de mi cabeza.

–Creí... –balbucí.

–¿Qué carajos creíste?

Callé, confuso e incapaz de abrir más la boca. Guadalmedina nos observaba estupefacto. Se había puesto la espada bajo el brazo derecho y se apretaba el molledo del izquierdo, dolorido.

–Estás loco, Alatriste –dijo.

Vi que el capitán alzaba la mano de la daga sin mirarlo, como en demanda de tiempo para reflexionar. Bajo el ala ancha del chapeo, la claridad de sus ojos me perforaba como el acero.

–¿Qué haces aquí? –repitió.

El tono aún era de matar. Juro a vuestras mercedes que tuve miedo.

–Os he seguido –mentí.

–¿Por qué?

Tragué saliva. Imaginaba a Angélica escondida bajo el soportal, mirándome de lejos. O tal vez se había ido. Mi hilo de voz cobró un poco más de firmeza.

–Temí que tuvieseis un mal lance.

–Estáis locos los dos –apuntó Guadalmedina.

Su tono, sin embargo, parecía aliviado. Como si mi presencia diese una salida inesperada al episodio. Una solución honrosa donde antes no había otra que hacerse pedazos.

–Más nos vale a todos –añadió– ser razonables.

–¿Y qué entiende por eso vuestra excelencia? –quiso saber el capitán.

El otro miró hacia la casa, que permanecía silenciosa y a oscuras. Al cabo encogió los hombros.

–Dejemos esta noche las cosas como están.

Aquel *esta noche* era elocuente. Comprendí apenado que, para Guadalmedina, la casa de la calle de los Peligros o el motivo de la querella eran lo de menos. Diego Alatriste y él habían cambiado estocadas, y eso incluía ciertos compromisos. Rompía unas cosas y obligaba a otras. Llegados a ese extremo, el lance quedaba aplazado, pero no olvidado. Pese a la antigua amistad, Álvaro de la Marca era quien era, y su oponente no pasaba de simple soldado que, aparte la espada, no tenía bajo las botas ni tierra propia donde caerse muerto. Después de lo ocurrido, cualquier otro que se hallara en la posición del conde habría puesto al capitán al remo de una galera o con grilletes en una mazmorra. Eso, si lograba resistirse al impulso de hacerlo asesinar. Pero Álvaro de la Marca era de otra pasta. Quizá creía, como Alatriste, que una vez fuera verbos y aceros no es posible volverlos sin más a la vaina. Así que todo podría solventarse más adelante, con calma y en el lugar adecuado; donde ni uno ni otro tuvieran que cuidar más que de sí mismos.

El capitán me miraba, y sus ojos seguían reluciendo entre las sombras. Al cabo enfundó espada y daga muy despacio, cual si reflexionara. Cambió una ojeada silenciosa con Guadalmedina, y después me apoyó una mano en un hombro.

–No vuelvas a hacer eso –dijo al fin, hosco.

Sus dedos de hierro se clavaban con tanta fuerza que me hacían daño. Acercaba el rostro y me miraba muy próximo, su nariz aguileña perfilada sobre el mostacho. Olía como siempre: cuero, vino y metal. Hice un esfuerzo por liberar mi hombro, pero él seguía asiéndome con dureza.

–No vuelvas a seguirme –repitió– nunca.

Y yo me retorcía por dentro
de vergüenza y
remordimiento.

V. EL VINO DE ESQUIVIAS

e sentí peor al día siguiente, mientras observaba al capitán Alatriste sentado a la puerta de la taberna del Turco. Mi amo ocupaba un taburete junto a una mesa guarnecida por una jarra de vino, un plato con longaniza frita y un libro —creo recordar que era la *Vida del escudero Marcos de Obregón*— que no había abierto en toda la mañana. Tenía el jubón desabrochado, la camisa abierta hasta el pecho, y apoyaba la espalda en la pared; con sus ojos glaucos, que la luz aclaraba más, fijos en algún lugar indeterminado de la calle de Toledo. Yo procuraba mantenerme lejos, pues sentía el escozor de haberle mentido de forma tan desleal; lo que nunca habría ocurrido de no estar de por medio la única mujer, o jovencita, o como gusten llamarla vuestras mercedes, que me turbaba el

seso hasta el punto de no reconocer mis propios actos. Precisamente aquellos días estaba traduciendo con el dómine Pérez, a quien el capitán seguía confiando mi educación, el pasaje de Homero donde Ulises es tentado por las sirenas; así que juzguen mi estado de ánimo. El caso es que pasé la mañana esquivando a mi amo mientras hacía recados de aquí para allá, unas velas, pedernal y yesca que necesitaba Caridad la Lebrijana, un mandado por aceite de almendras dulces a la botica del Tuerto Fadrique, una visita al cercano colegio de la Compañía para llevarle al dómine Pérez una cesta de ropa blanca. Ahora, desocupado, vagaba frente a la esquina del Arcabuz con Toledo, entre los coches, los chirriones con mercancías para la plaza Mayor, las acémilas cargadas de fardos y los borricos de aguadores amarrados a las rejas de las ventanas, que llenaban de boñigas el suelo mal empedrado por donde corría el agua sucia de los albañales. A veces le echaba un vistazo al capitán y siempre lo encontraba igual: inmóvil y pensativo. En dos ocasiones vi asomarse a la Lebrijana con delantal y los brazos desnudos, mirarlo y meterse de nuevo adentro sin decir palabra.

Ya conocen que no eran tiempos felices para ella. El capitán respondía a sus quejas con monosílabos y silencios; y alguna vez, cuando la buena mujer levantaba el tono demasiado, mi amo cogía sombrero, capa y espada, y se iba a dar una vuelta. Una vez, al regreso, encontró el arcón con sus escasas pertenencias al pie de la escalera. Estuvo mirándolo un rato, subió luego, cerró la puerta tras de sí, y al cabo, tras larga parla, las voces de la Lebrijana se apaciguaron. Al poco apareció el capitán en camisa, en la barandilla de la galería que daba sobre el corral del patio, y me dijo de subir el arcón. Así lo hice, y el negocio pareció volver a la normalidad —esa noche, desde mi cuarto, oí a la Lebrijana aullar como una perra en celo—; pero al cabo de un par de días los ojos de la tabernera aparecieron otra vez húmedos y enrojecidos, y todo empezó de nuevo, y siguió así hasta el día que ahora narro, el siguiente, como dije, a la noche en que mi amo se las hubo con Álvaro de la Marca en la calle de los Peligros. Aunque el capitán y yo sospecháramos que venían truenos y relámpagos, estábamos lejos de imaginar hasta qué punto las cosas iban a torcerse. Comparado con lo que nos esperaba, las broncas con la Lebrijana eran entremeses de Quiñones de Benavente.

Una sombra maciza —hombros anchos, sombrero, capotillo— cubrió la mesa, justo cuando el capitán Alatriste alargaba una mano hacia la jarra de vino.

—Buenos días, Diego.

Como solía, y pese a lo temprano de la hora, Martín Saldaña, teniente de alguaciles, iba artillado de Toledo y Vizcaya. Por oficio y por carácter no se fiaba ni de la propia sombra que acababa de proyectar sobre la mesa de su antiguo camarada de Flandes; de modo que llevaba encima un par de pistoletes milaneses, espada, daga y puñal. Completaba la panoplia con un coleto grueso de ante y la vara de su cargo metida en la pretina.

—¿Podemos platicar un rato?

Alatriste se lo quedó mirando y luego volvió los ojos a su cinto, que estaba en el suelo, junto a la pared, enrollado alrededor de la centella y la daga.

–¿Como teniente de alguaciles o como amigo? –preguntó con mucha calma.

–Pardiez. No jodas.

El capitán miró el rostro barbudo, con cicatrices que tenían el mismo origen que las suyas. La barba, recordaba bien, cubría a medias un tajo recibido en la cara veinte años atrás, durante un asalto a las murallas de Ostende. De aquella jornada databan la marca en la mejilla de Saldaña y una de las que Alatriste tenía en la frente, sobre la ceja izquierda.

–Podemos –respondió.

Subieron hacia la plaza Mayor paseando bajo los soportales del último tramo de la calle de Toledo. Iban callados como ante escribano, demorándose Saldaña en lo que tenía que decir, y sin prisa por averiguarlo Alatriste. Éste se había abrochado el jubón y calado el chapeo con su ajada pluma roja, llevaba el vuelo de la capa terciado al brazo y la espada le pendía al costado izquierdo, tintineando al chocar con la vizcaína.

–Es delicado –dijo al fin Saldaña.

–Lo supongo por la cara que traes.

Se miraron un instante con intención y siguieron caminando entre unas gitanas que bailaban a la sombra de los soportales. La plaza, con sus casas altas entejadas de rombos de plomo

y reluciendo al sol los hierros dorados de la casa de la Panadería, hervía de regatonas, esportilleros y público que deambula-
ba entre carros y cajones de fruta y verdura, redes para proteger
el pan de los ladrones, toneles de vino –aún está moro, prego-
naban los vendedores–, tenderos a la puerta de sus comercios
y puestos ambulantes bajo los arcos. Las verduras podridas
se amontonaban en el suelo entre estiércol de caballerías y en-
jambres de moscas cuyo zumbido se mezclaba con los gritos de quienes voceaban las diferentes mercancías. Huevos y
leche de hoy mismo. Melones escritos. Foncarraleros como
manteca. Judías como la seda, y regalo perejil. Anduvieron
hacia la derecha, sorteando los puestos ambulantes de cáña-
mos y espartos que ocupaban hasta el arco de la calle Imperial.

–No sé cómo soltarlo, Diego.

–En corto y por derecho.

Saldaña, cachazudo como de costumbre, retiró el sombrero
y se pasó una mano por la calva.

–Me han encargado que te haga una advertencia.

–¿Quién?

–Da igual quién. Lo que importa es que viene de bastante
arriba como para que la consideres. Te van en ella la vida o la
libertad.

–Qué miedo.

–Sin chanzas, recristo. Hablo en serio.

–¿Y qué pintas tú en eso?

El otro se puso el fieltro, respondió distraído al saludo de
unos corchetes que charlaban ante el portal de la Carne, y luego encogió los hombros.

–Oye, Diego. Tal vez a pesar tuyo, tienes amigos sin los que a estas horas estarías degollado en una calleja, o con grillos en un calabozo... Esta mañana se ha debatido mucho sobre eso, temprano. Hasta que alguien recordó cierto servicio tuyo reciente, en Cádiz o por ahí. No sé qué diablos fue, ni me importa; pero te juro que, de no alegarse en tu favor, yo habría venido con mucha gente metida en hierro... ¿Me sigues?

–Te sigo.

–¿Piensas ver más a esa hembra?

–No lo sé.

–Por vida del rey de copas. No fastidies.

Dieron unos pasos más sin abrir la boca. Al fin, frente a la confitería de Gaspar Sánchez, junto al arco, Saldaña se detuvo y extrajo un billete lacrado de la faltriquera.

–Callen barbas y hablen cartas.

Alatriste cogió el billete y le dio unas vueltas, estudiándolo. No traía destinatario ni palabra escrita afuera. Rompió el lacre, desplegando la hoja, y al reconocer la letra miró con sorna a su viejo amigo.

–¿Desde cuándo te dedicas a tercero, Martín?

El teniente de alguaciles frunció el ceño, amostazado.

–Voto a Dios –dijo–. Calla y lee de una cochina vez.

Y Alatriste leyó:

Agradecería mucho a vuestra merced que dejara de visitarme. Con toda mi consideración.

M. de C.

—Imagino —apuntó Saldaña— que no te sorprenderá, después de lo de anoche.

Alatriste doblaba otra vez el papel, pensativo.

—¿Y qué sabes tú de anoche?

—Algo. Por ejemplo, que calaste la nariz en coto real. Y que a punto estuviste de acuchillarte con un amigo.

—Veo que las noticias corren la posta.

—En ciertos ambientes, sí.

Un limosnero de San Blas, con su campanilla y su cajuela, se acercó para ofrecerles besar la imagen del santo. Loada sea la limpieza de la Virgen María, dijo mansurrón, agitando el cepillo; pero la mirada feroz que le dirigió el teniente de alguaciles le hizo pensarlo mejor y pasar de largo. Alatriste reflexionaba.

—Supongo que esta carta lo resuelve todo —concluyó.

Saldaña se hurgó los dientes con una uña. Parecía aliviado.

—Eso espero. Si no, eres hombre muerto.

—Para ser hombre muerto tendrán que matarme antes.

—Pues acuérdate de Villamediana, a quien partieron las asaduras a cuatro pasos de aquí... Y de otros.

Dicho aquello se quedó mirando, distraído, a unas damas que, escoltadas de dueñas y criadas con cestas al brazo, tomaban su letuario de almíbares ante barriles de vino puestos a modo de mesas, en la puerta de la confitería.

—A fin de cuentas —dijo de pronto—, no eres más que un triste soldado.

Rió Alatriste entre dientes, sin humor.

–Como tú –respondió– en otros tiempos.

Suspiró Saldaña desde muy adentro, volviéndose al capitán.

–Acabas de decirlo: en otros tiempos. Yo tuve suerte. Además, no monto yeguas ajenas.

Al decir aquello apartó los ojos, incómodo. En él se daba más bien lo contrario: las malas lenguas contaban que su vara de teniente de alguaciles tenía que ver con ciertas amistades de su mujer. Que se supiera, Saldaña había matado al menos a un hombre por hacer bromas sobre eso.

–Dame la carta.

Se sorprendió Alatriste, que se disponía a guardarla.

–Es mía.

–Ya no. La lee y la devuelve, ordenaron. Sólo se trata, supongo, de que te convenzas con tus propios ojos: su letra y su firma.

–¿Y qué vas a hacer con ella?

–Quemarla ahora mismo.

La tomó de entre los dedos del capitán, que no opuso resistencia. Después, mirando alrededor, se decidió por la imagen piadosa que un herbolario tenía en la puerta, junto a un murciélago y un lagarto disecados. Fue allí y encendió el papel en la lamparilla de aceite.

–Ella sabe lo que le conviene, y su marido también –opinó, volviendo junto al capitán con el papel encendido en la mano–... Supongo que se lo hicieron escribir al dictado.

Estuvieron viendo arder el billete hasta que Saldaña lo dejó caer y pisó las cenizas.

–El rey es mozo –dijo de pronto.

Lo soltó como si aquello justificara muchas cosas. Alatriste se lo quedó mirando con mucha fijeza.

–Pero es el rey –apostilló, neutro.

Saldaña fruncía ahora el entrecejo, apoyada una mano en la culata de un milanés. Con la otra se rascaba la barba entrecana.

–¿Sabes una cosa, Diego?... A veces, como tú, añoro el barro y la mierda de Flandes.

El palacio de Guadalmedina se alzaba en la esquina de la calle del Barquillo con la de Alcalá, junto al convento de San Hermenegildo. El gran portón estaba abierto, de modo que Diego Alatriste pasó al amplio zaguán, donde un portero de librea le salió al paso. Era un viejo criado a quien el capitán conocía de antiguo.

–Quisiera ver al señor conde.

–¿Ha sido llamado vuesamerced? –preguntó el otro, amable y con mucha política.

–No.

–Veré si su excelencia puede recibir.

Retiróse el portero y estuvo el capitán paseando junto a la verja que daba al jardín, muy frondoso y cuidado, con árboles frutales y de ornamento, amorcillos de piedra y estatuas clásicas entre la hiedra y los macizos de flores. Aprovechó para componerse un poco la ropa, ajustarse la valona limpia y cerrar correctamente las presillas del jubón. No sabía

cuál iba a ser la actitud de Álvaro de la Marca cuando estuvieran frente a frente, aunque esperaba que atendiese las dis-
culpas que traía previstas. No era el capitán –y eso el otro lo
sabía muy bien– hombre dado a recoger palabras y aceros, y
de ambos géneros habíase derrochado la víspera. Pero él
mismo, al analizar su conducta, no estaba seguro de haber
obrado en justicia frente a quien, a fin de cuentas, empleaba
en sus obligaciones la misma firmeza que él había aplicado a
las suyas en los campos de batalla. El rey es el rey, recordó,
aunque haya reyes y reyes. Y cada cual decide por conciencia, o interés, el modo en que los sirve. Si Guadalmedina cobraba en favores reales su estipendio, también Diego Alatriste y Tenorio –aunque poco, tarde y mal– había cobrado
el suyo en los tercios, como soldado de ese mismo rey, de su
padre y de su abuelo. De cualquier modo, Guadalmedina,
pese a su elevada condición, a su sangre, a su carácter cortesano y a las circunstancias que lo complicaban todo, era
un hombre avisado y leal. Amén de habérselas visto juntos
frente a terceros en algún lance de espada, el capitán le había
salvado la vida cuando el desastre de las Querquenes, y luego recurrió a él cuando la aventura de los dos ingleses. También durante el incidente con el Santo Oficio la benevo-
lencia del conde quedó probada, sin contar el asunto del oro
de Cádiz o las advertencias transmitidas a don Francisco de
Quevedo sobre María de Castro desde que el capricho real
había entrado en escena. Todo aquello creaba vínculos –ésa
era su esperanza mientras aguardaba junto a la verja del jardín– que tal vez salvaran la afición que los dos se tenían.

Pero quizás el orgullo de Álvaro de la Marca estuviese reñido con conciliación alguna: la nobleza sufría poco verse mal-
tratada, y aquel piquete en el brazo del conde no mejoraba
el negocio. En todo caso, Alatriste tenía previsto ponerse a
su disposición para lo que gustara, incluido dejarse meter un
palmo de acero en el momento y lugar que Guadalmedina
decidiese.

–Su excelencia no quiere recibir a vuesamerced.

Diego Alatriste se quedó inmóvil, cortado el aliento, una
mano sobre la guarnición de la espada. El criado indicaba la
puerta con un gesto.

–¿Estáis seguro?

Asintió desdeñoso el otro. No quedaba rastro de su ama-
bilidad inicial.

–Dice que se vaya vuesamerced en buena hora.

El capitán era hombre cuajado, mas no pudo evitar que
un golpe de calor le subiese a la cara al verse de aquel modo
desacomodado y sin favor. Aún miró un instante al portero,
adivinándole secreto regocijo. Luego respiró hondo y, conteniéndose para no azotarlo con el plano de la espada, se arris-
có el chapeo, dio media vuelta y salió a la calle.

Anduvo como ciego calle de Alcalá arriba, sin mirar por
dónde iba, igual que ante una veladura roja. Blasfemaba entre
dientes, usando sin reparo el nombre de Cristo. Varias veces
su paso precipitado, a grandes zancadas, estuvo a punto de
atropellar a los transeúntes; pero las protestas de éstos –uno
hasta hizo amago de tocar la espada– se desvanecían apenas le
miraban el rostro. De ese modo cruzó la puerta del Sol hasta

la calle Carretas, y allí se detuvo ante la taberna de la Rocha, en cuya puerta leyó, escrito con yeso: *Vino de Esquivias.*

Aquella misma noche mató a un hombre. Lo eligió al azar y en silencio entre los parroquianos –tan borrachos como él– que alborotaban en la taberna. Al cabo tiró unas monedas sobre la mesa manchada de vino y salió tambaleándose, seguido del desconocido; un tipo con aires de valentón que, en compañía de otros dos, se empeñaba en reñir, media hoja fuera de la vaina, porque Alatriste lo había estado mirando largo rato sin apartar los ojos; y a él –nunca llegó a saber su nombre–, según voceó con muchos y desabridos verbos, no lo miraba así de fijo ningún puto de España o las Indias. Una vez afuera, Alatriste anduvo con el hombro pegado a la pared hasta la calle de los Majadericos; y allí, bien a oscuras y lejos de miradas indiscretas, cuando sintió los pasos que iban detrás para darle alcance, metió mano, revolvióse e hizo cara. Hirió de antuvión a la primera estocada, sin precaución ni alardes de esgrima, y el otro se fue al suelo con el pecho pasado antes de decir esta boca es mía, mientras sus consortes ponían pies en polvorosa. Al asesino, gritaban. Al asesino. Vomitó el vino junto al cadáver mismo, apoyado en la pared y todavía espada en mano. Después limpió el acero en la capa del muerto, se embozó en la suya y buscó la calle de Toledo disimulándose entre las sombras.

Tres días más tarde, don Francisco de Quevedo y yo cruzamos la puente segoviana para acudir a la Casa de Campo, donde descansaban sus majestades aprovechando la bondad del tiempo, dedicado a la caza el rey y entretenida la reina en paseos, lecturas y música. En coche de dos mulas pasamos a la otra orilla y, dejando atrás la ermita del Ángel y la embocadura del camino de San Isidro, subimos por la margen derecha hasta los jardines que circundaban la casa de reposo de Su Católica Majestad. A un lado teníamos los frondosos pinares, y al otro, allende el Manzanares, Madrid se mostraba en todo su esplendor: las innumerables torres de iglesias y conventos, la muralla construida sobre los cimientos de la antigua fortificación árabe, y en lo alto, maciza e imponente, la mole del Alcázar Real, con la Torre Dorada avanzando como la proa de un galeón sobre la cortadura que dominaba el exiguo cauce del río, cuyas orillas estaban salpicadas con las manchas blancas de la ropa que las lavanderas tendían a secar en los arbustos. Era hermosa la vista, y la admiré tanto que don Francisco sonrió, comprensivo.

–El ombligo del mundo –dijo–. De momento.

Yo estaba entonces lejos de advertir la lúcida reserva que había en su comentario. A mis años, deslumbrado por cuanto me rodeaba, no podía imaginar que aquello, la magnificencia de la Corte, el enseñoreamiento del orbe en que nos hallábamos los españoles, el imperio que –unido a la rica herencia portuguesa que entonces compartíamos– llegaba hasta las Indias

Vomitó el vino junto al cadáver...

occidentales, el Brasil, Flandes, Italia, las posesiones de África, las islas Filipinas y otros enclaves de las lejanas Indias orientales, todo terminaría desmoronándose cuando los hombres de hierro cedieron plaza a hombres de barro, incapaces de sostener con su ambición, su talento y sus espadas tan vasta empresa. Que así de grande era en mi mocedad, aunque ya empezara a dejar de serlo, aquella España forjada de gloria y crueldad, de luces y sombras. Un mundo irrepetible que podría resumirse, si fuera posible, en los viejos versos de Lorencio de Zamora:

> *Canto batallas, canto vencimientos,*
> *empresas grandes, bárbaras proezas,*
> *tristes sucesos, varios rompimientos,*
> *risas, odios, desastres y fierezas.*

El caso es que estábamos aquella mañana don Francisco de Quevedo y yo frente a la capital del mundo, apeándonos del coche en los jardines de la Casa de Campo, ante el doble edificio rojizo con pórticos y logias a la italiana, vigilado por la imponente estatua ecuestre del difunto Felipe III, padre de nuestro monarca. Y fue en el ameno bosquecillo ajardinado con chopos, álamos, sauces y plantas flamencas que había detrás de la estatua, alrededor de la hermosa fuente de tres alturas, donde la reina nuestra señora recibió a don Francisco sentada bajo un toldo de damasco, rodeada de sus damas y criados más próximos, bufón Gastoncillo incluido. Isabel de Borbón acogió al poeta con muestras de regio afecto;

invitólo a rezar con ella el ángelus –era mediodía y las campanas resonaban por todo Madrid– y yo asistí de lejos y descubierto. Luego nuestra señora la reina mandó que don Francisco se sentara a su lado, y departieron largo rato sobre los progresos de *La espada y la daga*, de la que el poeta leyó en voz alta los últimos versos, improvisados, dijo, aquella misma noche; por más que yo supiera que los tenía escritos y corregidos de sobra. El único punto que incomodaba a la hija del Bearnés –confeso por ella, entre bromas y veras– era que la comedia quevedesca iba a representarse en El Escorial; y el carácter austero y sombrío de aquella magna fábrica real repugnaba a su alegre temperamento de francesa. Ésa era la causa de que evitara, siempre que podía, visitar el palacio construido por el abuelo de su augusto esposo. Aunque, paradojas del destino, dieciocho años después de lo que narro nuestra pobre señora terminase –imagino que muy a su pesar– ocupando un nicho en la cripta.

No vi a Angélica de Alquézar entre las azafatas de la reina. Y mientras Quevedo, sobrado de razones y finezas, deleitaba a las damas con su buen humor cortesano, di un paseo por el jardín, admirando los uniformes de la guardia borgoñona que estaba de facción ese día. Anduve así, más satisfecho que un rey con sus alcabalas, hasta la balaustrada que daba sobre las parras y el camino viejo de Guadarrama, admirando la vista de las huertas de la Buitrera y la Florida, muy verdes en esa estación del año. El aire era sutil, y desde el bosque tras el pequeño palacio llegaban, apagados por la distancia, ladridos de perros punteados por escopetazos; prueba de que nuestro monarca, con su proverbial puntería –glosada hasta la saciedad por todos los poetas de la Corte, incluidos Lope y Quevedo–, daba razón de cuanto conejo, perdiz, codorniz o faisán le ponían a tiro sus batidores. Que si en vez de tanto inocente animalillo lo que el cuarto Austria arcabuceara en su dilatada vida fuesen herejes, turcos y franceses, otro gallo habría cantado a España.

–Vaya. Aquí tenemos a quien abandona a una dama en plena noche para irse con sus amigotes.

Me volví, suspendidos ánimo y respiración. Angélica de Alquézar estaba a mi lado. Decir bellísima sería ocioso. La luz del cielo de Madrid le aclaraba aún más los ojos, irónicamente fijos en mí. Hermosos y mortales.

–Nunca lo habría imaginado en un hidalgo.

Peinaba tirabuzones y vestía con amplia saboyana de tabí rojo y juboncito corto, cerrado con un gracioso cuello de beatilla donde relucían una cadena de oro y una cruz de esmeraldas. Una muda sonrosada, de librillo, le daba ligero rubor cortesano a la palidez perfecta del rostro. Así parecía mayor, pensé de pronto. Más hembra.

–Siento haberos dejado la otra noche –dije–. Pero no podía...

Me interrumpió indiferente, cual si todo fuese cosa vieja. Contemplaba el paisaje. Al cabo me miró de soslayo.

–¿Terminó bien?

El tono era frívolo, como si de veras no le importara gran cosa.

–Más o menos.

Oí el gorjeo de las damas que estaban alrededor de la reina y de don Francisco. Sin duda el poeta había dicho algo ingenioso, y lo celebraban.

–Ese capitán Batiste, o Triste, o como se llame, no parece sujeto recomendable, ¿verdad?... Siempre os mete en problemas.

Me erguí, picado. Angélica de Alquézar, nada menos, diciendo eso.

–Es mi amigo.

Rió suavemente, las manos en la balaustrada. Olía dulce, a rosas y miel. Era agradable, pero yo prefería el aroma de la otra noche, mientras nos besábamos. La piel se me erizó al recordar. Pan tierno.

–Me abandonasteis en plena calle –repitió.

–Es cierto... ¿Qué puedo hacer para compensaros?

–Acompañarme de nuevo cuando sea necesario.

–¿Otra vez de noche?

–Sí.

–¿Vestida de hombre?

Me miró como se mira a un tonto.

–No pretenderéis que salga con esta ropa.

–Ni lo soñéis –dije.

–Qué descortés. Recordad que estáis en deuda conmigo.

Se había vuelto a estudiarme con la fijeza de un puñal apuntando a las entrañas. Debo decir que mi estampa tampoco era desaliñada ese día: pelo limpio, vestido de paño negro y daga atrás, al cinto. Tal vez eso me dio aplomo para sostener su mirada.

–No hasta ese punto –respondí, sereno.

–Sois un zafio –parecía irritada como una jovencita a la que se le niega un capricho–... Veo que preferís ocuparos de ese capitán Sotatriste.

–Ya he dicho que es mi amigo.

Hizo un gesto despectivo.

–Naturalmente. Conozco la copla: Flandes y todo eso, espadas, pardieces, tabernas y mujerzuelas. Ruindades de hombres.

Sonaba a censura, pero creí advertir también una nota extraña. Como si de algún modo lamentase no hallarse cerca de todo aquello.

–De cualquier manera –añadió– permitid que os diga que, con amigos como ése, no necesitáis enemigos.

La observé boquiabierto a mi pesar, admirado de su descaro.

–¿Y qué sois vos?

Frunció los labios cual si de veras reflexionara. Después inclinó un poco la cabeza, sin apartar sus ojos de los míos.

–Ya dije que os amo.

Me estremecí al oírlo, y se dio cuenta. Sonreía como lo habría hecho Luzbel antes de caer del cielo.

–Debería bastaros –remató– si no sois bellaco, estúpido o presuntuoso.

–No sé lo que soy. Pero sobráis para llevarme al quemadero de Alcalá, o al garrote del verdugo.

Se rió otra vez, las manos cruzadas casi con modestia ante la amplia falda sobre la que pendía un abanico de nácar. Miré el dibujo nítido de su boca. Al infierno todo, pensé. Pan tierno, rosas y miel. Piel desnuda debajo. Me habría arrojado sobre esos labios, de no hallarme donde me hallaba.

–No pretenderéis –dijo– que os salga gratis.

Antes de que las cosas se enredaran peligrosamente hubo tiempo para un sabroso lance, propio de verse en un corral de comedias. Fraguóse éste durante una comida en el figón del León, ofrecida por el capitán Alonso de Contreras, locuaz, simpático y un punto fanfarrón como siempre, que presidía repantigado contra una cuba de vino sobre la que estaban nuestras capas, sombreros y espadas. Éramos comensales don Francisco de Quevedo, Lopito de Vega, mi amo y yo mismo, despachando una sopa de capirotada y un espeso salpicón de vaca y tocino. Invitaba Contreras, quien celebraba haber cobrado al fin las doblas de cierta ventaja que se le adeudaba, dijo, desde lo de Roncesvalles. Terminóse comentando cómo los amores del hijo del Fénix con Laura Moscatel topaban con la oposición berroqueña del tío –enterarse el carnicero de que había amistad entre Lopito y Diego Alatriste no mejoraba las cosas–, y el joven militar nos refirió, desolado, que sólo podía ver a su dama furtivamente, cuando ésta salía con la dueña a hacer alguna compra, o en la misa diaria de las Maravillas, donde él la observaba de lejos, arrodillado sobre su capa, y a veces lograba acercarse e intercambiar ternezas ofreciéndole, dicha suprema, agua bendita en el cuenco de la mano para que ella se persignara. Lo malo

era que, empeñado Moscatel en casar a su sobrina con el infame procurador Saturnino Apolo, a la pobre no le quedaba
otra que esa boda o el convento, y las posibilidades de Lopito eran tan remotas que lo mismo le daba buscar novia en el
serrallo de Constantinopla. Al tío de la doncella no lo per-
suadían ni veinte de a caballo. Además, eran tiempos revuel-
tos: con las idas y venidas del turco y del hereje, Lopito se
exponía a tener que incorporarse a sus deberes con el rey en
cualquier momento; y eso significaba perder a Laura para
siempre. Aquello lo llevaba, según nos confió ese día, a maldecir de cuantos lances apretados había en las comedias de
su mismísimo señor padre, porque ni en ellas encontraba paso
alguno para resolver el problema.

El comentario le dio una idea audaz al capitán Contreras.

—La cuestión es simple —dijo mientras cruzaba las botas
sobre un taburete—. Rapto y boda, voto a Dios. A lo soldado.

—No es fácil —repuso tristemente Lopito—. Moscatel sigue
pagando a varios bravos para que vigilen la casa.

—¿Cuántos?

—La última noche que rondé la reja salieron cuatro.

—¿Diestros?

—Esta vez no me entretuve en averiguarlo.

Contreras se retorció el mostacho con suficiencia y miró
alrededor, deteniéndose en el capitán Alatriste y en don Francisco.

—A más moros, más ganancia... ¿Cómo lo ve vuestra merced, señor de Quevedo?

El poeta se ajustó los lentes y frunció el ceño, pues a su posición en la Corte no le cuadraba un escándalo relacionado con rapto y estocadas; aunque estando de por medio Alonso de Contreras, Diego Alatriste y el hijo de Lope, se le hacía cuesta arriba negarse.

–Me temo –dijo con resignado fastidio– que no queda sino batirse.

–Lo mismo os da para un soneto –apuntó Contreras, viéndose ya celebrado en más versos.

–O para otro destierro, voto a Cristo.

En cuanto al capitán Alatriste, de codos sobre la mesa y ante su jarra de vino, la mirada que cruzó con su antiguo camarada Contreras era elocuente. En hombres como ellos, ciertas cosas iban de oficio.

–¿Y el mozo? –preguntó Contreras, mirándome.

Casi me ofendí. Yo era bachiller en las cuatro generales, así que me pasé dos dedos, al estilo de mi amo, por el bigote que aún no tenía.

–El mozo también se bate –dije.

El tono me valió una sonrisa aprobadora del miles gloriosus y una mirada de Diego Alatriste.

–Cuando lo sepa mi padre –gimió Lopito– me mata.

Soltó una risotada el capitán Contreras.

–Vuestro ilustre padre, de raptos sabe un rato... ¡Menudo fue siempre el Fénix en lances de faldas!

Hubo un silencio embarazoso, y cada cual metió nariz o bigote en su respectiva jarra. Incluso Contreras lo hizo, pues acababa de caer en la cuenta de que el mismo Lopito era hijo ilegítimo, aunque reconocido luego, de uno de tales lances del Fénix de los Ingenios. Sin embargo, el joven no pareció ofenderse. Conocía la fama de su anciano progenitor mejor que nadie. Tras varios tientos al vino y un diplomático carraspeo, Contreras retomó el hilo:

–Lo mejor son los hechos consumados... Además, los militares somos así, ¿no es cierto?... Directos, audaces, fieros. Siempre al grano. Recuerdo una vez, en Chipre...

Y se puso a contar hazañas durante un rato. Al cabo le dio un tiento largo al vino, suspiró nostálgico y miró a Lopito.

–Así que veamos, garzón... ¿Estáis de veras dispuesto a uniros honradamente a esa mujer, hasta que la muerte os separe, etcétera?

Lopito lo miró a los ojos sin pestañear.

–Mientras Dios sea Dios, y más allá de la muerte.

–Tampoco se os exige tanto, pardiez. Con sólo hasta la muerte ya cumplís de sobra... ¿Estos caballeros y yo tenemos vuestra palabra de hidalgo?

–Por mi vida que sí.

–Entonces no se hable más –Contreras dio una palmada en la mesa, satisfecho–... ¿Hay con quién proveer el asunto del lado eclesiástico?

–Mi tía Antonia es abadesa de las Jerónimas. Nos acogerá gustosa. Y el padre Francisco, su capellán, es también confesor de Laura y muy conocido del señor Moscatel.

–¿Terciará el páter, si se tercia que tercie?

–Sin duda.

–¿Y la dama?... ¿Estará vuestra Laura dispuesta a pasar por el mal trago?

Respondió Lopito afirmativamente, de modo que no hubo más averiguación. Se acordó el concurso de todos, brindamos por un feliz desenlace, y apostillólo tras el brindis don Francisco de Quevedo, según su costumbre, con unos versos que venían pintados al negocio, aunque esta vez no fueran suyos, sino de Lope:

> *La mujer más cobarde,*
> *en llegado a querer (y más, doncella)*
> *su honor y el de sus padres atropella.*

Hízose también la razón por aquello. Y ocho o diez brindis después, usando la mesa como mapa y las jarras de vino como protagonistas de su plan, ya un poco insegura la lengua pero cada vez más resuelta la intención, el capitán Contreras nos invitó a arrimar asientos y expuso en voz baja lo que maquinaba. La táctica rigurosa del asalto, la calificó, precaviéndolo todo con tanto detalle como si en vez de una casa en la calle de la Madera nos aprestáramos a meter en Orán cien lanzas.

Las casas con dos puertas son malas de guardar. Precisamente la de don Gonzalo Moscatel tenía dos, y un par de noches más tarde estábamos los conjurados frente a la principal, embozados y en las sombras de un porche cercano: el capitán Contreras, don Francisco de Quevedo, Diego Alatriste y yo, observando a los músicos que, iluminados por la linterna que uno traía consigo, tomaban posiciones ante las rejas de la casa en cuestión, situada en la esquina misma de la calle de la Madera con la de la Luna. El plan era audaz y de una simplicidad castrense: serenata en una puerta, rebato, cuchilladas y fuga por la de atrás. Aparte la tramoya militar, tampoco se habían descuidado las formas honorables. Como Laura Moscatel no disponía de libertad para elegir matrimonio ni dejar su casa, el rapto y la boda inmediata para repararlo eran la única forma de doblegar la voluntad del empecinado tío. A esas horas, prevenidos por Lopito, la tía abadesa y el capellán amigo de la familia –cuyos escrúpulos pastorales habían sido allanados con una linda bolsa de doblones de a cuatro– aguardaban en el convento de las Jerónimas, adonde sería llevada la novia para ser puesta en custodia, quedando todo según lo conveniente.

–Buen lance, viven los cielos –murmuraba el capitán Contreras, regocijado.

Sin duda le recordaba su juventud, en la que tales cosas menudearon. Estaba apoyado en la pared, embozado con sombrero y capa, entre Diego Alatriste y don Francisco de Quevedo, cubiertos como él de forma que sólo se les advertía el brillo de los ojos. Yo vigilaba la calle. Para tranquilizar un poco a don Francisco y cubrir las apariencias habíase dispuesto todo con tramoya casual, como si fuésemos cuadrilla que pasaba por allí en el momento de los hechos. Incluso los pobres músicos, contratados por Lopito de Vega, ignoraban lo que iba a ocurrir. Sólo sabían que se les había pagado una serenata a cierta dama –viuda, se dijo– a las once de la noche y en su misma reja. Los músicos eran tres, el más mozo con los cincuenta en el costal. En ese momento empezaban a tocar la guitarra, el laúd y el pandero, este último manejado por el cantor, que atacó sin más preámbulos la tonadilla famosa:

> En Italia te adoré
> y en Flandes de amor morí.
> Me vine hasta España amando
> y en Madrid te dije así...

Que no eran sazonados versos, por cierto, pero sí muy populares entonces. De cualquier modo, el cantor nunca llegó a decir lo que se proponía; porque concluyendo aquella primera estrofa encendióse luz adentro, oyóse a don Gonzalo Moscatel jurando a los doctrinales, y al abrirse la puerta principal pudimos verlo espada en mano, amenazando muy desaforado a los músicos y a quien los engendró con ensartarlos como capones. Que no son horas, voceaba, de incomodar en casas honradas. Lo acompañaba, pues estarían de tertulia, el procurador Saturnino Apolo armado con un estoque y una tapadera de tinaja como broquel. Al tiempo, por la puerta de la cochera se les unieron otros cuatro individuos –la luz de la linterna insinuaba pésimas cataduras– que al momento cayeron sobre los músicos. Y éstos, sin comerlo ni beberlo, se vieron bajo un diluvio de cintarazos y golpes.

–A lo nuestro –dijo el capitán Contreras, relamiéndose de gusto.

Y salimos en grupo del porche, como si acabáramos de doblar la esquina y tropezarnos con la escena, mientras don Francisco de Quevedo murmuraba filosófico entre dientes, bajo el embozo:

> *Que no se canse en tener*
> *un cuidado tan terrible,*
> *porque el mayor imposible*
> *es guardar a una mujer.*

Estaban ya los músicos arrinconados contra la pared, los pobretes, cercados por las herreruzas de los bravos de alquiler y hechos pedazos sus instrumentos; y Gonzalo Moscatel, que había cogido la linterna del suelo y la mantenía en alto sin dejar la espada de la diestra, los interrogaba a gritos echando las de Pavía: quién, cómo, dónde, cuándo los habían enviado a desvelar enhoramala. Y en ésas, cuando pasamos junto a ellos, chapeos en las cejas y embozos hasta la nariz, el capitán Contreras dijo en voz alta algo así como diancho con los menguados que alborotan la calle, ellos y Satanás que los alumbre, lo bastante alto para que todos oyeran. Y como quien en ese momento alumbraba era Moscatel –con la lucecilla podíamos ver las jetas patibularias de sus cuatro jaques, la cara porcina del procurador Apolo y las aterradas expresiones de los músicos–, creyóse éste, respaldado por su mesnada, en posición de gallear recio. Así que le dijo a don Alonso de Contreras, muy desabrido y por supuesto sin conocernos a ninguno, que siguiera camino y se fuera al infierno o lo desorejaba allí mismo, voto a san Pedro y a todos los santos del calendario. Palabras que, como imaginan vuestras mercedes, eran lo más oportuno para nuestra intención. Carcajeóse Contreras en las barbas de Moscatel, y dijo con mucho cuajo que no sabía lo que estaba pasando ni de qué iba la querella; pero que desorejar, lo que se decía desorejar, podía intentarlo el botarate con la señora puta que lo parió. Dicho esto rióse de nuevo; y aún no había terminado de reírse, al tiempo que sin desembozarse metía mano a la fisberta, cuando el capitán Alatriste, que ya tenía la suya fuera de la vaina, le dio un antuvión al bravo que estaba más cerca, y luego, casi en el mismo movimiento, una cuchillada de filos a Moscatel, en el brazo, que hizo a éste soltar la linterna saltando como si le hubiese picado un alacrán. Murió la luz al dar en el suelo, oscurecióse todo, salieron corriendo como liebres las aterradas sombras de los tres músicos, desatamos sierpes el resto con lindo brío, y fue Troya.

Vive Dios que disfruté de la vendimia. La idea era, procurando no matar si resultaba posible –no queríamos enlutar el casamiento–, dar tiempo a que, en la confusión y con socorro de la dueña a la que habían ensebado la palma con doblones de la misma bolsa que al capellán, Lopito de Vega sacara a Laura Moscatel por la puerta de atrás y la llevase, en un

coche que tenía prevenido, a las Jerónimas. Y mientras todo
eso, en efecto, sucedía en la puerta trasera, en la principal
llovían mojadas a oscuras. Tiraban de punta Moscatel y los
suyos, con las intenciones del turco y con Saturnino Apolo
muy precavido de rodela y desde atrás, alentándolos; pero a
hombres con la destreza de Alatriste, Quevedo y Contreras
les bastaba parar y acuchillar de tajo, a eso se aplicaban con
muy buena mano, y yo tampoco me portaba mal. Habíamelas
con uno de los jaques, cuya respiración descompuesta oía
entre el tintineo de los aceros. La cosa no estaba para flo-
rituras de esgrima, porque todos nos batíamos a bulto y en
corto; así que, recurriendo a un truco que me había enseña-
do el capitán Alatriste a bordo del *Jesús Nazareno* cuando
volvíamos de Flandes, acometí arriba, hice como que me re-
tiraba para cubrir el flanco, revolvíme de pronto a la guardia
contraria, y rápido como un gavilán le di al otro un refilón
bajo que, por el chasquido y el sitio, debió de cortarle los
tendones de una corva. Huyó mi adversario saltando a la
pata coja mientras blasfemaba del santoral completo, y miré
en torno, satisfechísimo y exaltado de ardor, por ver dónde
haría más servicio a mis camaradas; pues habíamos empeza-
do a mover temerarias cuatro contra seis, diciendo Yepes,
Yepes –por el vino– a media voz, que era el santo y seña que
habíamos acordado para reconocernos si reñíamos a oscuras. Pero el negocio andaba desequilibrado a favor nuestro,
porque el procurador Apolo había puesto pies en polvorosa
con un pinchazo en las nalgas, y don Francisco de Quevedo,
que se batía tapándose la cara con la capa alzada para que

nadie lo catase, ahuyentaba al bravonel que le había tocado en suerte.

—Yepes —dijo el poeta al retirarse por mi lado, como si ya hubiera hecho suficiente esa noche.

Por su parte, Alonso de Contreras aún se batía con el suyo —uno que aguantaba el envite mejor que sus compadres—, riñendo ambos muy recio calle abajo, a medida que el matachín retrocedía sin volver las espaldas. El cuarto jaque era un bulto inmóvil en el suelo: salió el peor librado, pues la estocada que el capitán le había dado en la confusión del primer momento fue de las de cien reales; y de ella, supimos después, quedó sacramentado a los tres días y murió a los ocho. En cuanto a mi amo, tras madrugarle a ese bravo y herir a Moscatel en el brazo, acosaba ahora al carnicero con los filos de la espada, calado el chapeo y el embozo ante el rostro para que no lo conociese, mientras el fantoche, que ya no galleaba en absoluto, reculaba buscando la puerta de su casa —lo que mi amo procuraba estorbarle— y pedía socorro gritando que estaban por asesinarlo. Al fin cayó al suelo Moscatel, y el capitán Alatriste estuvo pateándole las costillas un buen rato, hasta que regresó Contreras tras poner en fuga a su adversario.

—Yepes —dijo éste, precavido, cuando mi amo se revolvió espada en mano al oír sus pasos.

Se lamentaba en el suelo Gonzalo Moscatel, y en las ventanas próximas empezaron a asomar vecinos desvelados por el alboroto. Al otro extremo de la calle se vio una luz, y alguien gritó algo sobre avisar a la ronda.

–¿Y si nos fuésemos de una puñetera vez? –sugirió don Francisco de Quevedo, malhumorado tras su embozo.

La propuesta era razonable, así que ahuecamos el ala tan satisfechos como si lleváramos en el bolsillo la patente de un tercio. Un regocijado Alonso de Contreras me cacheteó con afecto, llamándome hijo, y el capitán Alatriste, tras un último puntapié a las costillas de Moscatel, vino detrás envainando la espada. Contreras todavía anduvo riéndose tres o cuatro calles, hasta que hicimos un alto tabernario en Tudescos para remojar la palabra.

–Cuerpo de Mahoma –juró Contreras–. No disfrutaba tanto desde que en el saco de Negroponte hice ahorcar a unos ingleses.

Lopito de Vega y Laura Moscatel se casaron cuatro semanas más tarde en la iglesia de las Jerónimas, sin que el tío de la novia –que iba por Madrid con catorce puntos en la cara y un brazo en cabestrillo, culpando de las cuchilladas y la paliza a un tal Yepes– asistiese a la ceremonia. Tampoco Lope de Vega padre estuvo presente. La boda se celebró con mucha discreción, oficiando el capitán Contreras, Quevedo, mi amo y yo como padrinos y testigos. Los jóvenes esposos se instalaron en una modesta casa alquilada en la plaza de Antón Martín, en espera de que Lopito obtuviera su reconocimiento de alférez. Que yo sepa, fueron felices tres meses. Después, debido a la infección del aire y la corrupción del

agua por los grandes calores que asolaron Madrid ese mismo año, Laura Moscatel murió de fiebres malignas, sangra-
da y purgada por médicos incompetentes; y su joven viudo,
con el corazón destrozado, volvióse a Italia. Tal fue el remate
de la novelesca aventura de aquella noche en la calle de
la Madera, y algo aprendí yo mismo del triste
episodio: todo se lo lleva el tiempo, y la
felicidad eterna sólo existe en la
imaginación de los poetas
y en los escenarios de
los corrales de
comedias.

VI. A REY MUERTO, REY PUESTO

ngélica de Alquézar había vuelto a citarme en la puerta de la Priora. *Otra vez necesito escolta*, apuntaba su escueto billete. Decir que acudí sin reservas sería falso; mas lo cierto es que en ningún momento llegué a considerar no ir. Angélica estaba infiltrada en mi sangre como unas cuartanas malignas. Había gustado su boca, tocado su piel y entrevisto demasiadas promesas en sus ojos; el juicio se me nublaba estando ella de por medio. Pero lo enamorado no quita lo discreto, así que esta vez tomé precauciones; y cuando se abrió el portillo y una ágil sombra se deslizó a mi lado en la oscuridad, yo iba razonablemente dispuesto para el negocio: coleto de cuero grueso que un guarnicionero de la calle de Toledo me había aderezado con uno viejo del capitán, la espada al costado izquierdo, la daga en los riñones y, disimulándolo todo, una capa de estameña parda y un chapeo negro de ala corta, sin pluma ni toquilla. Iba además recién lavado con agua y jabón, luciendo la sombra del bozo que ya me rasuraba a menudo en la esperanza de fortalecerlo hasta que alcanzase las impresionantes dimensiones del mostacho alatristesco; cosa que nunca logré, por cierto, pues siempre fui poco barbado. El caso es que antes de salir me estudié en un espejo de la Lebrijana, y la estampa no era mala; y aun luego, camino de la puerta de la Priora, estuve mirando el aspecto de mi sombra en el suelo al pasar junto a las luces de hachas y faroles. Pardiez. Ahora lo recuerdo y sonrío. Pero háganse cargo vuestras mercedes.

—¿Dónde me lleváis esta vez? —pregunté.

—Quiero enseñaros algo —respondió Angélica—. Útil para vuestra educación.

Eso no me tranquilizó en absoluto. Yo era mozo acuchillado y sabía que toda educación útil se adquiere con afrenta de costillas propias o con sangría de la que no te hace el barbero. Así que me dispuse otra vez a lo peor. Resignado, es la palabra. O quizás aterradora y dulcemente resignado. Como apunté antes, era muy joven y estaba enamorado del diablo.

—Veo que os gusta vestir de hombre —dije.

Aquello seguía chocándome y fascinándome al tiempo. Propia del teatro, inspirada al principio en las antiguas comedias italianas y en el Ariosto, la mujer vestida de hombre por afán de gloria viril o por cuitas de amor era, como ya dije, común en el teatro; pero lo cierto es que, comedias y leyendas aparte, el personaje no se daba nunca en la vida real, o al menos yo no tenía noticia de ello. En cualquier caso, tras mi comentario, más Marfisa que Bradamante –pronto iba yo a comprobar, en mi desdicha, hasta qué extremo la movía menos el amor que la guerra–, Angélica se rió quedo, como para su santiguada.

–No querréis –dijo muy bachillera– que buree de noche por Madrid con basquiña y guardainfante.

Con el eco de esas palabras se acercó a mi oreja, y rozándola con sus labios –lo que me puso, vive Dios, la piel de gallina–, susurró estos bizarros versos lopescos:

Cómo me ha de querer quien hoy me ha visto
teñida en sangre, despejar un muro...

Y yo, pobre de mí, no me abalancé a besarla teñida en sangre o como diantre estuviera, porque en ese momento dio la vuelta y echó a andar. Esta vez la caminata fue más corta. Siguiendo las tapias del convento de María de Aragón anduvimos casi por despoblado y a oscuras hasta las huertas de Leganitos, donde sentí el frío y la humedad del arroyo calarme la estameña. Pese a ir a cuerpo gentil, con su ropa varonil negra y el puñal a la cintura, Angélica no pareció resentirse del frío: caminaba resuelta en la noche, decidida y segura de sí. Cuando yo me detenía para orientarme, ella seguía adelante sin aguardar; y no quedaba otra que ir detrás echando recelosas miradas a diestra y siniestra. Portaba ella al cinto un gorro de paje para disimular sus cabellos en caso necesario; pero mientras tanto los llevaba sueltos, y la mancha clara de su pelo rubio en la noche me guiaba hacia el abismo.

No había una luz a quinientos pasos. Solo en la oscuridad, Diego Alatriste se detuvo y miró alrededor con prudencia profesional. Ni un alma a la vista. Por enésima vez tocó el papel doblado que llevaba en la faltriquera.

> *Merecéis una explicación y una despedida. A las once, en el camino de las Minillas. La primera casa.*
>
> *M. de C.*

Había dudado hasta el final. Por fin, con el tiempo justo, terminó echándose al cuerpo un cuartillo de aguardiente para templar la noche. Luego, tras equiparse a conciencia de hierro y paño –incluido esta vez el coleto de piel de búfalo–, anduvo camino a la plaza Mayor y de ella a Santo Domingo, donde tomó la calle de Leganitos rumbo a las afueras. Y allí estaba ahora, parado junto al puente y las tapias de las huertas, observando el camino que se perdía en las sombras. La primera casa estaba a oscuras, como el resto que se vislumbraba orillando el camino. Eran casas hortelanas, cada una con sus árboles y sembrados detrás, que por el frescor del paraje se usaban como reposo en los meses de verano. La que interesaba a Alatriste se había construido contra el muro de un convento en ruinas, cuyo claustro, sin techo y con las columnas que aún quedaban en pie sosteniendo la bóveda estrellada del cielo, hacía las veces de jardincillo.

Un perro ladró a lo lejos y le respondió otro. Al cabo cesaron los aullidos y volvió el silencio. Alatriste se pasó dos dedos por el mostacho, volvió a mirar en torno y siguió adelante. Al llegar junto a la casa apartó la capa del costado izquierdo, volviéndola sobre el hombro para dejar libre la empuñadura de la espada. Sabía lo que se jugaba. Había reflexionado toda la tarde sentado en su jergón, mirando las armas colgadas de un clavo en la pared, antes de tomar la decisión y echarse a la calle. Lo curioso era que no se trataba de deseo. O más bien, sincero consigo, seguía deseando a María de Castro; pero no era eso lo que ahora lo tenía atento en la noche, la mano cerca de la espada, olfateando posibles peligros como un jabalí presiente al cazador y su jauría. Se trataba de otra cosa. Coto real, habían dicho Guadalmedina y Martín Saldaña. Pero él tenía derecho a estar allí, si gustaba. Había pasado la vida defendiendo cotos reales, y su cuerpo conservaba cicatrices que daban fe. Había cumplido cien veces, como los buenos. Pero desnudos, en la cama de una mujer, tanto valían rey como roque.

La puerta no estaba cerrada. La empujó despacio, y al otro lado había un zaguán oscuro. Tal vez mueras aquí, se dijo. Esta noche. Sacó la daga y sonrió sesgado en la oscuridad, como un lobo peligroso, avanzando cauto con la punta del acero por delante. Anduvo así por un pasillo, tanteando con la mano libre las paredes desnudas. Había un candil encendido al extremo, iluminando el rectángulo de una puerta que daba al claustro. Mal sitio para reñir, pensó. Estrecho y sin escapatoria. Pero fue adelante. Meter la cabeza en las fauces del león no dejaba de tener su fascinación: su retorcido placer oscuro. Incluso en aquella infeliz España a la que había amado y a la que ahora despreciaba con la lucidez de los años y la experiencia, donde lo mismo podían comprarse honores y belleza que indulgencias plenarias, quedaban cosas que no se compraban. Y él sabía cuáles eran. A partir de cierto punto, a Diego Alatriste y Tenorio, soldado viejo, espada a sueldo, no bastaba para atarlo una cadena de oro regalada, al paso, en un alcázar sevillano. Y a fin de cuentas, concluyó, en el peor de los naipes nadie puede quitarme otra cosa que la vida.

—Hemos llegado —dijo Angélica.

Habíamos atravesado las huertas por un camino estrecho que serpenteaba entre los árboles, y ante nosotros se extendía un pequeño jardín que incluía el claustro derruido del convento. Había una luz de candil al otro lado, entre las columnas de piedra y los capiteles caídos. Aquello no tenía buen aspecto, y me detuve, prudente.

—Llegado, ¿adónde?

Angélica no respondió. Estaba quieta a mi lado, mirando en dirección a la luz. Sentí su respiración agitada. Tras un momento de indecisión quise ir adelante, pero ella me detuvo sujetándome el brazo. Me volví a observarla. Su rostro era un trazo de sombra perfilado por la tenue claridad del claustro.

—Esperad —susurró.

El tono ya no era desenvuelto. Al cabo de un momento avanzó sin soltar mi brazo, guiándome a través del jardín, que estaba descuidado, con alguna maleza que crujía a nuestro paso.

–No hagáis tanto ruido –aconsejó.

Al llegar a las primeras columnas del claustro nos detuvimos de nuevo, al resguardo de una de ellas. La luz estaba más cerca, y pude ver mejor el rostro de mi acompañante: impasible, los ojos atentos a nuestro alrededor. Su pecho subía y bajaba, agitado bajo el jubón.

–¿Todavía me amáis? –preguntó de pronto.

La miré, desconcertado. Boquiabierto.

–Por supuesto –respondí.

Ahora Angélica me miraba con tal intensidad que me estremecí. La luz del candil se reflejaba en sus ojos azules, y por Dios que era la Belleza misma la que me tenía clavado al suelo, incapaz de razonar.

–Pase lo que pase, recordad que yo también os amo.

Y me besó. No con un beso ligero ni de ocasión, sino posando lenta y firme sus labios en los míos. Después se apartó despacio, sin dejar de mirarme a los ojos, y al fin señaló la luz del claustro.

–Id con Dios –dijo.

La miré, confuso.

–¿Con Dios?

–O con Satanás, si gustáis.

Retrocedía, sumiéndose en las sombras. Y entonces, a la luz del candil, vi aparecer en el claustro al capitán Alatriste.

Sentí miedo, lo confieso. Más que Sardanápalo. Ignoraba cuál era la emboscada, pero sin duda estaba metido de cabeza en ella. Y mi amo también. Fui hasta él, angustiado y con todos aquellos sucesos rebosándome en la cabeza.

–¡Capitán! –lo previne, sin saber de qué–. ¡Es una trampa!

Se había parado junto al candil puesto en el suelo y me miraba estupefacto, la daga en la mano. Llegué así hasta él, desenvainé mi centella y miré alrededor, buscando enemigos ocultos.

–¿Qué diablos...? –empezó a decir.

En ese momento, como concertado e igual que en las comedias, se abrió una puerta y en el claustro apareció, sorprendido por nuestras voces, un caballero joven y bien vestido. Bajo el sombrero se advertían sus cabellos rubios; traía la capa doblada al brazo, la espada en su vaina, y usaba un jubón amarillo que me era familiar. Pero lo más notorio era que yo conocía aquel rostro, y mi amo también. Lo habíamos visto en los actos públicos, en las rúas de la calle Mayor y el Prado, y más de cerca poco tiempo atrás, en Sevilla. Su perfil austríaco venía acuñado en monedas de plata y oro.

–¡El rey! –exclamé.

Me quité el sombrero a punto de arrodillarme, aterrado, sin saber qué hacer con mi espada desnuda. Nuestro señor don Felipe parecía tan confuso como nosotros, mas se recobró al momento. Erguido, hierático como acostumbraba, nos miró sin decir palabra. El capitán se había destocado del chapeo y envainado la daga, y su expresión era la de quien acaba de ser fulminado por un rayo.

Iba a envainar mi acero cuando oí una musiquilla silbada entre las sombras. Sonaba *tirurí-ta-ta*. Y reconocerla me heló la sangre en las venas.

–Que me place –dijo Gualterio Malatesta.

Se había materializado en la noche como un fragmento de ésta: negro de la cabeza a los pies, las pupilas duras y relucientes como piedras de azabache. Observé que su rostro había cambiado desde la aventura del *Niklaasbergen*: ahora tenía una fea cicatriz sobre el párpado derecho, que le desviaba un poco la mirada de ese ojo.

–Tres palomos –añadió, satisfecho– en la misma red.

Oí un siseo metálico a mi lado. El capitán Alatriste había sacado la toledana y apuntaba con ella al pecho del italiano. Alcé también la mía, desconcertado. Malatesta había dicho tres palomos, y no dos. Felipe IV se había vuelto a mirarlo; pese a su aire augusto e imperturbable, comprendí que el recién llegado no estaba de su parte.

–Es el rey –dijo despacio mi amo.

–Claro que es el rey –respondió el italiano con mucha flema–. Y no son horas para que los monarcas anden olisqueando hembras.

En honor suyo, debo decir que nuestro joven monarca encaraba la situación con adecuada majestad. Conservaba la espada en la vaina y dominaba sus sentimientos, fueran los que fuesen, mirándonos como desde lejos, inexpresivo, impasible, erguido el rostro por encima de la tierra y el peligro, hasta el punto de que parecía que nada tuviese relación con su persona. Me pregunté dónde infiernos estaba el conde de Guadalmedina, su camarada de correrías, cuya obligación era precisamente asistirlo en tales lances; pero, en vez de aquél, de la oscuridad empezaron a surgir otras sombras. Se acercaban por el claustro, rodeándonos, y a la luz del candil advertí que eran poco elegantes, más a tono con la catadura de Gualterio Malatesta. Conté hasta seis hombres embozados en capas o con antifaces de tafetán: sombreros de faldas calados hasta las cejas, andar zambo, mucho ruido de hierro encima. Bravos a sueldo, sin la menor duda. Un sueldo desorbitado, supuse, para atreverse a aquello. En las manos de cada uno relucía el acero.

Entonces el capitán Alatriste pareció comprender, al fin. Dio unos pasos hacia el rey, quien al verlo acercarse perdió una gota de su sangre fría, tocando la empuñadura de la espada. Sin prestar atención al regio ademán, mi amo se volvió hacia Malatesta y los otros describiendo un semicírculo con la hoja de la toledana, como si marcase en el aire una línea infranqueable.

–Íñigo –dijo.

Fui a su lado e hice lo mismo con la de Juanes. Por un instante mis ojos se encontraron con los del monarca de ambos mundos, y creí vislumbrar en ellos un destello de agradecimiento. Aunque podría al menos, decidí, abrir la boca y darnos las gracias. Ahora los siete hombres estrechaban el círculo a nuestro alrededor. Hasta aquí hemos llegado el capitán y yo, me dije. Y si se remata lo que temo, nuestro señor don Felipe también.

–Veamos lo que aprendió el rapaz –dijo Malatesta, socarrón.

Saqué también la daga con la zurda y me puse en guardia. El rostro picado de viruela del italiano era una máscara sarcástica, y la cicatriz del ojo acentuaba su aire siniestro.

–Viejas cuentas –deslizó su voz chirriante en una risa ronca.

Entonces nos cayeron encima. Todos. Y al mismo tiempo se disparó mi coraje. Desesperado, muy cierto. Mas no como corderos, pardiez. Así que afirmé los pies, luchando por mi orgullo y por mi vida. Los años y el siglo ya me habían adiestrado para eso, y terminar allí valía tanto como hacerlo en cualquier otra parte: a mi edad, sólo un poco antes de la cuenta. Cuestión de suerte. Y espero, pensé fugazmente mientras me batía, que también el gran Felipe desnude la blanca y eche un rey de espadas a la mesa, pues a fin de cuentas se trata de su ilustre pellejo. Pero no tuve tiempo de comprobarlo. Llovían cuchilladas como agua espesa sobre mi espada, mi daga y mi coleto de cuero, y por el rabillo del ojo entreví al capitán Alatriste aguantando el mismo diluvio sin ceder un palmo. Uno de sus adversarios saltó hacia atrás entre blasfemias, herreruza por tierra y manos en las tripas. Al tiempo, una hoja de acero se incrustó en mi coleto, sin cuya protección me habría cercenado un hombro. Retrocedí alarmado, esquivé como pude filos y puntas que me buscaban el cuerpo, y di un traspiés al hacerlo. Cayendo de espaldas fui

a golpearme en la nuca con el capitel derribado de una columna, y la noche penetró de pronto en mi cabeza.

La voz que pronunciaba mi nombre iba adentrándose poco
a poco en mi conciencia. La desoí, perezoso. Se estaba bien
allí, en aquel sopor apacible desprovisto de recuerdos y de
futuro. De pronto la voz sonó mucho más cerca, casi en mi
oído, y el dolor se hizo presente como un latigazo desde la
nuca hasta la rabadilla.

–Íñigo –repitió el capitán Alatriste.

Me incorporé sobresaltado, recordando los aceros relucientes, la caída hacia atrás, la oscuridad adueñándose de todo. Gemí al hacerlo –sentía la nuca agarrotada y mi cráneo a
punto de estallar–, y cuando abrí los ojos vi a pocas pulgadas
el rostro de mi amo. Parecía muy cansado. La luz del candil
le iluminaba el mostacho y la nariz aguileña, dejando reflejos de inquietud en sus ojos glaucos.

–¿Puedes moverte?

Asentí con un movimiento de cabeza que intensificó mi
dolor, y el capitán me sostuvo al incorporarme. Sus manos
dejaron huellas sangrantes en mi coleto. Empecé a palparme
el torso, alarmado, sin dar con herida alguna. Entonces des-
cubrí el tajo en su muslo derecho.

–No toda la sangre es mía –dijo.

Indicaba con un gesto el cuerpo inerte del rey, caído al pie
de una columna. Su jubón amarillo estaba pasado de cuchi-

lladas y el candil hacía brillar un reguero oscuro que se extendía por el enlosado del claustro.

–¿Está...? –empecé a preguntar y me detuve, incapaz de pronunciar la palabra aterradora.

–Está.

Me hallaba demasiado aturdido para abarcar la magnitud de la tragedia. Miré a un lado y a otro sin encontrar a nadie. Ni siquiera el hombre al que vi recibir una estocada del capitán estaba allí. Se había esfumado en la noche, con Gualterio Malatesta y los otros.

–Tenemos que irnos –apremió mi amo.

Recogí del suelo mi espada y mi vizcaína. El rey estaba boca arriba, los ojos abiertos entre el pelo rubio ensangrentado que se le apelmazaba en la cara. Ya no tenía aspecto digno, pensé. Ningún muerto lo tiene.

–Peleó bien –resumió el capitán, objetivo.

Me empujaba hacia el jardín y las sombras. Aún titubeé, desconcertado.

–¿Y nosotros?... ¿Por qué seguimos vivos?

Mi amo miró alrededor. Observé que conservaba su espada en la mano.

–Nos necesitan. A quien querían muerto era a él... Tú y yo sólo somos cabezas de turco.

Se detuvo un instante, reflexionando.

–Pudieron matarnos –añadió–, pero no venían a eso –miró el cadáver, sombrío–... Huyeron en cuanto lo despacharon.

–¿Qué hacía aquí Malatesta?

–Que me pringuen como a un negro si lo sé.

Al otro lado de la casa, en la calle, oímos voces. Crispóse la mano apoyada en mi hombro, clavándome sus dedos de acero.

—Ya están ahí —dijo el capitán.

—¿Vuelven?

—No. Ésos serán otros... Y ahora es peor.

Seguía apartándome de la luz, fuera del claustro.

—Corre, Íñigo.

Me detuve, confuso. Estábamos casi en las sombras del jardín y no podía verle el rostro.

—Corre y no te detengas. Y pase lo que pase, tú no estuviste aquí esta noche. ¿Comprendes?... No estuviste nunca.

Me resistí un momento. Y qué pasa con vuestra merced, capitán, iba a preguntar. Pero no hubo tiempo. Al ver que no lo obedecía en el acto me dio un empujón fuerte, enviándome cuatro o cinco pasos más allá, entre la maleza.

—Vete —ordenó de nuevo— de una puta vez.

La embocadura del pasillo que daba al claustro se iluminaba con hachas encendidas, aproximándose ruido de armas y rumor de gente. En nombre del rey, dijo una voz lejana. Ténganse a la Justicia. Y aquel grito, en nombre de un rey muerto, me erizó los cabellos.

—¡Corre!

Y por mi vida que lo hice. No es lo mismo correr por gusto que huir por necesidad. Si se hubiera abierto ante mí un precipicio, juro a Dios que habría saltado por él sin vacilar. Ciego de pánico, corrí entre la maleza, los árboles y los sembrados, saltando bardas y tapias, chapoteando en el arroyo y subiendo

luego hasta la ciudad. Y sólo cuando estuve a salvo, lejos de
aquel claustro maldito, y me dejé caer por tierra con el corazón dándome saltos hasta la boca, los pulmones hechos una
brasa y miles de alfileres clavándose en mi nuca y mis sienes,
descompuesto de horror y de miedo, pensé en la suerte que
habría corrido el capitán Alatriste.

Anduvo cojeando hasta la tapia, en busca del mejor camino a seguir. Reñir con tantos a la vez lo había fatigado, la cuchillada del muslo no era profunda pero seguía sangrando, y
la calidad del cadáver que yacía en el claustro le destemplaba
ánimo y bríos a cualquiera. Quizá, pese a la herida, el miedo
le habría puesto alas en los pies, de haberlo sentido. Pero no
había tal, sino una lúgubre desolación ante la jugarreta que
le deparaba el destino. Una melancolía negra. Desesperada.
La certeza de su perra mala suerte.

Las luces ya iluminaban el claustro. Las entrevió por los árboles y la maleza. Voces, sombras de un lado para otro. Mañana crujirán toda la Europa y el mundo, pensó. Cuando esto
se sepa.

Tomó impulso para encaramarse a la tapia, alta de cinco
codos, y lo intentó dos veces, sin lograrlo. Sangre de Cristo.
La pierna le dolía demasiado.

—¡Aquí está! —gritó una voz a su espalda.

Se volvió despacio, resignado, la toledana firme en la mano.
Cuatro hombres se habían acercado por el jardín y lo alum-

braban. Reconoció sin dificultad al conde de Guadalmedina, que traía un brazo en cabestrillo. Los otros eran Martín Saldaña y un par de alguaciles con hachas encendidas. A lo lejos vio más gurullada moviéndose por el claustro.

–Date preso en nombre del rey.

La fórmula hizo torcer el mostacho a Alatriste. En nombre de qué rey, estuvo a punto de preguntar. Miró a Guadalmedina, que tenía la espada envainada, una mano en la cadera, y lo observaba con un desdén que nunca antes le había conocido. La férula del brazo era, sin duda, recuerdo del encuentro en la calle de los Peligros. Otra cuenta pendiente.

–Tengo poco que ver con esto –dijo Alatriste.

Nadie pareció darle el menor crédito. Martín Saldaña estaba muy serio. Tenía la vara de teniente de alguaciles metida en el cinto, la espada en una mano y un pistolete en la otra.

–Date –conminó de nuevo– o te mato.

El capitán reflexionó un instante. Conocía la suerte que esperaba a los regicidas: torturados hasta la muerte y luego hechos cuartos. No era un futuro agradable.

–Mejor me matas.

Miraba el rostro barbudo del que hasta esa noche había sido su amigo –estaba perdiendo amigos con demasiada rapidez– y sorprendió en éste un apunte de duda. Ambos se conocían lo suficiente para saber que a Alatriste no le interesaba salir de allí preso y vivo. El teniente de alguaciles cambió un vistazo rápido con Guadalmedina, y éste movió levemente la cabeza. Lo necesitamos entero, decía el gesto. Para intentar que suelte la lengua.

–Desármenlo –ordenó Álvaro de la Marca.

Los dos alguaciles de las hachas adelantaron un paso, y Alatriste alzó la espada. El milanés de Martín Saldaña le apuntaba directamente al estómago. Puedo forzarlo, reflexionó. Derecho sobre el cañón de la pistola y un poco de suerte nada más. En la tripa duele más que en la cabeza, y tardas en acabar. Pero no hay otra. Y tal vez Martín no me niegue eso.

Saldaña mismo parecía meditar a fondo el asunto.

–Diego... –dijo de pronto.

Alatriste lo observó, sorprendido. Sonaba a exordio, y su antiguo camarada de Flandes no era hombre de verbos. Menos todavía en situaciones como aquélla.

–No merece la pena –añadió Saldaña tras una pausa.

–¿Qué es lo que no merece la pena?

Saldaña seguía pensándolo. Alzó la mano de la espada para rascarse la barba con los gavilanes de la guarnición.

–Que te hagas –dijo al fin– escabechar como un bobo.

–Las explicaciones, más tarde –interrumpió brusco Guadalmedina.

Apoyó Alatriste la espalda en la tapia, confuso. Algo no encajaba. Sin dejar de apuntarle con su milanés, fruncido el ceño, el teniente de alguaciles miraba ahora a Guadalmedina.

–Más tarde ya no habrá remedio –respondió hoscamente.

Álvaro de la Marca inclinó la cabeza, reflexivo. Después los estuvo estudiando con fijeza al uno y al otro. Al fin pareció convencido. Sus ojos se detuvieron en el pistolete de Saldaña, y suspiró.

–No era el rey –dijo.

Por la ventanilla izquierda del carruaje, en los altos que dominaban los huertos y el río Manzanares, se distinguía la mole oscura del Alcázar Real. Rodaban camino del puente del Parque, alumbrados por media docena de alguaciles y corchetes con hachas y a pie. Había otros dos guardias en el pescante, uno de los cuales portaba un arcabuz con la mecha encendida. Guadalmedina y Martín Saldaña iban dentro del coche, sentados frente al capitán Alatriste. Y éste apenas daba crédito a la historia que acababan de contarle.

–... Hace ocho meses que lo utilizábamos como doble de Su Majestad, por el asombroso parecido –concluyó Guadalmedina–. Parejos en edad, los mismos ojos azules, una boca semejante... Se llamaba Ginés Garciamillán y era un comediante poco conocido, de Puerto Lumbreras. Sustituyó algunos días al rey durante la reciente jornada de Aragón... Cuando nos llegaron noticias de que algo se preparaba esta noche, decidimos que interpretara su papel una vez más. Sabía los riesgos, y aun así se prestó al juego... Era un súbdito leal y valiente.

Alatriste hizo una mueca.

–Buen pago ha tenido su lealtad.

Álvaro de la Marca lo miró en silencio, el aire irritado. Las antorchas iluminaban desde afuera su perfil aristocrático: perilla, bigote rizado. Otro mundo y otra casta. Se sostenía el brazo en cabestrillo con la mano sana para aliviarlo del traqueteo del carruaje.

–Fue una decisión personal, sin duda –el tono era ligero: comparado con un monarca, el difunto Ginés Garciamillán no le importaba gran cosa–... Sus instrucciones eran no aparecer hasta que pudiéramos protegerlo; pero llevó su papel al extremo y no esperó –aquí movió la cabeza con reprobación–. Imagino que hacer de rey en un momento como ése fue la culminación de su carrera.

–Lo hizo bien –dijo el capitán–. No perdió la dignidad y se batió sin abrir la boca... Dudo que un rey hubiese hecho lo mismo.

Martín Saldaña escuchaba impasible, su pistolete amartillado en el regazo, sin perder de vista al prisionero. Guadalmedina se había quitado un guante y lo usaba para sacudir con suaves golpecitos el polvo de sus gregüescos de paño fino.

–No creo tu historia, Alatriste –dijo el de la Marca–. Al menos no del todo. Es cierto que, como dijiste, había huellas de lucha y que los asesinos eran varios... Pero ¿quién me asegura que no estabas de acuerdo con ellos?

–Mi palabra.

–¿Y qué más?

–Vuestra excelencia me conoce de sobra.

Guadalmedina se rió a medias, el guante en alto.

–Vaya si te conozco. En los últimos tiempos no eres de fiar.

Alatriste miró fijamente al conde. Hasta esa noche, nadie que le hubiera dicho mentís había vivido lo suficiente para repetirlo. Después se volvió a Saldaña.

–¿Tampoco tú crees en mi palabra?

El teniente de alguaciles mantuvo la boca cerrada. Saltaba a la vista que lo suyo no era creer o descreer nada. Hacía su trabajo. El actor estaba muerto, el rey vivo, y sus órdenes eran custodiar al preso. Lo que tuviera en la cabeza se lo guardaba. Las discusiones las dejaba a inquisidores, jueces y teólogos.

—Todo se aclarará a su debido tiempo —opinó Guadalmedina, ajustándose el guante—. En cualquier caso, recibiste instrucciones para mantenerte lejos.

El capitán miró por la ventanilla. Habían pasado el puente del Parque y el carruaje ascendía bajo la muralla, por el camino de tierra que llevaba a la parte sur del alcázar.

—¿Adónde me llevan?

—A Caballerizas —dijo Guadalmedina.

Alatriste estudió la mirada inexpresiva de Martín Saldaña, viendo que ahora empuñaba el pistolete con más firmeza, apuntándole al pecho. Este caimán me conoce bien, pensó. Sabe que es un error darme esa información. Caballerizas, más conocida por el Desolladero, era la pequeña cárcel, aneja a las cuadras del alcázar, donde se torturaba a los reos de lesa majestad. Un lugar siniestro del que estaban excluidas la justicia y la esperanza. Ni jueces ni abogados: sólo verdugos, tratos de cuerda y un escribano tomando nota de cada grito. Un par de interrogatorios dejaban a un hombre tullido para siempre.

—De modo que hasta aquí llegué.

—Sí —convino Guadalmedina—. Hasta aquí llegaste. Ahora tendrás tiempo de explicarlo todo.

De perdidos, al río, pensó Alatriste. Al pie de la letra. Y en
ésas, aprovechando un movimiento brusco del carruaje, se
abalanzó sobre Saldaña apenas hubo desviado éste una pulgada el cañón del pistolete. Lo hizo golpeando en el mismo
impulso la cara del teniente de alguaciles con un recio cabezazo, y sintió crujir bajo su frente la nariz del otro. Cloc, hizo.
La sangre brotó de inmediato, roja y espesa, chorreándole a
Saldaña por la barba y el pecho. Para entonces Alatriste ya
le había arrebatado el milanés, poniéndoselo a Guadalmedina ante los ojos.

–Vuestra espada –exigió.

Mientras el desconcertado Guadalmedina abría la boca para pedir auxilio a los de afuera, Alatriste le pegó con el arma
en la cara antes de quitarle la espada. Matarlos no arreglaba
un carajo, decidió sobre la marcha. De un vistazo comprobó
que Saldaña apenas rebullía, como un buey al que acabaran de
abatir de un mazazo en la testuz. Golpeó otra vez sin piedad a
Álvaro de la Marca, que con su brazo en cabestrillo no pudo
defenderse y cayó entre los asientos. Al Desolladero, pensó el
capitán, llevaréis a la puta que os parió. Entre la sangre que lo
salpicaba todo, Saldaña lo miraba con ojos turbios.

–Ya nos veremos, Martín –se despidió Alatriste.

Le quitó el segundo pistolete y se lo metió en el cinto. Después abrió la puerta de una patada y saltó del coche, un milanés en la diestra y la espada en la zurda. Mientras la pierna
herida no me traicione, pensó. Ya había allí un corchete prevenido, gritándole a sus compañeros que el prisionero intentaba escapar. Tenía un hacha encendida e intentaba desenvainar

–Vuestra espada –exigió.

su herreruza; de manera que, sin pensarlo, Alatriste le pegó un tiro a boca de jarro, en el pecho, cuyo fogonazo iluminó el rostro aterrado mientras lo tiraba hacia atrás entre las sombras. Su instinto militar olió la mecha encendida del arcabuz del pescante: no había tiempo que perder. Arrojó el milanés descargado y sacó el otro, echando atrás el perrillo mientras se revolvía para dispararle al de arriba; pero en ese momento vino otro corchete a la carrera, la espada por delante. Había que elegir. Apuntó y detuvo en seco al de abajo con el pistoletazo. Aún se desplomaba el corchete, apoyado en una rueda del coche, cuando Alatriste corrió al borde del camino y se arrojó rodando por la cuesta que llevaba al arroyo y al río. Dos hombres le fueron a los alcances y sobre el carruaje resplandeció un arcabuzazo: la bala zurreó cerca, perdiéndose en la oscuridad. Se levantó entre la maleza, rasguñadas cara y manos, dispuesto a correr de nuevo pese a la pierna dolorida, pero ya tenía a los monteros encima. Dos bultos negros jadeaban pisoteando y tropezando entre los arbustos mientras gritaban: alto, alto, date en nombre del rey. Dos a la zaga y tan cerca eran demasiados, de modo que se volvió haciéndoles frente, la espada lista para herir; y cuando el primero llegó a su altura, en lugar de aguardar le fue encima de punta, sin más trámite, atravesándole el pecho. Cayó el guro con un alarido y se detuvo el otro detrás, prudente. Varias hachas encendidas bajaban desde el camino. Alatriste echó a correr otra vez en la oscuridad, buscando el resguardo de los árboles, siempre cuesta abajo, guiándose por el rumor del río cercano. Al fin se metió entre cañizales y luego sintió fango bajo las botas. Por suerte el agua bajaba crecida de las últimas lluvias. Puso la espada en el cinto, avanzó unos pasos, y sumergiéndose hasta los hombros se dejó llevar por la corriente.

Nadó río abajo hasta las isletas y de ellas volvió a la orilla. Anduvo así entre los cañizales, chapoteando en el barro, hasta cerca de la puente segoviana. Descansó un rato para recobrar el aliento, se ató un pañizuelo en torno a la herida del muslo, y luego, tiritando de frío bajo las ropas empapadas –había perdido la capa y el sombrero en la refriega–, dio un rodeo bajo los arcos de piedra para eludir la garita de la puerta de Segovia. De allí subió despacio hacia las vistillas de San Francisco, donde un arroyuelo usado como desaguadero permitía entrar en la ciudad sin ser visto. A esas horas, concluyó, debía de haber una nube de alguaciles buscándolo. La taberna del Turco quedaba excluida, lo mismo que el garito de Juan Vicuña. Tampoco acogerse en una iglesia iba a servir de nada, ni siquiera con los jesuitas del dómine Pérez. Con un rey de por medio, la jurisdicción de San Pedro no contaba frente a la de Malco. Su única posibilidad eran los barrios bajos, donde la justicia real no se atrevía a internarse a tales horas, y de día sólo entraba en cuadrilla. Así que, buscando el reparo de las sombras, fue con suma cautela hasta la plaza de la Cebada, y de allí, por las vías más angostas y apresurándose al cruzar las calles de Embajadores y del Mesón de Paredes, anduvo hacia la fuente de Lavapiés, donde estaban las posadas, tabernas

y mancebías de peor fama de Madrid. Necesitaba un sitio para
esconderse y reflexionar –la intervención de Gualterio Malatesta en el episodio de las Minillas lo desconcertaba en extremo–, mas no llevaba encima una mísera dobla para costearse
un resguardo. Pasó revista a los amigos que tenía en aquel paraje, determinando los leales que no lo venderían por treinta
monedas cuando al día siguiente pregonaran su cabeza. Con
tan negros pensamientos volvió atrás, a la calle de la Comadre,
a la puerta de cuyas manflas, alumbradas por hachas y faroli-
llos puestos en los zaguanes, media docena de cantoneras hacía su triste oficio. Y tal vez, se dijo de pronto, deteniéndose,
Dios exista y no se dedique sólo a mirar de lejos cómo el
azar o el diablo juegan con los hombres a la pelota.
Porque delante de una taberna, abofeteando
chulesco a una de las daifas de medio
manto, muy puesto en rufián y con
la montera arriscada sobre su
espesa y única ceja, estaba
Bartolo Cagafuego.

VII. LA POSADA DEL AGUILUCHO

on Francisco de Quevedo tiró capa y chapeo sobre un taburete, contrariado, y se desabrochó la golilla. Las noticias eran pésimas.

—Nada que hacer —dijo mientras se desceñía la espada—. Guadalmedina no quiere oír hablar del asunto.

Miré por la ventana. Sobre los tejados de la calle del Niño, las nubes grises, amenazadoras, que se agolpaban sobre el cielo de Madrid lo hacían todo más siniestro. Don Francisco había pasado dos horas en el palacio de Guadalmedina, intentando convencer al confidente del rey nuestro señor de la inocencia del capitán Alatriste, sin resultado. Porque aun en caso de que fuese víctima de una conspiración, había dicho Álvaro de la Marca, su fuga de la Justicia lo complicaba todo. Además, despachó a dos corchetes y dejó quebrantado a un tercero, sin contar la nariz rota del teniente de alguaciles. Y sus propios golpes.

–Resumiendo –concluyó don Francisco–: jura que ha de verlo ahorcado.

–Eran amigos –protesté.

–A esto no hay amistad que resista. Item más que la historia es peregrina y truculenta.

–Espero que al menos vuestra merced la crea entera.

El poeta se sentó en un sillón de nogal –el que solía ocupar el difunto duque de Osuna cuando frecuentaba su casa– situado junto a la mesa cubierta por papeles, plumas de ave, salvadera y tintero de cobre. Había también una cajita de tabaco molido y varios libros, entre ellos un Séneca y un Plutarco.

–Si yo no creyera al capitán –dijo– no habría ido a ver a Guadalmedina.

Extendió las piernas cruzadas sobre la vieja alfombra de nudo español que cubría el suelo. Miraba distraído un papel a medio escribir con su letra clara y nerviosa. Yo había leído antes en él las cuatro primeras líneas de un soneto:

> *El que me niega lo que no merezco*
> *me da advertencia, no me quita nada;*
> *que en ambición sin méritos premiada,*
> *más me deshonro yo que me enriquezco.*

Fui hasta el mueble donde don Francisco guardaba el vino –un aparador con vidrios verdes de posta, bajo una pintura que representaba el incendio de Troya– y serví de una garrafa un vaso bien lleno. El poeta había cogido la cajita de tabaco y pellizcaba un poco, llevándoselo a la nariz. No era gran fumador, pero sí aficionado a aquel polvo de las hojas que venían de las Indias.

–Conozco a tu amo hace tiempo, chico –prosiguió–. Por muy testarudo que sea, y por mucho que le guste llevar las cosas al extremo, sé que nunca levantaría la mano contra su rey.

–El conde también lo conoce –me lamenté, acercándole el vaso.

Asintió, tras estornudar dos veces.

–Cierto. Y apuesto mis espuelas de oro a que sabe de sobra que el capitán no tuvo nada que ver. Pero son demasiadas afrentas para el orgullo de un noble: el descaro de Alatriste, el pinchazo en la calle de los Peligros, la mazagatada de la otra noche... Guadalmedina tiene en su linda cara las señales que le hizo tu amo antes de largarse. Cuando eres grande de España, esas cosas se llevan mal. No pesa tanto el golpe como el no poderlo gritar.

Bebió un poco y se me quedó mirando mientras jugueteaba con la cajita de tabaco.

–Menos mal que el capitán te sacó a tiempo de allí.

Estuvo un rato observándome, pensativo. Al fin dejó la caja y le dio un largo tiento al vino.

–¿Cómo se te ocurrió irle detrás?

Respondí con evasivas que daban a entender curiosidad de mozo, gusto por la intriga, etcétera. Sabía ya que quien desea justificarse habla más de la cuenta, y que un exceso de argumentos es peor que un prudente silencio. De un lado me aver-

gonzaba reconocer que me había dejado llevar a una trampa
por la venenosa mujercita de la que, pese a todo, seguía pren-
dado hasta los tuétanos. De otro, consideraba a Angélica de
Alquézar negocio de mi exclusiva competencia. Quería ser yo
quien resolviese aquello; pero mientras mi amo siguiera oculto y a salvo –habíamos recibido un discreto mensaje suyo
por conducto seguro– las explicaciones podían esperar. Lo
que ahora importaba era mantenerlo lejos del verdugo.

–Voy a contarle lo que hay –dije.

Me aboroné el jubón y requerí mi sombrero. Como la lluvia empezaba a salpicar los vidrios de la ventana, me puse
también la capa de estameña. Don Francisco se fijó en cómo
metía la daga entre la ropa.

–Ten cuidado, no vaya a seguirte alguien.

Cabía dentro de lo posible. Los alguaciles me habían in-
terrogado en la taberna del Turco hasta que los convencí, min-
tiendo con redomado descaro, de que no sabía nada de lo
ocurrido en las Minillas. Tampoco la Lebrijana les fue de utili-
dad, pese a que la amenazaron y maltrataron bastante, aunque
sólo de palabra. Pero nadie –y yo menos que ninguno– llegó
a contarle a la tabernera la verdadera causa de que el capitán
anduviese huido. Ésta se atribuía a una reyerta con muertes,
sin más detalles.

–Descuide vuestra merced. La lluvia me ayudará a pasar
inadvertido.

En realidad me preocupaba menos la Justicia que quienes
habían organizado la conspiración, pues los imaginé al acecho. Iba a despedirme del poeta cuando éste alzó un dedo,

cual si acabara de caer en algo. Levantándose, fue hasta un escritorillo junto a la ventana y sacó de él un cofrecito forrado de baqueta.

–Dile al capitán que haré lo posible... Lástima que el pobre don Andrés Pacheco acabe de morirse, que Medinaceli ande desterrado y que el almirante de Castilla haya caído en desgracia. Los tres me tenían afición, y nos vendrían de perlas como mediadores.

Me entristeció oír aquello. Su ilustrísima monseñor Pacheco había sido la máxima autoridad del Santo Oficio en España; incluso por encima del Tribunal de la Inquisición que presidía un viejo enemigo nuestro: el temible dominico fray Emilio Bocanegra. En cuanto a don Antonio de la Cerda, duque de Medinaceli –con el tiempo se convertiría en amigo íntimo del poeta y protector mío–, su sangre moza e impulsiva lo tenía confinado lejos de la Corte, tras haber pretendido sacar de la cárcel, por las bravas, a un criado suyo. Y en lo que se refiere al almirante de Castilla, la caída era del dominio público: su altivez había causado malestar en Cataluña durante la reciente jornada de Aragón, al discutir con el duque de Cardona por un asiento junto al rey cuando éste fue recibido en Barcelona. De donde, por cierto, regresó Su Majestad sin sacar a los catalanes una dobla; pues al pedirles subsidios para Flandes respondieron éstos que al rey la vida y el honor se daban sin rechistar, siempre y cuando no costaran dinero; pero que la hacienda es patrimonio del alma, y el alma sólo es de Dios. La desgracia del almirante de Castilla se había visto agravada en el lavatorio público del Jueves Santo, cuando Felipe IV pidió toalla para secarse al marqués de Liche en vez de al almirante, que gozaba de ese privilegio. Humillado, el almirante protestó ante el rey, pidiéndole permiso para retirarse. Soy el primer caballero del reino, dijo, olvidando que estaba ante el primer monarca del mundo. Y el rey, enojado, le concedió permiso con creces. Lejos de la Corte, y hasta nueva orden.

–¿Nos queda alguien?

Don Francisco asumió aquel *nos* con naturalidad.

–No de la categoría de un inquisidor general, de un grande de España o de un amigo del rey... Pero he pedido audiencia al conde-duque. Al menos ése no se deja llevar por las apariencias. Es listo y pragmático.

Nos miramos sin demasiada esperanza. Después el poeta abrió el cofrecito y extrajo una bolsa. Contó de ella ocho doblones de a cuatro –observé que era más o menos la mitad de lo que había– y me los entregó.

–Puede necesitar –dijo– al poderoso caballero.

Qué afortunado es mi amo, pensé. Cuando un hombre como don Francisco de Quevedo le profesa tamaña lealtad. Que en nuestra ruin España, incluso entre amigos entrañables, siempre fue más corriente aflojar verbos y estocadas que otra cosa. Y aquellos quinientos veintiocho reales venían acuñados en lindo oro rubio: unos con la cruz de la verdadera religión, otros con el perfil de Su Católica Majestad y otros con el de su difunto padre, el tercer Felipe. Adecuadísimos todos –y lo hubieran sido hasta con la media luna del turco– para cegar un poco más a la tuerta Justicia y proveer amparos.

–Dile que siento no llegar al doble –añadió el poeta, devolviendo el cofrecito a su sitio–, porque sigo comido de deudas, el censo sobre esta casa, de la que en mala hora eché al puto y reputo cordobés, me chupa cuarenta ducados y la sangre, y hasta el papel donde escribo lo acaban de gravar con nuevos impuestos... En fin. Prevénlo de que esté avizor y no asome a la calle. Madrid se ha vuelto para él una ciudad muy peligrosa... Aunque puede consolarse, si lo prefiere, meditando que se ve en tales fatigas por su gusto:

> *Por ser de avaro y necio*
> *querer comprar y no pagar el precio.*

Aquello me hizo sonreír a medias. Madrid era peligroso para el capitán y para otros, pensé con altivez. Todo era cuestión de quién madrugara al empuñar un acero, y no era lo mismo acosar a una liebre que a un lobo. Al cabo vi que también sonreía don Francisco.

–Aunque el mayor peligro quizá sea el propio Alatriste –ironizó, como si adivinara mi pensamiento–. ¿No te parece?... Guadalmedina y Saldaña apaleados, un par de corchetes muertos, otro a medio camino, y todo eso en menos de un padrenuestro –cogió el vaso de vino y miró hacia la lluvia que caía afuera–. Pardiez, que es matar.

Luego se quedó contemplando el vaso, absorto. Al fin lo alzó hacia la ventana a modo de brindis, haciendo la razón como si el capitán se encontrara allí.

–Más que una espada –concluyó–, lo que tu amo lleva en la mano es una guadaña.

Llovía Dios sobre cada palmo de tierra suyo cuando bajé hasta Lavapiés por la calle de la Compañía, rebozado en la estameña y chorreante el sombrero, buscando amparo de soportales y aleros de las casas para protegerme del agua que caía como si los holandeses hubiesen roto sus diques sobre mi cabeza. Y aunque iba calado y el barro me llegaba a media polaina, anduve sin prisas entre la cortina de lluvia y las salpicaduras que a modo de mosquetería acribillaban los charcos, dando alguna que otra vuelta y revuelta para comprobar que nadie me pisaba la huella. Llegué a la calle de la Comadre saltando por encima de los arroyuelos de agua y fango, y tras un último vistazo prudente entré en la posada, sacudiéndome como un perro mojado.

Olía a vino rancio, a serrín húmedo y a suciedad. El del Aguilucho era uno de los antros más bellacos de Madrid. Su dueño, de quien el sitio tomaba nombre, había sido bregado farabuste y águila de muchas flores –decían que comadreja y picador notorio manejando la ganzúa– hasta que a la vejez, quebrantado por una vida de trabajos, abrió aquella posada convirtiéndola en almoneda de objetos robados. Allí entraba en parte con los ladrones, y de tal le venía el apodo. El sitio era una viejísima corrala, grande, oscura, cercada de ruines casas y con varias puertas, que tenía una veintena de cuartos sórdidos amén de un comedor tiznado de humo y grasa donde se podía tragar o beber por poco dinero; muy a propósito para esquifada de ladrones y rufianes, que le tenían afición por lo discreto. La carda entraba y salía a todas horas buscándose el ordinario, embozada y sonando a hierro o cargada con fardos sospechosos. Rufos, bailes, cherinoles, ministros del dos de bastos, bachilleras del abrocho y, en fin, toda suerte de balhurria de la que jura no ser honrada en ninguna de las dos Castillas, andaba por allí tan a sus anchas como grajo por trigal o escribano por pleito. Y la Justicia se tenía lejos, en parte por no remover problemas y en parte porque el Aguilucho, que era arredomado y entendía su negocio, resultaba liberal alargándose lo oportuno para engrasar palmas de alguaciles y favorecerse del Sepan Cuantos; otrosí que, al tener el dueño un yerno sirviendo en casa del marqués del Carpio, buscar refugio en aquella posada era acogerse a sagrado. En cuanto a los transeúntes, además de crema de la germanía, todos eran mudos, sordos y ciegos. Allí no había nombres ni apellidos; nadie miraba a nadie, y hasta decir buenas tardes podía ser motivo para que te desjarretaran la calle del trago.

Bartolo Cagafuego estaba sentado junto al hogar de la cocina, donde los carbones que ardían bajo los pucheros ahumaban media estancia. El jaque se echaba abajo las pesadumbres con tientos a un jarro en compañía de un cofrade, charlando a media voz mientras observaba por el rabillo del ojo a su hembra; que en otra mesa, medio manto sobre los hombros, ajustaba servicios con un cliente. Cagafuego no dio muestras de conocerme cuando fui hasta la chimenea, arrimando mis ropas mojadas que se pusieron a humear vapor. Siguió tal cual su conversación, y así alcancé a entender que hablaban de un encuentro reciente con cierto alguacil, resuelto no con sangre ni grilletes, sino con dinero.

–De manera –contaba Cagafuego, con su acento potreño– que me llego al mayoral de los bellerifes, calo la cerra, saco dos granos como dos soles y le digo al grullo, guiñándole un fanal: «Por estos veintidós mandamientos, juro a vuesarced que el que buscan no soy yo».

–¿Y quién era el corchapín? –quiso saber el otro jaque.

–Berruguete, el tuerto.

–Fino hideputa, a fe mía. Y acomodaticio.

–No hace falta que lo jure uced, señor compadre... Engibó el rescate, y no digo más.

–¿Y el palomo?

–Se arrancaba el bosque, bufando que era mi marca quien le había murciado la cigarra, y que yo la encubría... Pero ahí Berruguete cumplió como un godo y se hizo sordo. Tal día hará un año.

Siguieron así un rato de amena y poco gongorina parla. Y al trecho, Bartolo Cagafuego me miró a medio mogate, dejó el jarro, se puso en pie como quien no quiere la cosa, desperezó el navío con desmesurado braceo y abriendo mucho la boca –diezmada de media docena de dientes–, y anduvo columpiándose hasta la puerta, el aire terrible de costumbre, tintineándole el hierro, baldeo en gavia, coleto de ante y calzón con las boquillas sin abrochar, tan amontonado de valentía que no había más que pedir. Fui a reunirme con él en

la galería de la corrala, donde nuestras voces quedaban veladas por el estrépito de la lluvia.

–¿Nadie a las calcas? –preguntó el bravote.

–Nadie.

–¿Certus?

–Como que hay Dios.

Asintió aprobador, rascándose las espesas cejas que se le
juntaban en el sobrescrito lleno de marcas y cicatrices. Luego, sin más palabras, echó a andar por la galería, y lo seguí.
No nos veíamos desde el episodio del oro de las Indias; cuando, tras verse libre de remar en galeras merced al asalto al
Niklaasbergen y al indulto conseguido por el capitán Alatriste, Cagafuego se había embolsado una linda suma que le
permitió volver a Madrid para seguir desempeñando el oficio de jaque en su variedad de rufo, o rufián, por otro nombre abrigo de putas. Pese a su corpachón y a los aires feroces,
y aunque en la barra de Sanlúcar, a decir verdad, se había
portado con mucha decencia degollando gente, lo suyo no
era jugarse la gorja. Los fieros con que se adornaba eran más
de pastel que otra cosa, propios para atemorizar a incautos
y vivir de las corsarias, y no para vérselas de verdad con
gente de hígados. Aun siendo tan bruto que de las cinco vo-
cales apenas dos o tres habrían llegado a su noticia –o tal vez
por eso mismo– ahora tenía una marca al punto en la calle de la Comadre, y andaba asociado con el dueño de una
manflota donde se encargaba de mantener el orden con mucho pesiatal, a fe mía y yo lo digo. Su negocio, por tanto, iba
bien. Con esas patentes en el memorial, contaba más mérito

a mis ojos que semejante bravo de contaduría arriesgara el
cuello para ayudar al capitán Alatriste; pues nada tenía que
ganar y mucho que perder si alguien iba con el bramo a la
Justicia. Pero desde que se conocieron años atrás en un calabozo de la cárcel de la Villa, Bartolo Cagafuego profesaba al
capitán esa lealtad sólida e inexplicable que a menudo observé en quienes trataron a mi amo, lo mismo entre camaradas de milicia que entre gente de calidad y desalmados malhe-
chores, donde incluyo a algunos enemigos. De tiempo en
tiempo surgen hombres especiales, diferentes a sus contemporáneos, o tal vez lo que ocurre no es que sean de veras diferentes, sino que en cierto modo resumen, justifican e in-
mortalizan su época; y algunos de quienes los tratan se dan
cuenta de eso, o lo intuyen, y los tienen como árbitros de
conductas. Quizá Diego Alatriste era uno de tales. En cualquier caso, doy fe de que cuantos se batieron a su lado, com-
partieron sus silencios o advirtieron aprobación en su mirada glauca, quedaron obligados para siempre por singulares
lazos. Se diría que ganar su respeto los hacía respetarse más
a sí mismos.

—Nada que hacer —resumí—. Sólo esperar a que escampe.
El capitán había escuchado atento, sin abrir la boca. Estábamos sentados junto a una desvencijada mesa manchada
de esperma de velas, donde había una escudilla con restos de
mondongo cocido, una jarra de vino y un mendrugo de pan.

Bartolo Cagafuego se tenía un poco aparte, en pie, cruzado de brazos. Oíamos caer la lluvia sobre el tejado.

—¿Cuándo verá Quevedo al conde-duque?

—No se sabe —repuse—. De cualquier manera, *La espada y la daga* se representa dentro de pocos días en El Escorial. Don Francisco ha prometido llevarme.

El capitán se pasó la mano por la cara, que necesitaba un repaso de navaja de afeitar. Lo vi más flaco y demacrado. Vestía calzón de mala gamuza, recosidas medias de lana, camisa sin cuello bajo el jubón abierto. No era el suyo un buen aspecto; pero sus botas de soldado estaban en un rincón, recién engrasadas, y también el cinto nuevo de espada que había sobre la mesa acababa de ser tratado con sebo de caballo. Cagafuego le había conseguido sombrero y capa en un ropavejero, y también una herrumbrosa daga de ganchos que ahora estaba afilada y reluciente, junto a la almohada de la cama deshecha.

—¿Te han molestado mucho? —me preguntó el capitán.

—Lo justo —encogí los hombros—. Nadie me relaciona.

—¿Y a la Lebrijana?

—Lo mismo.

—¿Cómo está ella?

Miré el agua que encharcaba el suelo, bajo mis borceguíes.

—Ya la conoce vuestra merced: muchas lágrimas y fieros. Jura y perjura que estará en primera fila cuando os ahorquen. Pero se le pasará —sonreí—. En el fondo es más tierna que una melcocha.

Cagafuego movió grave la cabeza, el aire entendido. Se le veía con ganas de opinar sobre los celos y ternezas de las hembras, pero se contuvo. Respetaba demasiado a mi amo como para meterse en la conversación.

–¿Y qué hay de Malatesta? –preguntó el capitán.

El nombre hizo que me removiera en la silla.

–Ni rastro.

El capitán se acariciaba el mostacho, pensativo. De vez en cuando me miraba con atención, cual si esperase leerme en el rostro informes que no expresaran mis palabras.

–Tal vez yo sepa dónde encontrarlo –dijo.

Aquello se me antojó una locura.

–No debería arriesgarse vuestra merced.

–Veremos.

–Eso dijo un ciego –apunté, descarado.

Volvió a estudiarme como antes, mientras yo lamentaba un poco mi impertinencia. De reojo comprobé que Bartolo Cagafuego me observaba con reprobación. Pero lo cierto era que las cosas no estaban para que el capitán anduviese por las calles a sombra de tejados. Antes de dar algún paso que lo comprometiese más, debía esperar el resultado de las gestiones de don Francisco de Quevedo. Y yo, por mi parte, necesitaba una conversación urgente con cierta joven dama de la reina, a la que llevaba días acechando sin éxito. En cuanto a lo que le ocultaba a mi amo, los remordimientos se templaban al recordar que Angélica de Alquézar me había llevado a una trampa, cierto; pero que esa trampa nunca habría sido posible sin la testaruda, o suicida, colaboración del capitán. Yo tenía juicio para advertir esas cosas; y cuando se está camino de los diecisiete años, ya nadie es del todo un héroe, salvo uno mismo.

–¿Este sitio es seguro? –le pregunté a Cagafuego para cambiar de conversación.

El rufo abrió su boca agujereada en una sonrisa feroz.

–Rijón. Aquí, la Justa no ronda ni harta de alboroque... Y si algún fuelle diese el soplo, las ventanas permiten alongarse luengo a los tejados. El señor capitán no es el único que se llama a altana... Si asoman alfileres, abajo hay camaradas de sobra para dar la voz. Y en tal caso, se baten talones, y al ángel.

Mi amo no había dejado de mirarme en todo el rato.

–Tenemos que hablar –dijo.

Cagafuego se llevó los nudillos de una manaza a las cejas, despidiéndose.

–Pues mientras garlan, y si no manda otra cosa vuacé, señor capitán, este crudo va a darse una vuelta por sus pastos, a ver qué tal le va a mi Maripérez el ajuste que lleva entre manos. Que el ojo del amo engorda a la yegua.

Abrió la puerta, recortado en la claridad gris de la galería; pero aún se detuvo un momento.

–Además –añadió–, y dicho sea sin menoscabo de la honra, en estos tiempos nunca sabe uno cuándo ha de vérselas con la Güerca... Y por muchos argamandijos que se tengan y sufrido que sea uno a la hora de tocar la guitarra, más cómodo es callar lo que no se conoce, que callar lo que se sabe.

–Buena filosofía, Bartolo –sonrió el capitán–. Aristóteles no lo habría expresado mejor.

El rufo se rascó el cogote.

—No se me alcanza qué hígados tenga ese don Aristóteles, ni cómo encajará tres ansias en el potro sin decir otra que nones, como está documentado por escribano que hizo alguna vez este león... Pero vuacé y yo conocemos a bederres capaces de hacerle cantar jácaras a una piedra.

Se fue, cerrando la puerta. Entonces saqué la bolsa que me había entregado don Francisco de Quevedo y la puse sobre la mesa. Con aire ausente, mi amo apiló las piezas de oro.

—Ahora cuéntamelo —dijo.

—¿Qué quiere vuestra merced que le cuente?

—Lo que estabas haciendo la otra noche en las Minillas.

Tragué saliva. Miré el charco a mis pies. De nuevo sus ojos. Me sentía tan turbado como, en paso de comedia, mujer a la que halla el marido sin luz y con amante.

—Ya lo sabéis, capitán. Seguiros.

—¿Para qué?

—Estaba inquieto por...

Me callé. La expresión de mi amo se había vuelto tan sombría que los sonidos murieron en mi garganta. Sus pupilas, hasta entonces dilatadas por la poca luz de la ventana, se tornaron tan pequeñas y aceradas que parecían traspasarme como cuchillos. Yo había visto esa mirada otras veces, y a menudo terminaba con un hombre desangrándose en el suelo. Por Dios que tuve miedo.

Entonces suspiré hondo y lo conté todo. De cabo a rabo.

–La amo –concluí.

Lo dije como si eso me justificara. El capitán se había levantado y estaba frente a la ventana, mirando caer la lluvia.

–¿Mucho? –preguntó, pensativo.

–Tanto que, de poderlo expresar, no fuera nada.

–Su tío es secretario real.

Comprendí el alcance de esas palabras, que encerraban más un aviso que un reproche. Pues aquello situaba el negocio en terreno resbaladizo: aparte de que Luis de Alquézar estuviese o no al corriente –Malatesta había trabajado para él en otro tiempo– la cuestión era si Angélica formaba parte de la conspiración, o si su tío u otros, sin estar directamente implicados, pretendían sacar partido de las circunstancias. Subirse a un carruaje en marcha.

–Y ella, además –añadió el capitán–, es menina de la reina.

Lo que tampoco era detalle menor. De pronto entreví el sentido último de sus palabras y me quedé helado. La idea de que nuestra señora doña Isabel de Borbón tuviese algo que ver con la intriga no era descabellada. Hasta una reina es mujer, me dije. Puede conocer los celos como la más baja fregatriz.

–Sin embargo, ¿por qué mezclarte a ti? –se preguntó el capitán–. Conmigo era suficiente.

Le di unas cuantas vueltas.

–No sé –dije–. Otra cabeza para el verdugo... Pero tenéis razón: con la reina implicada, una de sus damas encajaría en el episodio.

–O tal vez alguien busca que encaje.

Lo miré, desconcertado. Había ido hasta la mesa y contemplaba el montoncito de monedas de oro.

—¿No se te ha ocurrido que alguien puede querer endosarle el lance a la reina?

Me quedé con la boca abierta. Veía las siniestras posibilidades del razonamiento.

—A fin de cuentas —prosiguió el capitán—, aparte de esposa engañada, es francesa... Imagínate la situación: el rey muere, Angélica desaparece, tú eres engrilletado conmigo, y al cabo sueltas en el potro que una menina de la reina te metió en el asunto...

Me llevé la mano al pecho, ofendido.

—Yo nunca delataría a Angélica.

Sonreía a medias, mirándome. Una mueca veterana y cansada.

—Imagina que lo hicieras.

—Imposible. Tampoco vendí a vuestra merced al Santo Oficio.

—Cierto.

Siguió mirándome, aunque ya no dijo más; pero supe lo que pensaba. Los frailes dominicos eran una cosa y la justicia real, otra. Como había dicho antes Cagafuego, había verdugos capaces de soltar la sin hueso al más bravo. Consideré aquella variante de la trama, a la que no faltaba razón. Gracias a los paseos por los mentideros y a las charlas de los amigos del capitán, yo estaba al corriente de las últimas noticias: la pugna entre el ministro de Francia, Richelieu, y nuestro conde-duque de Olivares hacía sonar en Europa tambores de próximas guerras. Nadie dudaba que cuando los vecinos gabachos resolvieran el problema de los hugonotes en La Rochela, españoles y franceses íbamos a acuchillarnos de nuevo en los campos de batalla. Falso o cierto, insinuar la mano de la reina resultaba razonable. Y útil, además, para unos cuantos. Había quien detestaba a Isabel de Borbón –Olivares, su esposa y su camarilla, entre ellos– y quien deseaba nuestra guerra con Francia, en España y fuera de ella, incluidos Inglaterra, Venecia, el turco y hasta el mismo papa de Roma. Una intriga antiespañola que implicara a la hermana del rey francés, resultaba creíble. Pero también podía ser una explicación que ocultase otras.

–Creo que es hora –dijo el capitán, mirando su espada– de que haga una visita.

Era un tiro a ciegas. Habían pasado casi tres años, pero nada costaba intentarlo. Con la capa empapada y las faldas del sombrero chorreando agua, Diego Alatriste estudió la casa con detalle. Por curioso azar, estaba a sólo dos calles de su refugio. Aunque tal vez no fuese casualidad. Aquel cuartel era el de peor calaña de Madrid, con las más bajas tabernas, bodegones y posadas. Y lo que era bueno para ampararse uno, concluyó, lo era también para otros.

Miró alrededor. La lluvia velaba a su espalda la plaza de Lavapiés, ocultando con su traslúcida cortina gris la fuente de piedra. Calle de la Primavera, se dijo con ironía. Ningún

nombre menos adecuado para el lugar y el momento, con el
fango de la calle sin empedrar y el agua arrastrando inmundicias. La casa, antigua posada del Lansquenete, estaba enfrente, vertiendo sus tejas gruesos regueros por la fachada, donde
ropa blanca y remendada, tendida a secar antes de que llegara
la lluvia, colgaba como sudarios de las ventanas.

Llevaba una hora larga vigilando, y al fin se decidió. Cruzó la calle y fue hasta el patio por el arco que olía a estiércol
de cabalgaduras. No vio a nadie. Unas gallinas mojadas pi-
coteaban el suelo bajo las galerías, y al subir por la escalera
de madera, que crujía bajo sus pasos, un gato gordo que devoraba una rata muerta le dirigió una mirada impasible. El
capitán soltó el fiador de la capa: demasiado peso, con tanta
agua en el paño. También se quitó el sombrero, cuyas alas
húmedas se le vencían sobre la cara. Una treintena de peldaños lo llevaron hasta el último piso, y allí se detuvo e hizo
memoria. Si no fallaban sus recuerdos, la puerta era la última a la derecha, en el ángulo del corredor. Fue hasta ella y
pegó la oreja. Nada. Sólo el zureo de las palomas refugiadas
bajo el techo goteante de la galería. Dejó capa y sombrero
en el suelo y sacó del cinto el arma por la que esa misma
tarde había pagado diez escudos a Bartolo Cagafuego: una
pistola de chispa casi nueva, con dos palmos de cañón y guarnición damasquinada, que lucía en la culata las iniciales de
un propietario desconocido. Comprobó que seguía bien cebada pese a la humedad, y echó atrás el perrillo. Clac, hizo.
La empuñó firme en la diestra, y con la otra mano abrió la
puerta.

Se trataba de la misma mujer, y estaba sentada a la luz de la ventana, repasando con aguja e hilo la ropa de un cesto. Al ver entrar al intruso se puso en pie, tirando por tierra la labor, abierta la boca para gritar; pero no llegó a hacerlo porque una bofetada de Alatriste la echó contra la pared. Mejor un golpe ahora, se dijo el capitán mientras lo daba, que varios más tarde, cuando tenga tiempo de razonar y abroquelarse. No hay como asustar y descomponer desde el principio. De modo que, tras la bofetada, la agarró con violencia por el cuello y, tapándole la boca con la zurda, le puso la pistola en la sien.

–Ni una voz –susurró– o te arranco la cara.

Sentía el húmedo sofoco de la mujer en la palma, su cuerpo estremecido contra el suyo, mientras la aferraba mirando alrededor. La habitación apenas había cambiado: los mismos muebles miserables, la loza desportillada sobre la mesa cubierta con tapete de arpillera. Todo se encontraba en orden, sin embargo. Había una estera de esparto en el suelo y un brasero de cobre. La cama, separada la alcoba por una cortina, estaba bien hecha y limpia, y un puchero hervía bajo la campana de la chimenea.

–¿Dónde está? –le preguntó a la mujer, apartando un poco los dedos de su boca.

Era otro tiro a la buena de Dios. Tal vez ella nada tenía que ver ya con el hombre al que buscaba; pero era el único rastro. En sus recuerdos, para su instinto de cazador, aquella mujer no era pieza desdeñable. Sólo la había visto mucho tiempo atrás y unos instantes; mas recordaba bien su expresión, su inquietud. Su angustia por el hombre entonces indefenso

–Ni una voz –susurró– o te arranco la cara.

y amenazado. Porque hasta las serpientes buscan compañía, recordó con una mueca sardónica. Y se aparean.

Ella no dijo nada. Miraba de reojo la pistola, con espanto. Era joven y vulgar, con buenas formas, negra de pelo, cenceña, el cabello recogido en la nuca, del que le pendían mechones sobre el rostro. Ni linda ni fea. Vestía camisa que le dejaba los brazos desnudos, basquiña de mal paño, y la toquilla de lana se había deslizado al suelo en el forcejeo. Olía un poco a la comida que humeaba en el puchero y otro poco a sudor.

—¿Dónde? —insistió el capitán.

Los ojos asustados se volvieron a él, pero la boca permaneció en silencio, respirando fuerte. Bajo el brazo que la aferraba, Alatriste sentía subir y bajar el pecho agitado. Atisbó alrededor buscando huellas de una presencia masculina: un herreruelo negro colgado en una percha, camisas de hombre en el cesto que había caído al suelo, dos valonas limpias y recién aderezadas. Aunque igual ya no se trata del mismo, se dijo. La vida sigue, las mujeres son mujeres, los hombres van y vienen. Esas cosas pasan.

—¿Cuándo vuelve? —preguntó.

Seguía muda, mirándolo con ojos llenos de miedo. Pero ahora advirtió en ellos un relámpago de comprensión. Quizá me reconoce, pensó. Al menos se da cuenta de que no busco hacerle daño a ella.

—Voy a soltarte —dijo, metiéndose la pistola en el cinto y sacando la daga—. Pero si gritas o intentas huir, te degüello como a una puerca.

Jugadores, fulleros, mirones en busca de barato y ambiente espeso. A esas horas, el garito de la cava de San Miguel estaba en todo lo suyo. Juan Vicuña, el dueño, vino a mi encuentro apenas pasé la puerta.

–¿Lo has visto? –me preguntó en voz baja.

–La herida de la pierna se cerró. Está sano y os manda saludos.

El antiguo sargento de caballos, mutilado en las dunas de Nieuport, asintió satisfecho. Su amistad con mi amo era sólida y vieja. Como los otros tertulianos de la taberna del Turco, estaba inquieto por la suerte del capitán Alatriste.

–¿Y Quevedo?... ¿Se mueve en palacio?

–Hace lo que puede. Pero eso no es mucho.

Suspiró hondo el otro, sin más comentarios. Lo mismo que don Francisco de Quevedo, el dómine Pérez y el licenciado Calzas, Vicuña no creía una palabra de los rumores que corrían sobre el capitán; pero mi amo no deseaba recurrir a ellos por reparo a implicarlos. El de lesa majestad era mucho delito para enredar a los amigos: terminaba en el cadalso.

–Guadalmedina está dentro –confirmó.

–¿Solo?

–Con el duque de Cea y un gentilhombre portugués a quien no conozco.

Le entregué mi daga como hacían todos, y Vicuña se la dio al vigilante de la puerta. En aquel Madrid de gente soberbia y acero fácil, las premáticas prohibían entrar herrado en ga-

ritos y mancebías, por si acaso. Aun con esa precaución, a menudo naipes y dados se manchaban de sangre.

–¿Está de buen o mal talante?

–Lleva ganados cien escudos, así que lo supongo de bueno... Pero más vale que espabiles, porque hablan de mudarse a
la manfla de las Soleras, donde tienen aparejada cena y mozas.

Me apretó el hombro con afecto y me dejó solo. Vicuña había cumplido como leal camarada, avisándome de la presencia de Álvaro de la Marca en su casa de conversación. Tras mi
entrevista con el capitán Alatriste, yo había pasado mucho
rato rumiando un plan que tal vez era desesperado, pero al
que no veía otra; después pateé la ciudad bajo la lluvia, visi-
tando a los amigos y tendiendo la red por aquí y por allá.
Ahora estaba empapado y exhausto, mas al fin había levantado la caza en lugar propicio, cosa imposible en la residen-
cia de Guadalmedina, o en palacio. Tras darle muchas vueltas y revueltas, estaba decidido a ir hasta el final, aunque eso
me costara la libertad o la vida.

Crucé la sala, bajo la luz amarillenta de los grandes velo-
nes de sebo colgados en la bóveda. Ya dije que había un ambiente tan cargado como los dados que se usaban en algunas
partidas: dineros, descuadernadas y huesos de Juan Tarafe
iban y venían sobre la media docena de mesas en torno a las
que se agolpaban los jugadores. En ésta se daba armadilla de
bueyes, en ésa rodaban brechas, en aquélla sonaban renie-
gos, pesiatales y porvidas; y en todas, fulleros y hormigueros,
hábiles en raspar un as o hincar un amolado, intentaban des-
pojar al prójimo, ya por sangría lenta, charnel a charnel, o por

juegos de estocada fulminante, de esos que dejaban a un palomo abrasado, alijándole de golpe el galeón:

Malhaya el naipe feo, desastrado,
sotífero, cruel, descomulgado,
que con rigor tan fiero
con naipes me ha dejado, y sin dinero.

Álvaro de la Marca era de los que no se dejaban. Tenía buen golpe de vista y mejores manos, y él mismo era doctor en alademosca, cortadillo y panderete. Si le venía el antojo, tan tahúr que diera garatusa a quien lo engendró. Estaba de pie ante una mesa, muy animado, y seguía ganando. Vestía galán como de costumbre: jubón pardo bordado de canutillo de plata, gregüescos y botas vueltas, con guantes de ámbar doblados en la pretina. Estaban con él, además del caballero portugués al que se había referido Vicuña –luego supe que era el joven marqués de Pontal–, el duque de Cea, nieto del duque de Lerma y cuñado del almirante de Castilla; un mozo de la mejor sangre, por cierto, que poco más tarde cobraría fama de valentísimo soldado en las guerras de Italia y Flandes antes de morir con mucha dignidad a orillas del Rhin. El caso es que me acerqué entre barateros, tomajones y mirones, muy discreto, hasta que Guadalmedina alzó la vista de la mesa, donde acababa de clavar dos albaneses con seis hormigas dobles. Al verme hizo semblante de sorprendido y molesto. Volvió al juego con el ceño fruncido, mas yo mantuve mi posición, resuelto a no moverme hasta que atendiera. Cuando miró de nuevo hice una

seña de inteligencia y me aparté un poco, esperando que, si no
tenía la decencia de saludarme, al menos sintiera curiosidad
por lo que pudiese contarle. Al cabo cedió, aunque a regaña-
dientes. Vi que recogía su ganancia de la mesa, daba barato a
un par de mirones e introducía el resto en la sacocha. Luego
vino hacia mí. De camino hizo una seña a un mozo bolichero y
éste le trajo con mucha diligencia una jarra de vino. A los ricos
nunca faltan cireneos.

–Vaya –dijo con frialdad, dándole sorbos al vino–. Tú por
aquí.

Pasamos a un cuartucho que Juan Vicuña nos había dispuesto. Sin ventanas, con sólo una mesa, dos sillas y una
palmatoria encendida. Cerré la puerta y apoyé la espalda en
ella.

–Abrevia –dijo Guadalmedina.

Me miraba con recelo, y sentí una profunda tristeza ante
lo despegado de su actitud y sus palabras. Mucho ha de haberlo ofendido el capitán, pensé, para que así olvide que le debió la vida en las Querquenes, que asaltamos el *Niklaasbergen* por amistad a él y en servicio del rey, y que cierta noche,
en Sevilla, desorejamos juntos a una ronda de corchetes en
el compás de la Mancebía. Pero luego observé las marcas
violáceas que aún podían advertirse en su cara, la torpeza
con que manejaba el brazo herido en la calle de los Peligros,
y entendí que cada cual tiene motivos para hacer lo que hace, o lo que no hace. Álvaro de la Marca tenía sobrada razón
para guardarle rencor al capitán Alatriste.

–Hay algo que vuecelencia debe saber y no sabe –dije.

–¿Algo?... Demasiado, querrás decir. Pero al tiempo.

Dejó la última palabra flotando en el vino al llevárselo a la boca, como un augurio siniestro, o una amenaza. No se había sentado, cual si tuviera intención de acabar pronto la charla, y mantenía su actitud distanciada, en una mano la jarra y la otra con el puño apoyado displicente en la cadera. Miré su rostro aristocrático, el cabello ondulado, el bigote rizado y la perilla rubia. Sus manos blancas y elegantes, con un anillo que por sí solo valía el rescate de un cautivo de Argel. Era otro mundo, concluí, aquella España: poder y dinero desde la cuna a la tumba. En la posición de Álvaro de la Marca, ciertas cosas no podían verse con ecuanimidad jamás. Pero tenía que intentarlo. Era la última carga de pólvora en mis doce apóstoles.

–Yo estuve allí aquella noche –empecé.

Había anochecido. La lluvia continuaba cayendo afuera. Diego Alatriste seguía inmóvil, sentado junto a la mesa, observando a la mujer que también estaba quieta frente a él, en la otra silla, las manos amarradas a la espalda y un lienzo amordazándola. No estaba satisfecho de sí, pero tenía sus razones. Si el hombre al que esperaba era el mismo que suponía, resultaba demasiado peligroso dejar a la mujer en libertad de moverse o gritar.

–¿Dónde hay para hacer luz? –preguntó.

Ella no hizo movimiento alguno. Seguía mirándolo, cubierta la boca por la mordaza. Alatriste se levantó y rebuscó en la alacena hasta dar con una candelilla y unas virutas que arrimó a los carbones de la cocina, donde había puesto a secar capa y sombrero. Aprovechó para apartar del fuego el puchero, que había hervido tanto que se hallaba medio consumido. Encendió con la candelilla una vela que estaba sobre la mesa. Luego se echó un poco del puchero en una escudilla; el guiso de carnero y garbanzos estaba fuerte de sabor, demasiado cocido y muy caliente aún, pero lo despachó con pan y una jarra de agua, rebañando la grasa. Después miró a la mujer. Hacía tres horas que estaba allí, y en todo ese tiempo ella no había hecho intención de pronunciar palabra.

–Puedes estar tranquila –mintió–. Sólo quiero hablar con él.

Alatriste había aprovechado el tiempo intentando confirmar que se hallaba en lo cierto. Además del herreruelo negro, las camisas, las valonas y otra ropa que encontró en la casa, que podían pertenecer a cualquiera, al registrar un arcón dio con un par de buenas pistolas, frasco de pólvora y saquito de balas, un puñal afilado como una navaja de afeitar, una cota de malla de las llamadas once mil, y algunas cartas y documentos con lugares o itinerarios puestos en cifra. También había dos libros que ahora hojeaba curioso a la luz de la vela, después de haber cargado las dos pistolas y metérselas en el cinto, dejando la de Cagafuego sobre la mesa: uno era una sorprendente *Historia natural* de Plinio en italiano, impresa en Venecia, que por un momento hizo dudar al capitán que el hombre a quien acechaba y el propietario de aquello fuesen la misma persona. El otro libro estaba en espa-

ñol y el título le arrancó una sonrisa: *Política de Dios, gobierno de Cristo*, de don Francisco de Quevedo y Villegas.

Un ruido afuera. Un relámpago de miedo en los ojos de
la mujer. Diego Alatriste cogió la pistola de la mesa, y procurando no hacer crujir el suelo fue a situarse a un lado de la
puerta. Luego todo ocurrió con extraordinaria sencillez:
la puerta se abrió y Gualterio Malatesta entró
sacudiéndose la capa y el sombrero
mojados. Entonces el capitán
le apoyó, con mucha
suavidad, el cañón
de la pistola en
la cabeza.

VIII. SOBRE ASESINOS Y LIBROS

lla no tiene nada que ver con esto –dijo Malatesta.

Había dejado en el suelo espada y daga, apartándolos con un pie según le indicó Alatriste. Miraba a la mujer amordazada y atada en la silla

–Me da igual –repuso el capitán, sin dejar de apuntarle a la cabeza–. Es mi baza.

–Bien jugada, por cierto... ¿También matáis mujeres?

–Si se tercia. Lo mismo que vos, supongo.

El italiano movió la cabeza como si afirmase, pensativo. Su rostro picado de viruela, con la cicatriz que le desviaba un poco la mirada del ojo derecho, permanecía impasible. Al cabo se volvió para encararse con el capitán. La luz de la vela puesta sobre la mesa lo iluminaba a medias: negro en sus ropas, el aire siniestro, crueles las pupilas oscuras. Bajo el bigote finamente recortado se insinuaba ahora una sonrisa.

–Es la segunda vez que me visitáis aquí.

–Y la última.

Malatesta guardó un breve silencio.

–También teníais una pistola en la mano –dijo al fin.

Alatriste lo recordaba muy bien: la cama, el mismo cuarto miserable, el hombre herido, la mirada de serpiente peligrosa. Con suerte, había dicho entonces el italiano, llegaré al infierno a la hora de cenar.

–Muchas veces lamenté después no haberla utilizado –apuntó Alatriste.

Se acentuó la sonrisa cruel. En eso, insinuaba el otro, estamos de acuerdo; hay disparos que son puntos finales y dudas que son peligrosos puntos suspensivos. Observó, reconociéndolas, las dos pistolas que el capitán había encontrado en el arcón y que ahora llevaba metidas en el cinto.

–No deberíais pasearos por Madrid –comentó el italiano con lúgubre solicitud–. Dicen que vuestra piel no vale un ceutí.

–¿Quiénes lo dicen?

–No sé. Por ahí.

–Preocupaos por la vuestra.

Malatesta volvió a asentir pensativo, cual si apreciara el consejo. Luego miró a la mujer, cuyos ojos espantados iban del uno al otro.

–Hay algo en todo esto que me desaira un poco, señor capitán... Si no me habéis despachado por la posta apenas crucé la puerta, es que confiáis en que suelte la lengua.

Alatriste no respondió. Ciertas cosas iban de oficio.

–Comprendo que tengáis curiosidad –añadió el italiano, tras pensarlo–. Pero tal vez pueda contaros algo, sin menoscabo mío.

–¿Por qué yo? –quiso saber Alatriste.

Alzó un poco las manos Malatesta, como diciendo por qué no, y luego hizo un gesto hacia la jarra de agua que estaba sobre la mesa, pidiendo licencia para aclararse la garganta; pero el capitán negó con la cabeza.

–Por varias razones –prosiguió el otro, resignado a pasar sed–. Tenéis cuentas pendientes con mucha gente, aparte de mí... Además, lo vuestro con la Castro era una ciruelita genovesa –aquí se alargó la sonrisa maligna–. Imposible desaprovechar la ocasión de atribuirlo todo a achaques de celos, y más en sujeto de acero fácil como vos... Lástima que nos dieran el cambiazo.

–¿Sabíais quién era el hombre?

Malatesta chasqueó la lengua, desalentado. Un profesional molesto con su propia torpeza.

–Creía saberlo –se lamentó–. Aunque luego resultó que no lo sabía.

–Puestos a acuchillar, es acuchillar muy alto.

El italiano miró a Alatriste casi con sorpresa. Irónico.

–Alto o bajo, corona o alfil, se me dan una higa –dijo–. No aprecio más rey que el de la baraja, ni conozco a otro Dios fuera del que uso para blasfemar. Alivia mucho que la vida y los años te despojen de ciertas cosas... Todo es más simple. Más práctico. ¿No opináis lo mismo?... Ah, claro. Olvidaba que sois soldado. Al menos de boquilla, para ir tirando y creerse digna, la gente como vos necesita palabras como rey, verdadera religión, patria y todo eso. Parece mentira, ¿no?... Con vuestro historial, y a estas alturas.

Dicho aquello se quedó mirando al capitán, cual si aguardase de él una respuesta.

–De cualquier modo –añadió al poco–, vuestra lealtad de súbdito ejemplar no os impidió disputarle hembras a Su Católica Majestad. Y al cabo, más ahorca pelo de alcatara que soga de esparto... *¡Puttana Eva!*

Se calló, zumbón, y luego deslizó entre dientes su vieja musiquilla. Haciendo caso omiso de la pistola que seguía apuntándole, paseó la vista por la habitación, el aire distraído. Falsamente distraído, por supuesto; Alatriste comprobó que los ojos avisados del italiano no perdían detalle. Si descuido la guardia un instante, concluyó, el bellaco me salta encima.

–¿Quién os paga?

La risa chirriante, ronca, llenó la habitación.

–No me toquéis los aparejos, capitán. Esa pregunta es impropia de gente como nosotros.

–¿Está Luis de Alquézar metido en esto?

Guardó silencio el otro, impasible. Miraba los libros que había estado hojeando Alatriste.

–Veo que os interesan mis lecturas –dijo al fin.

–Me sorprenden –concedió el capitán–. No os sabía hideputa ilustrado.

–Es compatible.

Malatesta observó a la mujer, que seguía inmóvil en la silla. Luego se tocó distraídamente la cicatriz del ojo derecho.

–Los libros ayudan a comprender, ¿verdad?... Hasta puede encontrarse en ellos una justificación cuando mientes, cuando traicionas... Cuando matas.

Había apoyado una mano en la mesa mientras hablaba. Alatriste se apartó, precavido, y con un movimiento de la pistola indicó al italiano que hiciera lo mismo.

–Habláis demasiado. Pero nada de lo que me interesa.

–Qué queréis. Los de Palermo tenemos nuestras reglas.

Se había alejado unas pulgadas de la mesa, obediente, y observaba el cañón del arma, que relucía a la luz de la vela.

–¿Qué tal el rapaz?

–Bien. Por ahí anda.

La sonrisa del sicario se ensanchó en una mueca cómplice.

–Veo que lograsteis dejarlo fuera... Os felicito. Tiene agallas, ese mozo. Y destreza. Pero temo que lo lleváis por mal camino. Acabará como nosotros dos... Aunque supongo que lo mío se acaba aquí, ahora.

No era un lamento, ni una protesta. Sólo una conclusión lógica. Malatesta le dirigió otro vistazo a la mujer, esta vez más prolongado, antes de volverse de nuevo hacia Alatriste.

–Lástima –dijo, sereno–. Habría preferido tener esta conversación en otro sitio, espada en mano, sin prisas. Pero no creo que me deis esa oportunidad.

Le sostenía la mirada, entre inquisitivo y sarcástico.

–Porque no me la vais a dar... ¿Verdad?

Seguía sonriendo con mucha sangre fría, clavados sus ojos en los del capitán.

–¿Alguna vez habéis pensado –dijo de pronto– en lo mucho que nos parecemos vos y yo?

A ese supuesto parecido, se dijo Alatriste, le quedan unos instantes. Y al hilo del pensamiento afirmó la mano, orientó bien el cañón de la pistola y se dispuso a apretar el gatillo. Malatesta leyó la sentencia como si le hubieran puesto delante un cartel: su rostro se puso tenso y la sonrisa se heló en su boca.

–Os veré en el infierno –dijo.

En ese momento, la mujer, amarradas las manos a la espalda y los ojos desorbitados, la mordaza ahogándole un grito de feroz desesperación, se incorporó de la silla y se arrojó de cabeza contra Alatriste. Echóse éste a un lado, lo justo para esquivarla, y por un instante dejó de apuntar a su enemigo. Pero con Gualterio Malatesta cada instante equivalía a la delgadísima diferencia entre la vida y la muerte. Mientras Alatriste evitaba la acometida de la mujer, que cayó a sus pies, y procuraba encañonar de nuevo al italiano, éste dio un manotazo a la vela que ardía sobre la mesa, dejando la habitación a oscuras, y se arrojó al suelo en busca de sus armas. El disparo rompió los vidrios de la ventana, sobre su cabeza, y el fogonazo iluminó el reflejo de acero que ya empuñaba. Sangre de Dios, maldijo Alatriste. Se va. O todavía me mata él a mí.

La mujer gruñía en el suelo, revolviéndose como una fiera. Alatriste saltó por encima de ella y dejó caer la pistola descargada, mientras sacaba la espada. Estaba a tiempo de acuchillar a Malatesta antes de que se levantara, si lograba adivinarlo en la oscuridad. Tiró varios golpes de punta, pero dieron todos en vacío. Se reparaba el capitán en semicírculo, cuando una estocada que le vino de atrás, bien firme y recia, le pasó el coleto y casi le alcanza la carne de no hallarse a medio giro. El ruido de una silla al moverse lo orientó mejor; de modo que fue allá con el acero por delante, y su espada chocó al fin con la enemiga. Ahí estás, pensó mientras arrimaba la mano zurda a una de las pistolas. Pero Malatesta había tenido tiempo de fijarse en las pistolas, y no estaba dispuesto a dejarle amartillarla. Le vino encima a bulto, con extrema violencia, dando tajos y golpes con la guarnición, abrazándosele. No hubo palabras, insultos ni bravatas: los dos hombres ahorraban aliento para el forcejeo, y sólo se oían gruñidos y resuellos. Como haya tenido tiempo de coger su daga, se dijo de pronto el capitán, estoy listo. Así que se olvidó de la pistola y tanteó atrás en demanda de su vizcaína. El otro le adivinó el gesto, pues estrechó el abrazo procurando estorbárselo, y rodaron por el suelo con gran estrépito de muebles y loza rota. A esa distancia las espadas no tenían nada que hacer. Al fin Alatriste logró liberar la mano izquierda y empuñó la daga, tomó impulso y arrojó dos cuchilladas salvajes. La primera desgarró la ropa de su adversario y la segunda dio en el aire. No hubo lugar para una tercera. Sonó la puerta al abrirse con violencia, y un rectángulo de claridad enmarcó la silueta del italiano huyendo de la casa.

Me sentía feliz. Había dejado de llover, el día despuntaba
radiante, con mucho sol y un cielo purísimo sobre los tejados de la ciudad, y yo franqueaba la puerta de palacio junto
a don Francisco de Quevedo. Habíamos cruzado la plaza
abriéndonos camino entre los ociosos congregados desde antes de que rompiera el alba, contenidos por los uniformes y
lanzas de la guardia. Curioso, parlanchín, ingenuamente leal
a sus monarcas, dispuesto siempre a olvidar sus penurias con
el inexplicable deleite de aplaudir el lujo de sus gobernantes,
el pueblo de Madrid se daba alegre cita en la explanada para
ver salir a los reyes, cuyos coches aguardaban ante la fachada sur del alcázar. Además de la expectación popular, el regio viaje movilizaba a una legión de cortesanos, gentilhombres de casa y boca, azafatas, servidores y carruajes. Para El
Escorial iba a salir también, si no lo había hecho ya, la compañía teatral de Rafael de Cózar, María de Castro incluida;
pues *La espada y la daga* se representaba en los jardines del
palacio-monasterio a principios de la siguiente semana. En
cuanto a la comitiva real, y como de costumbre, todos riva-
lizaban en ostentación y lujo, pese a las premáticas vigentes.
Las losas del palacio eran un espectáculo abigarrado de coches con escudos en las portezuelas, buenas mulas, mejores
caballos, libreas, alcatifes, brocados y adornos; pues tanto
quien podía como quien no, gastaban su último maravedí con
tal de hacer buena estampa. Que siempre, en este escenario

decorado con fingimiento y apariencias, nobles y plebeyos empeñaron hasta el ataúd con tal de hacerse de la sangre de los godos, pareciendo más que su vecino. Pues, como dijo Lope, en España:

Mándame quemar por puto
si no valiese un millón
imponiendo en cada don
una blanca de tributo.

–Todavía me maravilla –dijo don Francisco– que convencieras a Guadalmedina.

–No lo convencí –repuse con sencillez–. Lo hizo él solo. Yo me limité a contarle cómo ocurrieron las cosas. Y me creyó.

–Quizás deseaba creerte. Conoce a Alatriste, y sabe de lo que es capaz y de lo que no. La idea de una conspiración ajena le da más consistencia a todo... Una cosa es una cabezonería por una mujer y otra acuchillar a un rey.

Caminábamos entre las columnas de piedra berroqueña hacia la escalera principal. Sobre nuestras cabezas, el sol levante empezaba a iluminar los capiteles a la antigua y las águilas bicéfalas labradas en las embocaduras de los arcos, mientras la luz dorada se derramaba por el patio de la Reina, donde un numeroso grupo de cortesanos aguardaba la bajada de los monarcas. Don Francisco saludó a unos conocidos, descubriéndose con mucha política. El poeta vestía de gorguerán negro con toquilla de cintas en el sombrero, cruz al pecho y espada de corte con empuñadura dorada; y tampoco yo le iba a la zaga con mi traje de paño y mi gorra, la daga cruzada atrás, al cinto. Un criado había metido mi bolsón de viaje, con ropa de diario y un par de mudas blancas dobladas por la Lebrijana, en el carruaje de los sirvientes del marqués de Liche, con quienes don Francisco me había acomodado transporte. Él tenía asiento en el coche del marqués; privilegio que justificaba, como siempre, a su manera:

> *Entre nobles no me encojo;*
> *que, según dice la ley,*
> *si es de buena sangre el rey,*
> *es de tan buena su piojo.*

–El conde sabe que el capitán es inocente –dije cuando estuvimos aparte de nuevo.

–Claro que lo sabe –respondió el poeta–. Pero la insolencia del capitán y aquel piquete en el brazo son difíciles de perdonar, y más con el rey de por medio... Ahora tiene ocasión de resolverlo honorablemente.

–Tampoco se compromete demasiado –objeté–. Sólo a arreglar una cita del capitán con el conde-duque.

Don Francisco miró en torno y bajó la voz.

–Pues no es poco –opinó–. Aunque, cortesano a fin de cuentas, pretenderá beneficiarse... El negocio va más allá de un simple asunto de faldas; así que obra con mucho seso al ponerlo en manos del valido. Alatriste es un testigo utilí-

simo para desvelar la conspiración. Saben que nunca habla-
ría bajo tortura; o al menos tienen dudas razonables... Por las
buenas es distinto.

Sentí volver las punzadas de remordimiento. Yo no les había hablado de Angélica de Alquézar a Guadalmedina ni a
don Francisco; sólo al capitán. En cuanto a mi amo, delatar
o no a Angélica era cosa suya. Pero no iba a ser yo quien pronunciara ante otros el nombre de la jovencita a la que, pese a
todo y para condenación de mi alma, seguía amando hasta
las asaduras.

—El problema —prosiguió el poeta— es que después del ruido que ha hecho con su fuga, Alatriste no puede ir por ahí
como si tal cosa... Al menos hasta que se entreviste con Olivares y Guadalmedina en El Escorial. Pero son siete leguas.

Asentí inquieto. Yo mismo había alquilado por cuenta
de don Francisco un buen caballo para que el capitán salie-
ra a la madrugada siguiente para el real sitio, donde debía
presentarse por la noche. El animal, puesto al cuidado de
Bartolo Cagafuego, estaría ensillado antes de romper el alba junto a la ermita del Ángel, al otro lado de la puente segoviana.

—Tal vez vuestra merced debería hablar con el conde, por
si hubiera algún imprevisto.

Don Francisco se puso una mano sobre el lagarto de Santiago que llevaba al pecho.

—¿Yo?... Ni lo pienses, jovenzuelo. He conseguido mante-
nerme fuera sin faltar a la amistad con el capitán. ¿Para qué
estropearlo a última hora?... Tú lo estás haciendo muy bien.

Saludó con una inclinación de cabeza a más conocidos, se retorció el mostacho y apoyó la palma de la zurda en el pomo de su espada.

–Debo decir que te has portado como un hombre –concluyó con afecto–. Implicarte con Guadalmedina era poner la cabeza en el finibusterre... Le echaste mucho cuajo.

No respondí. Miraba alrededor, pues tenía mi propia cita antes de viajar a El Escorial. Habíamos llegado cerca de la escalera de anchos peldaños que se alzaba entre el patio de la Reina y el del Rey, bajo el gran tapiz alegórico que presidía el rellano principal donde estaban inmóviles, con sus alabardas, cuatro guardias tudescos. Lo más granado de la Corte, con el conde-duque y su esposa a la cabeza, aguardaba allí la bajada de los reyes para cumplimentarlos: un espectáculo de telas finas, joyas, damas perfumadas y caballeros de engomados bigotes y rizadas guedejas. Observándolos, oí murmurar a don Francisco:

> *¿Veslos arder en púrpura, y sus manos*
> *en diamantes y piedras diferentes?*
> *Pues asco dentro son, tierra y gusanos.*

Me volví hacia él. Yo sabía algo del mundo y de la Corte. También recordaba lo del rey y su piojo.

–Pues bien que viaja vuestra merced, señor poeta –dije sonriendo–, en el coche del marqués de Liche.

Don Francisco me devolvió imperturbable la mirada, ojeó a un lado y a otro, y al fin me dio un pescozón disimulado.

–Chitón, lenguaraz. Cada cosa tiene su momento. Y no hagas verdad ese magnífico verso, mío por cierto, que dice: *raer tiernas orejas con verdades no es seguro.*

Y en el mismo tono quedo, recitó:

> *Por esto a la maldad y al malo dejo.*
> *Vivamos, sin ser cómplices, testigos.*
> *Advierta al mundo nuevo el mundo viejo.*

Pero el mundo nuevo, o sea, yo, había dejado de prestarle atención al mundo viejo. El bufón Gastoncillo acababa de asomar la cabeza entre la gente, y por señas me indicaba la escalera de atrás, utilizada por la servidumbre de palacio. Y al levantar la vista hacia la galería superior vi, tras la balaustrada de granito labrado, los tirabuzones rubios de Angélica de Alquézar. Una carta escrita por mí la tarde anterior había llegado a su destino.

–Tendréis algo que decirme –apunté–. Supongo.

–En absoluto. Y no dispongo de mucho tiempo, pues la reina mi señora está a punto de bajar.

Estaba de manos en la balaustrada, mirando el trajín del patio. Sus ojos eran esa mañana tan fríos como sus palabras. Nada que ver con la jovencita cálida, vestida de hombre, a la que yo había estrechado en mis brazos.

–Esta vez habéis ido demasiado lejos –dije–. Vos, vuestro tío y quien ande complicado en esto.

Enlazó los dedos, el aire distraído, en las cintas que adornaban el corpiño de su vestido de raso con flores y guardapiés de ormesí.

–No sé de qué me habláis, caballero. Ni qué tiene que ver mi tío con vuestras locuras.

–Hablo de la emboscada en las Minillas –repuse, irritado–. Del hombre del jubón amarillo. Del intento de matar al...

Me puso una mano sobre los labios, exactamente igual que unas noches antes me había puesto un beso. Me estremecí, y se dio cuenta. Sonrió.

–No digáis sandeces.

–Si todo se descubre –dije– corréis peligro.

Me observó, interesada. Casi curiosa por mi inquietud.

–No os imagino pronunciando el nombre de una dama en lugares inconvenientes.

Había intención en sus palabras. Como si adivinara lo que pasaba por mi cabeza. Me erguí, incómodo.

–Yo, tal vez no –dije–. Pero hay más gente implicada.

Parecía no dar crédito a lo que insinuaban mis palabras.

–¿Le habéis hablado de mí a vuestro amigo Batatriste?

Callé, desviando la vista. Ella leyó la respuesta en mi cara.

–Os creía un hidalgo –dijo con desdén.

–Lo soy –protesté.

–También creía que me amabais.

Me puso una mano sobre los labios...

–Y os amo.

Se mordió el labio inferior, pensativa. Sus ojos eran círculos de piedra azul muy dura y pulida.

–¿Me habéis delatado ante alguien más? –inquirió al fin, con rudeza.

Había tal desprecio en la palabra *delatado* que enmudecí de vergüenza. Al cabo pude rehacerme y abrí la boca para protestar de nuevo. No pretenderéis, quise decir, que le oculte todo esto al capitán. Pero unos trompetazos que resonaban en el patio ahogaron mis palabras: sus majestades los reyes habían aparecido al otro lado de la balaustrada, en lo alto de la escalera principal. Angélica miró en torno y se recogió el ruedo del vestido.

–Tengo que irme –parecía reflexionar a toda prisa–. Os veré de nuevo, tal vez.

–¿Dónde?

Dudó, dirigiéndome una extraña ojeada; tan penetrante que me sentí desnudo ante ella.

–¿Vais a El Escorial con don Francisco de Quevedo?

–Sí.

–Entonces, allí.

–¿Cómo os encontraré?

–Sois bobo. Seré yo quien os encuentre.

Aquello sonó menos a promesa que a amenaza. O las dos cosas a un tiempo. Me quedé viéndola irse, y se volvió para dedicarme una sonrisa. Por Dios, pensé una vez más, que era hermosa. Y temible. Luego dobló tras las columnas y fue abajo en pos de los reyes, que ya estaban al pie de la escalera cum-

plimentados por el conde-duque de Olivares y los cortesanos. Al fin se pusieron todos en marcha hacia la calle. Anduve detrás, ocupado en negros pensamientos. Recordaba, con
desasosiego, otros versos que me había hecho copiar en cierta ocasión el dómine Pérez:

> *Huir el rostro al claro desengaño,*
> *beber veneno por licor süave,*
> *olvidar el provecho, amar el daño;*
> *creer que un cielo en un infierno cabe,*
> *dar la vida y el alma a un desengaño;*
> *esto es amor, quien lo probó lo sabe.*

Afuera brillaba el sol, y por Dios que el espectáculo era espléndido. El rey galanteaba a su esposa, dándole el brazo, y
ambos usaban ricas prendas de viaje, vestido nuestro cuarto
Felipe con ropa de montar pasada de hilo de plata, faja de tafetán carmesí, espada y espuelas; señal de que, joven y gallardo
jinete como era, haría parte del trayecto a caballo, escoltando
el carruaje de la reina, que iba tirado por seis magníficos caballos blancos y seguido por otros cuatro coches donde via-
jaban sus veinticuatro azafatas y meninas. En la plaza, entre
los cortesanos y la gente que atestaba el lugar, los monarcas
fueron cumplimentados por el cardenal Barberini, legado papal, que viajaría en compañía de los duques de Sessa y de Ma-
queda; y las salutaciones y parabienes se sucedieron. Con las
personas reales estaban la infantita María Eugenia –de pocos
meses de edad y en brazos de su aya–, los hermanos del rey,

infantes don Carlos y doña María –el amor imposible del
príncipe de Gales–, y también el infante cardenal don Fernan-
do, arzobispo de Toledo desde niño, futuro general y gober-
nador de Flandes, bajo cuyo mando, pocos años más tarde, el
capitán Alatriste y yo acuchillaríamos a mansalva suecos y
protestantes en Nordlingen. Entre los cortesanos próximos
al rey distinguí al conde de Guadalmedina con capote galán,
botas y calzón franceses; y algo más lejos a don Francisco de
Quevedo junto al yerno del conde-duque, marqués de Liche,
que tenía fama de ser el hombre más feo de España y estaba
casado con una de las mujeres más hermosas de la Corte. Y así,
a medida que los monarcas, el cardenal y los nobles iban ocupando sus respectivos coches, los aurigas hacían chasquear los
látigos y la comitiva arrancaba hacia Santa María la Mayor y la
puerta de la Vega, el pueblo aplaudía sin cesar, encantado con
el espectáculo. Hasta vitorearon el carruaje donde yo me había
acomodado con los criados del marqués de Liche. Y es que, en
nuestra infeliz España, el pueblo siempre estuvo dispuesto a
vitorear cualquier cosa.

La campana del hospital viejo de los Aragoneses tocó a
maitines. Diego Alatriste, que estaba despierto y tumbado
en su jergón de la posada del Aguilucho, se incorporó, pren-
dió luz a una vela y empezó a ponerse las botas. Tenía tiempo de sobra para estar en la ermita del Ángel antes de que
rayara el alba; pero cruzar Madrid y pasar el Manzanares, en

su situación, era aventura complicada. Más vale una hora antes, se dijo, que un minuto después. Así que una vez calzado echó agua en una jofaina, se lavó la cara, mordió un mendrugo de pan para asentarse el estómago y acabó de vestirse: coleto de piel de búfalo, la daga de ganchos y la toledana al cinto, envuelta la daga en un lienzo para que no hiciera ruido contra la cazoleta de la espada; y por lo mismo, en vez de ponérselas, guardó en la faltriquera las espuelas de hierro que estaban sobre la mesa. Atrás, ocultas por la capa que se puso sobre los hombros, se colocó las dos pistolas de Gualterio Malatesta –botín de la accidentada visita a la calle de la Primavera–, que había cargado y cebado la tarde anterior. Luego se caló el sombrero, miró alrededor por si olvidaba algo, mató la luz y salió a la calle.

Hacía frío y se embozó bien en la capa. Orientándose en la oscuridad dejó atrás la calle de la Comadre y llegó a la esquina de la del Mesón de Paredes con la fuente de Cabestreros. Estuvo allí inmóvil un momento, pues había creído oír algo entre las sombras, y luego siguió adelante acortando por Embajadores a San Pedro. Al cabo, entre las curtidurías cerradas a esas horas, salió al cerrillo del Rastro, donde al otro lado de la cruz y la fuente, definida en la claridad de un farol encendido por la parte de la plaza de la Cebada, se alzaba la mole sombría del matadero nuevo: incluso en la más completa tiniebla habría sido fácil reconocerlo por el olor a despojos podridos. Rodeaba el matadero cuando oyó, esta vez sin duda alguna, pasos a su espalda. O alguien coincidía con él en el paraje, decidió, o ese alguien le iba detrás. En previsión

de esto último buscó reparo en un recodo de la tapia, echó
atrás la capa, se pasó una pistola a la parte anterior del cinto
y sacó la espada. Estuvo así un momento, quieto, contenido
el aliento para escuchar, hasta confirmar que los pasos venían en su dirección. Se quitó el sombrero para no hacer bulto, asomó con prudencia la cabeza y alcanzó a ver una silueta
que se aproximaba despacio. Aún podía tratarse de casualidad, reflexionó; pero no era momento de darle filos al azar.
Así que volvió a ponerse el chapeo, afirmó la espada en la
diestra, y cuando los pasos estuvieron a su altura salió al descubierto, centella por delante.

—¡Maldita sea tu sangre, Diego!

Si a alguien no esperaba Alatriste era a Martín Saldaña, en
ese lugar y a tales horas. El teniente de alguaciles —o más bien
la recia sombra a la que pertenecía aquella voz— había dado
un salto atrás, asustado, metiendo mano a su espada en menos de lo que se tarda en contarlo: siseo metálico y leve destello de acero oscilando a uno y otro lado, cubriéndose con
prudencia de veterano. Alatriste comprobó el estado del suelo bajo sus pies, que era llano y sin piedras sueltas que estor-
basen. Luego arrimó el hombro izquierdo a la tapia, prote-
giendo aquel lado del cuerpo. Eso le dejaba libre la diestra
para manejar la espada y embarazaba a Saldaña, cuya derecha
se vería estorbada por la tapia, si acometía.

—Dime qué cojones —preguntó Alatriste— estás buscando
aquí.

El otro no respondió en seguida. Seguía moviendo la toledana. Sin duda prevenía que su antiguo camarada practica-

se con él un truco que ambos habían empleado a menudo: atacar al adversario cuando hablaba. Eso distraía; y entre hombres como ellos, un instante bastaba para encontrarse con un palmo de acero dentro del pecho.

–No querrás –dijo al fin Saldaña– irte de almíbares y rositas.

–¿Hace mucho que me vigilas?

–Desde ayer.

Reflexionó Alatriste. Si aquello era cierto, el teniente de alguaciles había tenido tiempo de sobra para rodear la posada y caerle con una docena de corchetes.

–¿Y cómo vienes solo?

El otro hizo una larga pausa. No era de muchos verbos. Parecía buscarlos.

–No es oficial –dijo al fin–. Lo nuestro es privado.

El capitán estudió con precaución la sólida sombra que tenía enfrente.

–¿Llevas pistolas?

–Da igual lo que lleve, o lo que lleves tú. Éste es asunto de espada.

Su voz sonaba nasal. Aún debía de tener estropeada la nariz por el cabezazo del coche. Era lógico, concluyó Alatriste, que Saldaña considerase algo personal el incidente de la fuga y los corchetes muertos. Muy propio del compañero de Flandes, zanjarlo de hombre a hombre.

–No es momento –dijo.

La voz del otro sonó pausada. Un tranquilo reproche:

–Me parece, Diego, que olvidas con quién estás hablando.

Seguía el reflejo del acero ante la sombra. El capitán alzó un poco su centella, indeciso, y volvió a bajarla.

—No pienso batirme contigo. Tu vara de alguacil no vale eso.

—Esta noche no la llevo.

Alatriste se mordió los labios, confirmadas sus aprensiones. Saldaña no estaba dispuesto a dejarlo pasar más que por los filos de la espada.

—Escucha —hizo un último esfuerzo—. Todo está a punto de arreglarse. Tengo una cita con alguien...

—Tus citas se me dan una higa. La última conmigo quedó a medias.

—Olvídame sólo por esta noche. Te prometo volver y explicártelo.

—¿Y quién quiere que expliques nada?

Suspiró Alatriste, pasándose dos dedos por el mostacho. Los dos se conocían demasiado bien. Aquello, concluyó, era cosa hecha. Se puso en guardia y el otro retrocedió un paso, afirmándose. Había muy poca luz, pero bastaba para adivinarse los aceros. Casi tan poca, recordó melancólico el capitán, como la de aquella madrugada, cuando Martín Saldaña, Sebastián Copons, Lope Balboa, él mismo y otros quinientos soldados españoles gritaron *España, cierra, cierra,* y luego de persignarse dejaron las trincheras para subir terraplén arriba, al asalto del reducto del Caballo, en Ostende, y sólo volvieron la mitad.

—Vamos —dijo.

Sonaron los aceros, tanteándose, y en seguida el teniente de alguaciles se apartó de la pared con un compás curvo para tener más libertad de movimiento. Alatriste sabía a quién tenía delante; habían guerreado juntos y jugado esgrima muchas veces con espadas negras: su adversario era tranquilo y diestro. El capitán le tiró una estocada recia, buscando herir de antuvión sin protocolos; pero el otro sacó pies para ganar espacio, paró y vino luego por la línea recta, simple y derecho. Ahora le tocó a Alatriste salir, aunque esta vez estorbado él por la tapia, y en el movimiento perdió de vista el reflejo de la espada enemiga. Se revolvió, cubriéndose como pudo con un violento latigazo de la hoja, buscando el otro acero para orientarse. De pronto lo vio venir alto, de tajo. Opuso un revés y se fue atrás, maldiciendo en sus adentros. Aunque la oscuridad igualaba destrezas, dejando mucho a la suerte, él era mejor espadachín que Saldaña y sólo tenía que cansarlo un poco. El problema radicaba en cuánto tiempo iba a pasar antes de que, pese a las intenciones solitarias del teniente de alguaciles, una ronda oyese el estrépito de la lucha y la corchetada acudiese en socorro de su mayoral.

–¿A quién le conseguirá ahora tu viuda la vara de alguacil?

Lo preguntó mientras daba dos pasos atrás para recobrar la ventaja y el aliento. Sabía que Saldaña era impasible como un buey, excepto en lo tocante a su mujer. Ahí se ofuscaba. Bromear sobre que ésta podía haberle proporcionado el cargo a cambio de favores a terceros, como afirmaban los maledicentes, sí le alteraba el pulso y la vista. Y espero, pensó Alatriste, que se los altere tanto que yo pueda resolver esto pronto. Afirmó los dedos dentro de la cazoleta, paró una hurgonada, retrocedió un poco para confiar a su adversario, y en el siguiente choque de aceros lo notó más descompuesto al tacto. Era cosa de insistir.

–La imagino inconsolable –añadió mientras sacaba pies muy atento–. Y de luto.

Saldaña no respondió; pero resollaba entrecortado, muy rápido, y juró entre dientes cuando la estocada furiosa que acababa de largar se perdió en el vacío, deslizándose por la hoja del capitán.

–Cabrón –remató Alatriste con calma, y esperó.

Ahora sí. Lo sintió venir en la oscuridad, o más bien lo adivinó por el reflejo de la espada y el ruido de pasos, perdido todo compás de destreza, y por el rugido de rencor al acometer, ciego. Entonces paró firme, dejó al otro intentar un furioso revés, y a mitad del movimiento, cuando calculó que el teniente de alguaciles aún tendría adelantado el pie contrario, giró medio círculo la muñeca, se tiró a fondo uñas arriba y le pasó el pecho de una estocada.

Retiró la espada, y mientras la limpiaba en el ruedo de la capa se quedó mirando el bulto de Saldaña tirado en el suelo. Luego la envainó y fue a arrodillarse junto al que había sido su amigo. Por alguna extraña razón no sentía remordimiento, ni dolor. Sólo una honda fatiga y un deseo de blasfemar a gritos. Mierda de Dios. Acercó la oreja. Oía la respiración irregular y débil del otro, y un ruido que no le gustó: el burbujeo de la sangre y el silbido del aire al entrar y salir de los pulmones por la herida. Estaba grave, aquel estólido cabezota.

–Maldito seas –dijo.

Sacó un lienzo limpio de la manga del jubón y buscó a tientas la brecha. Le cabían dos dedos en ella, comprobó. Introdujo allí lo que pudo del pañuelo, para frenar la hemorragia. Después empujó a Saldaña, volviéndolo a medias en el suelo, y sin hacer caso de sus gemidos estuvo palpándole la espalda. No encontró agujero de salida, ni otra sangre que la que manaba del pecho.

–¿Puedes oírme, Martín?

Con un hilo de voz el otro respondió que sí. Que lo oía.

–Procura no toser, ni moverte.

Sostuvo en alto la cabeza del herido y le puso debajo la capa, doblada a manera de almohada para evitar que la sangre subiera de los pulmones a la garganta y lo asfixiara. Cómo estoy, le oyó preguntar. La última palabra se ahogó en una tos sucia. Líquida.

–Estás aviado. Si toses, te desangras.

Asintió el otro débilmente con la cabeza, y se quedó quieto, el rostro en sombra, haciendo ruido con el pulmón atravesado. Volvió a asentir un momento después, cuando Alatriste escudriñó a un lado y a otro, impaciente, y dijo que tenía que irse.

–Veré de buscarte ayuda –dijo–. ¿Quieres también un cura?

–No digas... sandeces.

Alatriste se puso en pie.

–Igual sales de ésta.

–Igual.

Dio unos pasos el capitán, alejándose; pero lo alcanzó la voz del herido, que lo llamaba. Volvió atrás, arrodillándose de nuevo.

–Dime, Martín.

–No lo pensabas... ¿verdad?... Lo que dijiste.

A Alatriste le costó abrir los labios. Los sentía secos, pegados. Cuando habló, le dolieron como desgarrándose.

–Claro que no lo pensaba.

–Hijo... de puta.

–Ya me conoces. Fui a lo fácil.

Una mano de Saldaña se había aferrado a su brazo. Parecía que todo el vigor de su cuerpo maltrecho se concentraba allí.

–Querías enfurecerme... ¿No es cierto?

–Sí.

–Sólo fue... una treta.

–Por supuesto. Una treta.

–Júralo.

–Voto a Dios.

El pecho traspasado del teniente de alguaciles se agitó dolorosamente en una tos. O en una risa.

–Lo sabía... Hijo de puta... Lo sabía...

Alatriste se incorporó arrebozándose en su capa. Después de la acción, al calmársele la sangre, sentía el frío de la noche. O tal vez no fuera la noche.

–Buena suerte, Martín.

–Lo mismo digo... capitán... Alatriste.

Aullaban perros a lo lejos, por el camino de San Isidro. El resto del paisaje nocturno estaba en silencio, y ni siquiera había un soplo de brisa que moviera las hojas de los árboles. Diego Alatriste cruzó el último tramo de la puente segoviana y se detuvo un momento junto a los cobertizos de los lavaderos. El Manzanares resonaba en la orilla, henchido por el agua de las últimas lluvias. Madrid era una mole oscura, atrás, encaramada en las alturas sobre el río, con las sombras aguzadas de los campanarios de sus iglesias y la torre del Alcázar Real perfilándose entre cielo y tierra: negrura tachonada de estrellas arriba y algunas luces mortecinas abajo, tras los muros de la ciudad.

La humedad calaba su capa cuando, tras comprobar que todo estaba en orden, caminó hacia la ermita del Ángel. Había llegado sin más tropiezos después de llamar, embozado el rostro, a la puerta de una casa vecina al Rastro, sacar un doblón de a cuatro y decir que buscaran a un cirujano y se ocuparan de un herido que había junto al matadero. Ahora, ya muy cerca de la ermita y resuelto a no correr más riesgos, el capitán sacó de la pretina una de las pistolas, echó atrás el perrillo y apuntó a la sombra del hombre que aguardaba allí. Al sonar el chasquido del arma, relinchó inquieto un caballo y la voz de Bartolo Cagafuego le preguntó a Alatriste si era él.

–Soy –dijo.

Cagafuego envainó su herreruza con un suspiro de alivio. Estaba contento, dijo, de que todo hubiera salido bien y el señor capitán llegara sano y salvo. Le pasó las riendas del caballo: un morcillo, añadió, dócil y de buena boca, aunque cargaba algo a la derecha. Con todo y con eso, propio de un marqués, o de un emperador de la China, o de cualquier personaje de mucho toldo.

—Es andariego, pues no tiene costras en las ijadas ni llagas de espuela. Le he avispado las herraduras, y a fe que no manca un clavo. También caté la silla y la cincha... Vuacé lo encontrará a su gusto.

Alatriste palmeaba el cuello del caballo: cálido, tenso y fuerte. Lo sintió cabecear al contacto de su mano, complacido. El vaho cálido de los ollares le humedeció la palma.

—El animal —proseguía Cagafuego— puede calcorrear ocho o diez leguas muy gentil, si no se le acogota. Estuve un tiempo con gitanos por Andalucía, y de cuatropeos y almifores entiendo algo. Por los hombres suceden las desgracias, no por las pobres bestias... Pero si al final le entran agonías a vuacé, puede cambiar de montura en la posta de Galapagar y subir fresco la cuesta.

—¿Habéis puesto alforjas?

—Me he tomado esa libertad: una giba con un chusco de artife, formage, cecina y un pellejo con medio azumbre de alboroque.

—El vino será bueno, supongo —bromeó Alatriste.

—De la taberna de Lepre, y no digo más. Turco como Solimán.

Alatriste comprobó a tientas cabezada, brida, silla, cincha y estribos. La alforja con la comida y el vino colgaba del arzón. Echó mano a la faltriquera y le alargó al otro dos monedas de oro.

–Os habéis portado como quien sois, amigo: la nata de la chanfaina.

Sonó en la oscuridad la risa halagada y feroz del jaque.

–Voto al siglo de mi agüelo que no hice nada, señor capitán. Fue agua y lana. Ni siquiera hubo que meter mano a la fisberta ni desabrigar almas, como en Sanlúcar... Y por vida del rey de matantes que lo siento; a un tigre de mis hígados lo afrenta que se le oxide la gubia. Que no todo va a ser vivir del caire que uno engiba de su marca.

–Saludadla de mi parte. Y que no os pille el mal francés como la otra: aquella pobre Blasa Pizorra, que en paz descanse.

Alatriste entrevió que el rufo se santiguaba en la oscuridad.

–No lo permita el Coime de las Clareas.

–En cuanto a la valerosa gubia de vuestra merced –añadió Alatriste–, ya habrá ocasión. La vida es corta y el arte larga.

–De arte no entiende mucho este bravo, señor capitán; pero de lo otro, vive Roque. Los deudos estamos para las ocasiones, y ahí me tendrá vuacé: cumplidor como un godo y más puntual que cuartana. Y no digo más.

Alatriste se había arrodillado para calzarse las espuelas.

–Huelga decir que ni nos hemos visto, ni nos conocemos –dijo mientras abrochaba las hebillas–... Me pase lo que me pase, podéis estar tranquilo.

Cagafuego soltó otra risotada.

–Eso va de oficio... Es universal que, aunque lo acerre la Durandaina, al hijo del padre de vuacé no le suelta la sin hueso ni el potro que no es de Córdoba.

–Nunca se sabe.

–No se disminuya, señor capitán. Que ya tuviera yo el socorro de mi coima tan seguro como vuestra mojarra... Todo Madrid lo conoce como hidalgo de los que se dejan bochar mudos en el cabo de Palos.

–Permitidme un ay, por lo menos.

–Pase adelante esa dobladilla por tratarse de vuacé. Pero como mucho, ay, nones, y a iglesia me llamo.

Se despidieron dándose la mano. Luego Alatriste se puso los guantes, montó y condujo al caballo río arriba, por el sendero que discurría junto a la tapia de la Casa de Campo, la rienda floja para que el animal se guiara en la oscuridad. Pasado el puentecito del arroyo Meaque, donde los cascos del caballo resonaron demasiado para su gusto, se metió entre la arboleda de la orilla para evitar a los guardias de la puerta real; y tras seguir un rato así, agachándose con una mano en el ala del chapeo mientras esquivaba las ramas bajas de los árboles, salió a la cuesta de Aravaca, bajo las estrellas, dejando el rumor del río a la espalda, tras los bosquecillos sombríos que se espesaban en la ribera. Allí la tierra clara del suelo permitía distinguir mejor el camino; de modo que puso una de las pistolas que llevaba al cinto en la funda del arzón delantero, se abrigó más con la capa, arrimó espuelas y puso el caballo a un trotecillo suelto, para verse lo antes posible lejos de aquellos parajes.

Bartolo Cagafuego tenía razón: el morcillo tiraba un poco más de la brida derecha que de la izquierda y convenía barajarlo un poco, pero era noble y de razonable buena boca. Por fortuna; pues Alatriste no era gallardo jinete. Sabía de animales como todo el mundo, montaba mesurado y derecho sin descomponerse en el galope, se manejaba a lomos de un caballo o una mula, e incluso conocía algunas evoluciones propias del combate y de la guerra. Pero de ahí a la destreza ecuestre mediaba un trecho. Toda su vida había pateado Europa con los tercios de la infantería española y navegado el Mediterráneo en las galeras del rey; y a los caballos los recordaba menos bajo la propia silla que viniéndole encima a la carga entre clarines enemigos, redobles de tambores y picas ensangrentadas, en llanuras flamencas o en playas de Berbería. En realidad sabía más de destripar caballos que de montarlos.

Pasada la venta vieja del Cerero, que estaba cerrada y sin luz, trotó cuesta de Aravaca arriba y luego aflojó talones dejando que el animal anduviera al paso por el camino, llano y con pocos árboles, que discurría entre las manchas oscuras, semejantes a grandes extensiones de agua, de los sembrados de trigo y cebada. El frío arreció antes de que clarease el cielo, como era de esperar, y el capitán agradeció llevar puesto el coleto de piel de búfalo bajo la capa. Las primeras luces empezaban a perfilar el horizonte, agrisando las sombras, cuando caballo y jinete pasaron cerca de Las Rozas, sin entrar. Alatriste había decidido no utilizar el camino de rueda de Ávila, más largo y frecuentado; así que al llegar al cruce tomó a la derecha por el sendero de herradura. A partir de allí había suaves subidas y bajadas, y los sembrados dieron paso a pinares y matorrales entre los que se detuvo un rato, desmontando para meter mano a la alforja de Cagafuego. Vio amanecer sentado sobre la capa, abstraído en sus pensamientos, despachando un poco de queso con un trago de vino mientras el caballo descansaba. Luego puso el pie en el estribo, se acomodó otra vez en la silla y siguió en pos de su sombra y la de su montura, que los primeros rayos de luz rojiza alargaban sobre el suelo. Más adelante, a unas tres leguas de Madrid y con el sol calentando la espalda de Alatriste, el camino se hizo más revuelto y cuesta arriba, y los bosquecillos de pinos cambiaron a frondosos encinares donde correteaban conejos y a veces se vislumbraban huidizas cornamentas de ciervos. Aquéllos eran cotos despoblados y sin cultivar, reservados al rey; la caza furtiva se pagaba con pena de azotes y galeras.

A poco empezó a cruzarse con gente: unos arrieros con sus mulas camino de Madrid y otra reata con pellejos de vino que adelantó cerca del río Guadarrama. A mediodía pasó el puente del Retamar, donde el aburrido guarda de la casilla se embolsó el peaje de caballerías sin hacer preguntas ni apenas mirarle la cara. A partir de allí el paisaje se hacía más quebrado y fragoso, serpenteando el camino entre retamas de flores blancas, barrancos y peñas que multiplicaban el eco de los cascos del caballo, con muchas vueltas y revueltas por

un terreno que habría sido, pensó Alatriste mirando en torno con ojo profesional, perfecto para ermitaños de camino,
o sea, bandoleros, de no mediar pena de vida para quien sal-
teara en tierras del rey. Éstos preferían hacer de las suyas a
pocas leguas de allí, desvalijando en el camino real que por
la torre Lodones y el Guadarrama llevaba a Castilla la Vieja.
Aun así, habida cuenta de que no eran los bandoleros
quienes más lo preocupaban en aquel trance,
comprobó que seguía seco el cebo de
la pistola que llevaba lista en el
arzón, junto a la mano
que empuñaba
las riendas.

IX. LA ESPADA Y LA DAGA

e de confesar que yo estaba aterrado. Y no era para menos. El conde de Guadalmedina en persona había ido a buscarme, y ahora caminábamos a buen paso bajo los arcos del patio principal de El Escorial. Don Francisco de Quevedo, a quien estaba ayudando a poner en limpio unos versos de su comedia cuando Guadalmedina apareció en la puerta del gabinete, apenas había tenido tiempo de dirigirme una grave ojeada aconsejando prudencia antes de que el otro me ordenara seguirlo. Ahora me precedía muy añusgado, oscilándole el elegante herreruelo sobre el hombro izquierdo, la mano zurda en el pomo de la espada y los pasos impacientes resonando en la galería oriental del patio. Pasamos así por delante del cuerpo de guardia, tomamos la

escalera pequeña junto al juego de pelota y salimos al piso superior.

—Espera aquí —dijo.

Obedecí, mientras Álvaro de la Marca desaparecía por una puerta. Estaba en un sombrío vestíbulo de granito gris, sin tapices, cuadros ni adornos, y toda aquella piedra fría alrededor me hizo estremecer. Pero aún me estremecí más cuando el de la Marca asomó de nuevo, dijo secamente que entrase, y al dar cuatro pasos me vi en una galería larga, el techo pintado y las paredes ornadas con frescos que representaban escenas militares, sin otros muebles que un bufete con aderezo de escribir y una silla. La estancia tenía nueve ventanas a un lado, abiertas a un patio interior cuya luz iluminaba la prolongada pintura principal que decoraba la pared opuesta, donde antiguos caballeros cristianos reñían con moros, mostrándose hasta en el menor detalle los pormenores del ejército y del combate. Era la primera vez que entraba en la galería de las Batallas, y estaba lejos de suponer hasta qué punto, con el tiempo, aquellas pinturas conmemorando la victoria de la Higueruela, la gesta de San Quintín y la jornada de las Terceras iban a serme tan familiares como el resto del edificio real, cuando años después llegué a ser teniente, y luego capitán, de la guardia vieja de nuestro señor Felipe IV. De cualquier modo, en aquel momento, el Íñigo Balboa que caminaba junto al conde de Guadalmedina era sólo un joven asustado, incapaz de apreciar la majestuosidad de las pinturas que decoraban la galería. Mis cinco sentidos estaban puestos en la figura imponente que aguardaba al extremo, junto a la última de las ventanas: un hombre corpulento, de barba espesa recortada en el mentón y terrible mostacho que se espesaba en las guías. Vestía de lama noguerada, con la cruz verde de Alcántara; y su cabeza, grande, poderosa, se asentaba sobre un cuello que a duras penas se veía contenido por la golilla almidonada. Al acercarme clavó en mí unos ojos inteligentes y amenazadores como arcabuces negros. En los días que narro, aquellos ojos daban pavor a toda Europa.

–Éste es el mozo –apuntó Guadalmedina.

El conde-duque de Olivares, valido de Su Católica Majestad, asintió casi imperceptiblemente, sin dejar de observarme. En una mano sostenía un papel escrito y en la otra una taza de chocolate.

–¿Cuándo llega ese Alatriste? –le preguntó a Guadalmedina.

–A la puesta de sol, supongo. Tiene instrucciones para presentarse en el acto.

Olivares se inclinó un poco hacia mí. Oírlo pronunciar el nombre de mi amo me había dejado estupefacto.

–¿Tú eres Íñigo Balboa?

Hice un gesto afirmativo, incapaz de articular palabra, mientras intentaba ordenar mi mente confusa. El conde-duque leía el documento entre sorbos al chocolate, murmurando algunos párrafos en voz alta: nacido en Oñate, Guipúzcoa, hijo de un soldado muerto en Flandes, criado de Diego Alatriste y Tenorio, más conocido como el capitán Alatriste, etcétera. Mochilero en el tercio viejo de Cartagena. Toma de Oudkerk, batalla del molino Ruyter, combate de Terheyden, asedio de Breda –entre cada nombre flamenco alzaba los ojos del papel, como para comparar aquello con mi evidente juventud–. Y antes de Flandes, un auto de fe de la plaza Mayor de Madrid, el año mil seiscientos y veintitrés.

–Ya recuerdo –dijo, observándome con más atención mientras dejaba la taza sobre el bufete–... Aquel asunto con el Santo Oficio.

No era tranquilizador conocer que tu biografía andaba en papeles; y el recuerdo de mi aventura con la Inquisición no contribuyó a serenarme el ánimo. Pero la pregunta que vino después me trocó el desconcierto en pánico:

–¿Qué ocurrió en las Minillas?

Miré a Álvaro de la Marca, que hizo un movimiento tranquilizador con la cabeza.

–Puedes hablar delante de su grandeza –dijo–. Está al corriente de todo.

Seguí mirándolo, receloso. Yo le había referido en el garito de Juan Vicuña los sucesos de la infausta noche, bajo condición de que no hablara con nadie hasta entrevistarse con el capitán Alatriste. Pero el capitán aún no estaba allí. Guadalmedina, cortesano al fin, no había jugado limpio. O se cubría las espaldas.

–No sé nada del capitán –balbucí.

–Déjate de tonterías, pardiez –urgió Guadalmedina–. Estuviste con él y con el hombre que murió. Explícale a su grandeza cómo fue todo.

Me volví hacia el conde-duque. Continuaba estudiándome con una fijeza feroz que daba espanto. Aquel hombre soste-

nía sobre sus hombros la monarquía más poderosa de la tierra; movía ejércitos a través de los mares y las cordilleras con
sólo enarcar una ceja. Allí estaba yo, temblando por dentro
como una hoja. Y a punto de decirle no.

–No –dije.

Parpadeó un instante el valido.

–¿Te has vuelto loco? –exclamó Guadalmedina.

El conde-duque no me quitaba la vista de encima. Sin embargo, sus ojos parecían ahora más curiosos que furibun-
dos.

–Por mi vida, que voy a... –empezó Guadalmedina, ame-
nazador, dando un paso hacia mí.

Olivares lo detuvo con un ademán: un movimiento breve, apenas consumado, de su mano izquierda. Luego le dio
otro vistazo al papel y lo dobló en cuatro antes de guardár-
selo entre la ropa.

–¿Por qué no? –me preguntó.

Lo hizo casi con suavidad. Miré las ventanas y las chimeneas al otro lado del patio, los tejados de pizarra azul iluminados por el sol que empezaba a declinar en el cielo. Luego
encogí los hombros y no dije esta boca es mía.

–Vive Cristo –dijo Guadalmedina– que te haré soltar la
lengua.

El conde-duque descartó aquello, alzando un poco la mano otra vez. Parecía escudriñar cada rincón de mi seso.

–Es tu amigo, naturalmente –dijo al fin.

Asentí. Al cabo de un momento el valido asintió también.

–Comprendo –dijo.

Dio unos pasos por la galería, deteniéndose junto a uno de los frescos pintados entre las ventanas: cuadros de infantería española erizados de picas en torno a la cruz de San Andrés, marchando hacia el enemigo. Yo había estado dentro de esos cuadros, pensé con amargura. Acero en mano, tiznado de pólvora, ronco de gritar el nombre de España. El capitán Alatriste, también. Pese a todo, en tales andábamos. Vi que el valido seguía la dirección de mis ojos hasta la pintura, leyendo mis recuerdos. Un apunte de sonrisa le suavizó el gesto.

–Creo que tu amo es inocente –dijo–. Tienes mi palabra.

Consideré muy por lo menudo la figura imponente que tenía ante mí. No me hacía ilusiones. Había vivido algo, y no se me escapaba que la tolerancia que el hombre más poderoso de España –que era decir del mundo– me mostraba en ese momento, no era sino cálculo inteligentísimo, propio de un hombre capaz de aplicar los resortes de su talento a la vasta empresa que lo obsesionaba: hacer a su nación grande, católica y poderosa, sosteniéndola por tierra y mar frente a ingleses, franceses, holandeses, turcos y el mundo en general; pues tan enorme y temido era el imperio español, que nadie lograría sus ambiciones sino a costa de las nuestras. Para el conde-duque, semejante empresa justificaba cualquier medio. Y comprendí que el mismo tono mesurado y paciente con el que me hablaba podría utilizarlo para ordenar que me descuartizaran vivo; y lo haría, llegado el caso, sin que eso lo turbase más que aplastar moscas a papirotazos. Yo sólo era un humildísimo peón en el complejo tablero de ajedrez donde Gaspar de Guzmán, conde-duque de Olivares, jugaba la arriesgada partida de su privanza. Y mucho más adelante, cuando la vida me llevó a ello, pude confirmar que el valido todopoderoso de nuestro señor don Felipe IV, pese a que nunca vaciló en sacrificar cuantos peones hubo menester, nunca se desprendía de una pieza, por modesta que fuera, mientras creyese que podía serle útil.

En cualquier caso, aquella tarde en la galería de las Batallas me vi tomados los caminos. Así que hice de tripas corazón. A fin de cuentas Guadalmedina habría referido lo que yo le confié a él, y nada más. Ningún mal iba a hacer repitiéndolo. En cuanto al resto, incluido el papel de Angélica de Alquézar en la conspiración, eso era otra cosa. Guadalmedina no podía contar lo que ignoraba; y no iba a ser yo –así de ingenua era, pese a todo, mi hidalga mocedad– quien pronunciara el nombre de mi dama delante del conde-duque.

–Don Álvaro de la Marca –empecé– ha dicho la verdad a vuestra grandeza...

En ese momento caí en algo de las primeras palabras del valido que me desazonó mucho: el viaje del capitán Alatriste a El Escorial no era un secreto. Al menos él y Guadalmedina estaban al corriente. Y me pregunté quiénes más lo sabrían, y si la noticia –lo que sana camina, y lo que mata, vuela– habría llegado también hasta nuestros enemigos.

El caballo empezó a cojear pasado el puerto, cuando las retamas y las peñas cedieron a los encinares y el camino se hizo más llano y recto. Diego Alatriste echó pie a tierra, miró los cascos del animal y comprobó que la herradura de la mano izquierda había perdido dos clavos y estaba suelta. Cagafuego no había puesto en la silla bolsa con hechuras de respeto, así que tuvo que ajustar el hierro lo mejor que pudo, remachando los clavos en sus claveras con una piedra gruesa. No sabía cuánto iba a aguantar aquello; pero la siguiente posta estaba a menos de una legua. Montó de nuevo, y al paso, procurando no forzar al caballo, inclinándose de vez en cuando para vigilar el casco mal herrado, siguió camino. Cabalgó despacio casi una hora hasta divisar a lo lejos, a la derecha y con el fondo de las cumbres todavía nevadas del Guadarrama, la torre berroqueña de la iglesia y los tejados de la docena de casas que formaban el pueblecito de Galapagar. El camino no entraba en él, sino que seguía adelante; y al llegar al cruce Alatriste desmontó frente a la casa de postas. Encomendó el caballo al herrador, echó un vistazo a los otros animales que descansaban en el establo –observó que había dos caballos ensillados y atados fuera– y fue a sentarse bajo el porche emparrado del pequeño ventorrillo. Había media docena de arrieros que jugaban a las cartas junto a la tapia, un fulano con ropas de campo y espada al cinto de pie junto a ellos, mirándolos jugar, y un clérigo con criado y dos mulas cargadas con fardos y maletas, que en una mesa comía manos de puerco estofadas, espantando moscas del plato. El capitán saludó a este último, tocándose ligeramente el ala del chapeo.

–A la paz de Dios –dijo el clérigo con la boca llena.

La moza de la posta trajo vino. Alatriste sorbió con sed y estiró las piernas acomodando a un lado la espada, mientras observaba trabajar al herrador. Luego estimó la altura del sol e hizo sus cálculos. Quedaban casi dos leguas hasta El Escorial; lo que suponía, con el caballo recién herrado y forzando el paso, siempre que los arroyos del Charcón y el Ladrón no bajaran con mucha agua y pudiese vadearlos por el camino mismo, que estaría en el real sitio a media tarde. De modo que, satisfecho, apuró el vino, puso una moneda sobre la mesa, requirió la espada y se levantó para acercarse al herrador, que terminaba su faena.

–Disculpe vuestra merced.

No había visto salir al hombre del interior de la casa de postas, y casi llegó a tropezar con él. Era un individuo barbudo, bajo y ancho de espaldas, vestido con ropas de campo, polainas y montera de cazador, como el otro que miraba jugar a los arrieros. Alatriste no lo conocía. Se le antojó un furtivo o un guardabosques: llevaba espada corta en tahalí de cuero y cuchillo de monte al cinto. El desconocido aceptó las excusas con una leve inclinación de cabeza, observándolo con atención; y mientras caminaba hacia el establo, el capitán intuyó que el otro seguía mirándolo. Mala papeleta, pensó. Aquello no daba buena espina. Cuando ajustaba el pago con el herrero entre zumbidos de tábanos se volvió con disimulo para acechar por el rabillo del ojo. El hombre

seguía bajo el porche, sin quitarle la vista de encima. Pero lo
que más inquietó a Alatriste fue que, mientras él metía pie
en el estribo y se izaba a lomos del morcillo, el fulano cambió
una ojeada con el otro que estaba junto a los arrieros. Aquéllos eran hombres de manos e iban juntos, concluyó. Por alguna razón él atraía su curiosidad; y ninguna de las razones
que imaginaba podía ser buena.

Y así, apercibido, mostacho sobre el hombro para ver si
lo seguían, picó espuelas y tomó el camino de El Escorial.

—No hay escenario en el mundo —dijo don Francisco de
Quevedo— que se compare a éste.

Estábamos bajo los soportales de granito de la casa de la
Compaña, sentados en un nicho de la pared, observando los
preparativos de *La espada y la daga* en los jardines de El
Escorial, que eran magníficos: anchos de cien pies, con se-
tos y cuadros de flores recortados a la altura de un hombre
en hermosas figuras y laberintos, en torno a una docena de
fuentecillas donde cantaba el agua y bebían los pájaros. Pro-
tegidos del cierzo por el palacio-monasterio mismo, en cuyos
muros había espalderas por las que trepaban jazmines y mos-
quetas, los jardines se extendían como amena terraza junto
al lienzo de mediodía del edificio, orientados al sol en forma
de mirador amplísimo que daba sobre un estanque de piedra
donde nadaban patos y cisnes. Desde allí podían admirarse,
al sur y al oeste, las imponentes montañas cercanas con sus

tonos azulados, grises y verdes. Y en la distancia, al oriente, las grandes dehesas y bosques reales que se prolongaban hacia Madrid.

Pues en cuestiones de amor
cuando menos lo sospechas,
del arco vuelan las flechas,
y es blanco tu propio honor.

Hasta nosotros llegaba la voz de María de Castro ensayando los primeros versos del segundo acto. Sin duda era el timbre más dulce de España, cultivado por la destreza del marido, que en ese aspecto –ya que no en otros– nunca la dejaba de su mano. A veces la interrumpían los martillazos de los tramoyistas; y Cózar, que apuntaba con el manuscrito de don Francisco delante, se volvía a reclamar silencio con majestad propia de un arzobispo de Lieja o de un gran duque de Moscovia, personajes con cuyos modales se había familiarizado sobre las tablas. La obra iba a estrenarse allí, al aire libre. Para ello se había dispuesto un tablado y un toldo grande que protegería del sol o la lluvia a las personas reales y a los invitados principales. Se decía que el conde-duque gastaba diez mil escudos en agasajar a los reyes y sus invitados con la comedia y la fiesta.

Y de esa forma advertimos
que enamorados, muriendo
vivimos, y que viviendo,
en cierto modo, morimos.

Versos, por cierto, de los que don Francisco no estaba muy orgulloso; pero como él mismo me comentó por lo bajini, valían exactamente lo que le pagaban por ellos. Aparte que esa clase de retruécanos, escamoteos y redundancias eran muy del gusto de los espectadores de los corrales de comedias, desde el mismo rey hasta el último villano, incluidos los mosqueteros del zapatero Tabarca. De manera que, en opinión del poeta –que apreciaba mucho a Lope de Vega, pero le gustaba poner a cada uno en su sitio–, si el Fénix de los Ingenios se permitía, a veces, sutiles tomaduras de pelo para redondear un acto o arrancar aplausos en una escena, no veía la razón por la que fuera a negarse él. Lo importante, decía, no era que esa clase de versos pudiera parirlos su talento como moro haciendo buñuelos, sino que fueran del agrado del rey, la reina y sus invitados. Sobre todo del conde-duque, aflojador de la mosca.

–El capitán estará al llegar –dijo de pronto Quevedo.

Me volví a mirarlo, agradeciéndole que siguiera pensando en mi amo. Pero el poeta se mantuvo impasible, observando a María de Castro como si nada, y no dijo más. En lo que a mí se refiere, tampoco el capitán Alatriste se me iba de la cabeza; y menos tras la entrevista que había mantenido, bien a mi pesar, con el valido del rey. Yo confiaba en que, a la venida del capitán y después de reunirse con Guadalmedina, todo quedaría arreglado y nuestras vidas volverían a ser como antes. Sobre su relación con la Castro –en ese momento la representante pedía agua para refrescarse, y su marido se la hacía llevar, solícito– yo no albergaba dudas de que, tras lo ocurrido, mi amo renunciaría a hacer de galán en tan peligrosas rejas. En otro orden de cosas, y en lo que se refiere a la hermosa representante, me sorprendía la naturalidad con que ésta se comportaba en El Escorial. Hasta ese punto, comprendí, una mujer arrogante y segura de sí, puesta en semejante astillero, puede envanecerse cuando goza del favor de un rey o de un hombre poderoso. Por supuesto que no había la menor vecindad entre la actriz y la reina; los comediantes sólo pisaban el jardín del palacio para los ensayos, y ninguno se alojaba en el recinto. También se comentaba que el cuarto Felipe ya había hecho alguna visita nocturna a la Castro, esta vez sin que nadie lo importunase; y menos el marido, pues era notorio que Cózar tenía el sueño pesado y aun con los ojos abiertos sabía roncar como un bendito. Todo aquello era comidilla diaria y pronto llegaría a oídos de la reina; pero la hija de Enrique IV estaba educada como princesa, y ello incluía tomar tales cosas por gajes del oficio. Isabel de Borbón siempre fue espejo de reinas y damas; por eso el pueblo la amó y respetó hasta su muerte. Aun así, nadie podía imaginar las lágrimas de humillación que nuestra desdichada reina iba a derramar de puertas adentro a causa de la lujuria de su augusto esposo; que con el tiempo, según público rumor, llegaría a engendrar hasta veintitrés bastardos reales. En mi opinión, la invencible repugnancia que toda su vida tuvo la reina a visitar El Escorial –no había de volver sino para ser enterrada allí– se debió, aparte de que a su carácter alegre le pareciera siniestro el edificio, a que éste le trajo siempre, a partir de entonces, el mal recuerdo de la aventura de su marido con la Castro; cuya victoria, por cierto, no fue duradera, pues en el capricho real iba a sustituirla pronto otra actriz de dieciséis años, María Calderón. Y es que al cuarto Felipe siempre le atrajeron más las mujeres de baja estofa, representantes, fregatrices, mozas de mesón y cantoneras, que las damas ilustres; aunque es preciso señalar que, a diferencia de Francia, donde algunas favoritas llegaron a mandar más que las reinas, en España se guardaron las apariencias y ni una sola querida del rey tuvo ascendiente en la Corte. La vieja y mojigata Castilla, aliada con la rígida etiqueta borgoñona traída de Gante por el emperador Carlos, no podía tolerar que entre la majestad de sus monarcas y la humanidad vulgar mediase menos que un abismo. Por eso, al término del capricho –nadie podía montar un caballo usado por el rey, ni gozar a una mujer a la que hubiese hecho su amante–, las mancebas de nuestro señor don Felipe solían ser forzadas a entrar en un convento, lo mismo que las hijas habidas de tales amores ilegítimos. Lo que dio lugar a que un ingenio de la Corte escribiese la inevitable décima que empezaba:

> *Caminante, esta que ves*
> *casa, no es quien ser solía;*
> *hízola el rey mancebía*
> *para convento después.*

Esas circunstancias, más los derroches en fiestas, mascaradas y luminarias, la corrupción, las guerras y el mal gobierno, contribuyen a trazar a vuestras mercedes el retrato moral de aquella España, aún temida y poderosa, que se nos iba al diablo sin remedio: un rey poco enérgico, con buenas intenciones pero incapaz de cumplir por sí mismo con su deber, que durante su largo reinado de cuarenta y cuatro años dejó la responsabilidad en manos de otros, pecó, cazó y se divirtió cuanto pudo, agotando las arcas de la nación, mientras perdíamos el Rosellón y Portugal, se levantaban Cataluña, Sicilia y Nápoles, conspiraban los nobles andaluces y aragoneses, y nuestros tercios, obligados por la falta de pagas al hambre y a la indisciplina, no tenían otra que dejarse destrozar impávidos y silenciosos, fieles a su gloriosa leyenda, quedando España convertida en lo que aquel famoso final de soneto de don Luis de Góngora –dicho sea con licencia del señor de Quevedo– tan admirablemente resumía:

En tierra, en humo, en polvo, en sombra, en nada.

Pero, como en cierta ocasión me dijo el capitán Alatriste durante un motín cerca de Breda –«tu rey es tu rey»–, Felipe IV fue el monarca que el destino me dio, y no tuve otro. Lo que él encarnaba era lo único que conocimos los hombres de mi casta y de mi siglo. Nadie nos permitió escoger. Por eso me seguí batiendo por él y le fui leal hasta su muerte, lo mismo en la inocencia de mi mocedad, en el desprecio de mi posterior lucidez y advertimiento, o en la piedad de mi madurez, mucho después: cuando, jefe de su guardia, lo vi convertido en anciano precoz, doblegado por el peso de la de-

rrota, los desengaños y los remordimientos, quebrantado por
la ruina de su nación y los golpes de la vida; y yo mismo solía acompañarlo sin otra escolta a El Escorial, donde pasaba largas horas sin despegar los labios, a solas en el fantasmal
panteón que contenía los restos ilustres de sus antepasados:
los reyes cuya magna herencia dilapidó de modo tan miserable. Era mucha España la que, para nuestra desgracia, vino a
caer sobre sus hombros. Y él nunca fue hombre para semejante peso.

Se había dejado emboscar de la manera más idiota; pero
ya no quedaba tiempo para lamentaciones. Resignado a en-
carar lo inevitable, Diego Alatriste metió espuelas con violencia, obligando al caballo a vadear el arroyo entre una nube de salpicaduras de agua. Los dos jinetes que le venían a la
zaga habían acortado distancia; mas quienes de veras lo in-
quietaban eran otros dos recién salidos de la arboleda que
cubría la margen opuesta, cabalgando hacia él con las evidentes intenciones del turco.

Estudió el terreno para ver qué posibilidades ofrecía. Ven-
teaba el peligro desde la posta de Galapagar, cuando, ya bajando la cuesta de los arroyos y con la mole gris de El Escorial distinguiéndose a lo lejos, comprobó que lo seguían dos
hombres a caballo. Su instinto profesional estaba alerta, de
modo que no necesitó más para comprender que eran los
de la venta. Por eso había espoleado el morcillo, llevándolo

aprisa por la cuesta con intención de ganar los bosques cercanos y reservarse la ventaja de la sorpresa. Pero la aparición de otros dos jinetes ponía las cosas claras. Se topaba con lo que en milicia habría llamado batidores: una patrulla que exploraba el paraje al acecho de alguien. Y tal como pintaban los naipes, el capitán albergaba escasas dudas de que ese alguien fuera él.

El caballo estuvo a punto de resbalar sobre las piedras del fondo, pero llegó al otro lado sin caerse, a cosa de veinte pasos de los que se acercaban al trote largo por la orilla del arroyo. Alatriste los midió de una ojeada plática: bigotazos, ropas de cazadores o guardabosques, pistolas, espadas y un arcabuz en la silla. Gente segura, del oficio. Miró atrás y vio bajar por la cuesta de Galapagar a los de la venta, que habían aguijado sus monturas y venían al galope. Todo estaba claro como la luz del día. Contuvo el caballo, sacó sin aspavientos la pistola del cinto, se puso las riendas entre los dientes y amartilló el perrillo. Luego hizo lo mismo con la del arzón. No era experto en combatir así; pero echar pie a tierra frente a cuatro hombres montados habría sido locura. Al menos, pensó con mezquino consuelo, a pie, montado o con música de chacona, se trataba de reñir. De manera que cuando los de la orilla estuvieron a tres varas, se irguió afirmándose en los estribos, alargó el brazo y tuvo tiempo de ver la alarma en el rostro del hombre al que apuntaba cuando apretó el gatillo y le soltó un pistoletazo. Lo habría matado de no desviarle el tiro un bote de la propia cabalgadura. Ante el estampido y el fogonazo, el otro, que era quien llevaba el arca-

buz atravesado en la silla, alzó de manos el caballo para hur-
tarse al disparo. También su compañero encogió el cuerpo,
tirando de las riendas. Eso le dio tiempo a Alatriste para ca-
racolear su montura, guardar la pistola descargada y sacar la
otra. Con ésta en la mano quiso espolear y acercarse más, por
no fallar el segundo tiro; pero el morcillo no era bestia de
guerra, estaba descompuesto por el estampido del arma y
corrió descontrolado entre los guijarros de la orilla. Con
una blasfemia en la boca, Alatriste se vio vueltas las espaldas,
incapaz de apuntar como era debido. Tiró de las riendas del
animal con tanta violencia que éste se encabritó, casi desar-
zonándolo. Cuando recobró el control tenía un enemigo a
cada lado, con sendas pistolas en las manos. También tuvo
ocasión de ver que los de la venta cruzaban el arroyo entre
rociadas de espuma: traían las espadas desnudas, pero al capitán le preocupaban más las pistolas que amenazaban sus
flancos. Así que se encomendó al diablo, alzó la suya y le
pegó un tiro a bocajarro al más próximo. Esta vez lo vio
caer sobre la grupa, una pierna por alto y otra trabada en el
estribo. Después, mientras tiraba el arma descargada y metía mano a la toledana, Alatriste observó la pistola del otro
adversario moviéndose hacia él, y tras ella unos ojos desorbitados por la acción, fijos y tan negros como el orificio del
cañón que le apuntaba. Ahí terminaba todo, comprendió.
Y no había otra. Alzó la espada para intentar al menos, con el
último impulso, llevarse por delante al hideputa que lo mataba. Y entonces, para su sorpresa, vio que el agujero negro
se desviaba hacia la cabeza de su caballo y que el fogonazo

y el tiro le salpicaban la ropa con sangre y sesos del animal. Cayó de bruces sobre la bestia muerta, rodando hasta golpearse en las piedras de la orilla. Aturdido, quiso levantarse; mas le fallaron las fuerzas y se quedó inmóvil, la cara pegada al fango húmedo. Mierda de Dios. La espalda le dolía como si se hubiera partido el espinazo. Buscó su espada con los ojos, pero sólo vio unas botas con espuelas que se le paraban delante. Una de esas botas le pegó en la cara, y perdió el sentido.

Empecé a inquietarme a la hora de los avemarías, cuando don Francisco de Quevedo, el aire sombrío, vino a decirme que mi amo no se había presentado al conde de Guadalmedina, y que éste se impacientaba. Salí afuera, presa de oscuros presentimientos, yendo a sentarme en el pretil de la lonja que da a oriente, desde donde podía ver la desembocadura del camino de Madrid. Permanecí allí hasta que el sol, velado a última hora por feas nubes grises, acabó de ocultarse tras las montañas. Luego, desazonado, volví en busca del poeta, sin hallarlo. Quise ir más allá, pero los arqueros de guardia no me dejaron pasar al patio principal porque los reyes y sus invitados asistían en el templete a una velada con música. Pedí que avisaran a don Álvaro de la Marca, mas el sargento de facción dijo que no era momento oportuno; que esperase a que el sarao concluyera o me fuera a molestar a otra parte. Al fin un conocido de don Francisco, con quien me

Cayó de bruces sobre la bestia muerta...

topé al pie de la escalera del Bergamasco, me contó que el poeta había ido a cenar a la hostería de la Cañada Real, pasado el arco frente al palacio; allí solía comer y cenar. De modo que salí otra vez, y cruzando de nuevo la lonja remonté la cuestecilla del arco, torcí a la izquierda y me encaminé a la hostería.

El lugar era pequeño, agradable, iluminado por lampiones con hachetas de sebo. Las paredes, construidas con la misma piedra berroqueña que el palacio, estaban adornadas con ristras de ajos, perniles y embutidos. Había un fogón grande atendido por el ama, y el hostelero servía la mesa. A ésta se hallaban sentados don Francisco de Quevedo, María de Castro y el marido de la representante. El poeta me interrogó con la mirada, frunció el ceño ante mi gesto negativo y me invitó a sentarme con ellos.

–Creo –dijo– que conocen a mi joven amigo.

Me conocían, en efecto. Sobre todo la Castro. La bella representante me acogió con una sonrisa, y el marido con un gesto irónico y exageradamente amable, pues no ignoraba a quién servía yo. Acababan de despachar una cazuela de truchas guisadas, por ser viernes, cuyos restos me ofrecieron; pero mi estómago se encontraba demasiado inquieto, y me conformé con sopar un poco de pan en vino. Negocio ese por cierto, el del vino, al que aquella noche Rafael de Cózar no parecía ajeno, pues tenía los ojos enrojecidos y la lengua se le espesaba como quien ha honrado el jarro hasta cargar delantero. Trajo más vino el dueño, y esta vez fue dulce de Pedro Ximénez. María de Castro, vestida con justillo y basquiña de paño verde, a lo amazona, con al menos cincuenta escudos de puntillas y encaje de Flandes en el escote, puños y ruedo de la falda, bebía con mucha gracia y poquito a poco; don Francisco lo hacía con mesura y Cózar con verdadera sed. Así, entre sorbo y sorbo, los tres siguieron hablando de sus asuntos, detalles de la representación y la manera de decir tal o cual verso, mientras yo aguardaba el momento de hacer un aparte con el poeta. Pese a cuanto me atormentaba, tuve ocasión de admirar otra vez la hermosura de la mujer por quien mi amo se había enfrentado al capricho de un rey. Y lo que me estremeció fue la sangre fría con que María de Castro echaba atrás la cabeza para reír, mojaba los labios en el vino, se ajustaba las calabacillas de coral que colgaban de sus lindas orejas, o miraba a su marido, a don Francisco y a mí con aquel modo particular que tenía de mirar a los hombres, haciéndolos sentirse elegidos y únicos en el mundo. No pude evitar que mi pensamiento volase hasta Angélica de Alquézar, y eso hizo que me interrogara sobre si de veras le importaba a la Castro la suerte del capitán Alatriste, e incluso la del rey mismo, o si por el contrario reyes y peones serían en el ajedrez de mujeres como ella –tal vez en el de todas las mujeres– piezas coyunturales y prescindibles. Y me encontré meditando sobre si María de Castro, Angélica y las otras podían compararse, al cabo, con soldados en territorio hostil, viéndolas como yo mismo me había visto en Flandes: merodeadores forrajeando en un mundo de hombres, usando contra ellos, como munición, su belleza, y como arma, los vicios y las pasiones del enemigo. Una guerra donde sólo las más valerosas y crueles tenían posibilidades de sobrevivir, y donde casi siempre el paso del tiempo acababa venciéndolas. Nadie hubiera dicho, viendo a María de Castro en la belleza perfecta de su juventud, que pocos años más tarde, por asuntos ajenos a la presente historia, mi amo había de visitarla por última vez en el asilo de mujeres enfermas frente al hospital de Atocha, envejecida y desfigurada por el mal francés, tapándose la cara con el manto por vergüenza de que la contemplaran en ese estado. Y que yo, disimulado junto a la puerta, vería al capitán Alatriste, al despedirse, inclinarse hacia ella pese a su resistencia, alzar el manto y depositar en su boca marchita un último beso.

En ésas estábamos cuando se acercó el hostelero, deslizando unas palabras en voz baja a la actriz. Asintió ella, acarició la mano de su marido y se puso en pie con crujido de faldas.

–Buenas noches –dijo.

–¿Os acompaño? –preguntó Cózar, distraído.

–No hace falta. Unas amigas me esperan... Damas de la reina.

Se retocaba el color de la cara con un papelillo de arrebol de Granada, mirándose en un espejito. A tales horas, pensé, las únicas damas que no estaban recogidas eran las busconas y las sotas de las barajas. Don Francisco y yo cambiamos una mirada cargada de intención; Cózar la sorprendió. Su rostro era una máscara impasible.

–Haré que os traigan el coche –dijo a su mujer.

–No hace falta –repuso ella muy desenvuelta–. Mis amigas han enviado el suyo.

El marido asintió indiferente, cual si no hubiese trecho de lo uno a lo otro. Se inclinaba sobre el vino, y fuera de éste todo parecía dársele un ardite.

–¿Puedo saber dónde estaréis?

La mujer sonrió, voluble y encantadora, guardando el espejo en un bolsito de malla de plata.

–Oh, por ahí. En La Fresneda, me parece... No vale la pena que me esperéis despierto.

Despidióse con otra sonrisa y mucho desparpajo, acomodó el manto sobre la cabeza y los hombros, recogió el ruedo de su falda y salió sola, haciendo un dulce ademán negativo a don Francisco, que, galante, se había levantado para acompañarla a la puerta. Observé que el marido no se movía de su asiento, desabrochado el jubón y el vaso entre las manos, mirando el vino con expresión absorta y una extraña mueca entoldada por el mostacho que se le juntaba con las patillas tudescas. Si esta bizarra hembra se va sola, pensé, y el tragamallas de su legítimo se queda con don Pedro Ximénez y con esa cara, es que ella no va precisamente a rezar sus devociones antes de dormir. La nueva mirada grave, fugaz, muy enarcadas las cejas, que me dirigió don Francisco no hizo sino confirmar ese extremo. La Fresneda era una granja real con pabellón de caza, a poco más de media legua de El Escorial, al extremo de una larga avenida de álamos. No había noticia de que la reina o sus damas la pisaran nunca.

–Ya es hora de que nos retiremos todos –dijo el poeta.

Cózar siguió sin moverse, estudiando el vaso. La mueca irónica se le acentuaba más, encanallándole el gesto.

—A qué tanta prisa —murmuró.

Parecía hombre distinto al que yo conocía de lejos, como si el vino descubriera ángulos de sombra imposibles de advertir a la luz de las candelas de un corral de comedias.

—Hagamos la razón —dijo de pronto, alzando el vaso— a la salud de Felipillo.

Lo observé, inquieto. Hasta un representante de su fama debía tener cuidado según con qué bromas. Lo cierto es que esa noche Cózar no era el actor chispeante y gracioso que veíamos sobre las tablas, siempre con la réplica ingeniosa en los labios y de permanente buen humor, con aquel aire burlón, tan suyo, de sorba yo y ayunen los gusanos. Don Francisco cambió conmigo otra mirada y luego echó más vino y se lo llevó a los labios. Yo me removía en el asiento, dirigiéndole ojeadas impacientes. Pero encogió los hombros. No hay gran cosa por hacer, decía sin palabras. Tu amo es quien tira los dados, y no aparece. En cuanto a este otro, ya ves. A veces el azumbre mete pies a cosas que la sobriedad mantiene a raya.

—¿Cómo dice aquel bonísimo soneto vuestro, señor de Quevedo? —Cózar había puesto una mano sobre el brazo del poeta—. Ese del platero bermejazo y la ninfa Dafne... ¿Sabe vuesamerced cuál digo?

Don Francisco lo observó atento, muy fijo, como catándole detrás de los ojos. Sus lentes reflejaban la luz de las velas.

—No lo recuerdo —repuso al fin.

Se retorcía el bigote, molesto. No debía de gustarle, concluí, lo que había visto dentro de Cózar. Yo mismo apreciaba en el tono del comediante algo que nunca imaginé: un rencor vago, contenido y oscuro. Algo por completo opuesto al personaje que era, o que aparentaba ser.

–¿No?... Pues yo sí –Cózar levantaba un dedo–. Esperad.

Y recitó, la lengua un poco insegura pero con destreza oratoria, pues era magnífico actor y de voz excelente:

> *Volvióse en bolsa Júpiter severo,*
> *levantóse las faldas la doncella*
> *por recogerle en lluvia de dinero.*

No era precisa aguja de navegar cultos para descifrar tales símbolos; así que el poeta y yo nos miramos de nuevo, incómodos. Pero a Cózar no parecía importarle. Se había llevado el vaso a los labios y parecía reír entre dientes.

–¿Y aquellos otros versos? –añadió, dos tragos más tarde–. ¿Tampoco se acuerda vuesamerced?... Sí, hombre. Los que empiezan: *Cornudo eres, Fulano, hasta los codos.*

Se agitaba don Francisco, mirando alrededor como quien busca camino para irse.

–No sé de qué estáis hablando, pardiez.

–¿No?... Pues son vuestros, y famosos. También se dice en los mentideros que algo tengo que ver en ellos.

–Sandeces. Habéis bebido más de la cuenta.

–Claro que he bebido. Pero tengo una memoria estupenda para el verso... Fíjese vuesamerced:

> *Reina, lo que ordeno es justo,*
> *que de eso sirve ser rey;*
> *para hacer del gusto ley*
> *cuando lo pidiere el gusto.*

–... No en vano soy el primer actor de España, pardiez. Y atienda, señor poeta, que ahora me viene a las mientes otro soneto oportunísimo... Me refiero al que empieza: *La voz del ojo que llamamos pedo.*

–Ése es anónimo, que yo sepa.

–Sí. Pero se atribuye a vuestro ilustre ingenio.

El poeta empezaba a irritarse de veras, sin dejar de dirigir ojeadas a diestro y siniestro. Por suerte, decía el alivio de su cara, estamos solos y el hostelero lejos. Pues ya, sin encomendarse a nadie, Cózar recitaba:

> *Cágome en el blasón de los monarcas*
> *que se precian, cercados de tudescos,*
> *de dar la vida y dispensar las Parcas.*

Versos que, en efecto, eran de don Francisco, aunque éste lo negase como gato panza arriba; escritos en otro tiempo de menos martelo del poeta con la Corte, seguían corriendo en copias manuscritas por media España, aunque él habría dado una oreja por retirarlos, si pudiera. El caso fue que aquello, pues tanto vino había de por medio, colmó el vaso: don Francisco llamó al hostelero, pagó la cena y levantóse muy destemplado, dejando allí a Cózar. Yo fui detrás.

–Dentro de dos días va a representar ante el rey –dije en el zaguán, inquieto–. Y se trata de vuestra comedia.

Todavía añusgado el semblante, el poeta miró atrás. Luego chasqueó la lengua.

–No hay de qué preocuparse –dijo al fin, torcido y burlón–. Sólo es una alferecía pasajera... Mañana por la mañana, dormido el vino, todo será como suele.

Se ató los cordones del herreruelo negro, dejándolo caer sobre los hombros.

–Aunque, por vida de Roque –añadió tras pensarlo un poco–, nunca sospeché que semejante manso tuviera picores de honra.

Dirigí una última mirada de asombro a la menuda figura del representante, a quien, como don Francisco, siempre había tenido por hombre risueño, de mucho humor y pareja desvergüenza. Lo que demuestra –y todavía me iba a sorprender más en las próximas horas– que nunca terminas de sondar el corazón de los hombres.

–¿Habéis pensado que tal vez la ama? –pregunté.

Me ruboricé apenas esas palabras imprevistas escaparon de mi boca. El poeta, que acomodaba la espada en la pretina, detuvo un instante el movimiento para observarme con interés. Después sonrió, terminando de ceñirse despacio, cual si mi comentario lo hiciera meditar, y no dijo nada. Se puso el chapeo y salimos en silencio a la calle. Sólo al cabo de unos pasos lo vi mover la cabeza, asintiendo como al término de una larga reflexión.

–Nunca se sabe, chico –murmuró–... Lo cierto es que nunca se sabe.

Había refrescado un poco y no se veían las estrellas. Cuando cruzamos la lonja, rachas de viento arrastraban hojas arrancadas de las copas de los árboles. Llegados al palacio, donde tuvimos que dar el santo y seña pues eran pasadas las diez, nadie supo darnos cuenta del capitán. Al conde de Guadalmedina se lo llevaban los diablos, según me contó luego don Francisco tras cambiar con él unas palabras. Espero por el bien de Alatriste, había dicho, que no me deje mal con el privado. Como pueden suponer vuestras mercedes, aquello me atormentaba; y no quise dejar la puerta por si llegaba mi amo. Don Francisco procuró tranquilizarme con tiernas razones. Las siete leguas desde Madrid, dijo, eran camino largo. Tal vez al capitán lo retrasaba algún accidente menor, o prefería llegar de noche para más seguridad; en todo caso, sabía cuidarse. Al cabo asentí, más resignado que convencido, apreciando que tampoco mi interlocutor fiaba gran cosa en su propia elocuencia. La verdad es que sólo podíamos esperar, y nada más. Don Francisco se fue a sus asuntos y yo me encaminé otra vez al portal del palacio, donde pensaba quedarme toda la noche en espera de noticias. Pasaba entre las columnas del patio de las cocinas cuando, ante una escalera estrecha, poco alumbrada y medio oculta tras los gruesos muros, advertí el crujido de la seda de un vestido

y mi corazón detuvo sus latidos como si hubiera recibido
un escopetazo. Antes de oír susurrar mi nombre
y volverme hacia la sombra agazapada en la
oscuridad, supe que era Angélica de
Alquézar, y que me esperaba.
Así empezó la noche más
dichosa y más terrible
de mi vida.

X. EL CEBO Y LA TRAMPA

iego Alatriste, atadas las manos a la es-
palda, se incorporó con dificultad hasta
quedar sentado contra la pared. Le dolía
tanto la cabeza –recordó la caída del caballo, el puntapié en la cara– que al principio creyó que ésa era causa de la oscu-
ridad que lo rodeaba. Lo mismo, se dijo con un escalofrío,
me he quedado ciego. Después, volviéndose angustiado a un
lado y a otro, descubrió la rendija rojiza que se veía bajo una
puerta, y exhaló un suspiro de alivio. Sólo era de noche, tal
vez. O lo tenían en un sótano. Movió los dedos entumecidos
por la ligadura y tuvo que morderse los labios para no gru-
ñir: dolían como miles de agujas recorriéndole las venas. Más
tarde, cuando los pinchazos se calmaron un poco, intentó
ordenar los hechos en la confusión de su cabeza. El viaje. La

posta. La emboscada. En ésas recordó, desconcertado, el pistoletazo que en vez de matarlo a él había derribado al caballo. Nada de un tiro fallido o un error, concluyó. Aquellos hombres eran gente rigurosa, sin duda. Cumpliendo órdenes. Tan disciplinados que, aunque él les había abrasado a bocajarro a un camarada, no se dejaban llevar por el natural impulso de ajustarle las cuentas. Eso podía entenderlo, pues él mismo pertenecía al oficio. La cuestión de peso era otra. Quién aflojaba el cigarrón, pagando la fiesta. Quién lo quería vivo y para qué.

Como una respuesta, la puerta se abrió de pronto y un golpe de luz le hirió la vista. Había una figura negra en el umbral, con un farol en la mano y un pellejo de vino en la otra.

–Buenas noches, capitán –dijo Gualterio Malatesta.

En los últimos tiempos, pensó Alatriste, el italiano entraba y salía de su vida recortándose en las puertas. La diferencia era que esta vez él estaba atado como un morcón y el otro parecía no tener prisa. Malatesta se había acercado, agachándose a su lado, y le alumbraba la cara, echándole un vistazo.

–Os he visto más guapo –dijo, objetivo.

Incómodo por la luz, parpadeando dolorido, Alatriste comprobó que tenía el ojo izquierdo inflamado y no lograba abrirlo del todo. Aun así pudo observar el rostro próximo de su enemigo, picado de viruelas, con aquella cicatriz sobre el párpado derecho, recuerdo del combate a bordo del *Niklaasbergen*.

–Y yo a vos.

El bigote del italiano se torció en una sonrisa casi cómplice.

–Siento la incomodidad –dijo, revisándolo por detrás–... ¿Os aprieta mucho?

–Bastante.

–Eso me pareció. Tenéis las manos como berenjenas.

Volvió la cara hacia la puerta, dio una voz y apareció un hombre: Alatriste reconoció al que había topado con él en la posta de Galapagar. Malatesta le ordenó que aflojase un poco las ligaduras del preso. Mientras el otro obedecía, el italiano sacó la daga y se la puso a Alatriste en la garganta para asegurarse de que no aprovechaba la coyuntura. Luego el esbirro se fue y ambos quedaron solos.

–¿Tenéis sed?

–Pardiez.

Malatesta enfundó la daga y acercó el pellejo de vino a los labios del capitán, dejándolo beber cuanto quiso. Lo observaba con atención, muy de cerca. A la luz del farol Alatriste pudo estudiar, a su vez, los ojos negros y duros del italiano.

–Contádmelo de una vez –dijo.

Se acentuó la sonrisa del otro. Aquel gesto, decidió el capitán, invitaba a la resignación cristiana. Lo que no era alentador, dadas las circunstancias. Malatesta se hurgó dentro de una oreja, pensativo, como si calculara la oportunidad de dos palabras de más o de menos.

–Estáis aviado –respondió al fin.

–¿Me mataréis vos?

El otro encogió los hombros. Qué más da, decía aquello. Quien os mate.

–Supongo –dijo.

–¿Por cuenta de quién?

Malatesta negó con la cabeza, despacio, sin quitar los ojos del capitán, y no dijo nada. Luego se puso de pie y cogió el farol.

–Tenéis viejos enemigos –resumió, dirigiéndose a la puerta.

–¿Aparte de vos?

Sonó la risa chirriante del italiano.

–Yo no soy un enemigo, capitán Alatriste. Soy un adversario. ¿Podéis advertir la diferencia?... Un adversario os respeta, aunque os mate por la espalda. Los enemigos son otra cosa... Un enemigo os detesta, aunque os halague y abrace.

–Dejaos de bachillerías. Me vais a degollar como a un perro.

Malatesta, que estaba a punto de cerrar la puerta, se detuvo un instante, inclinada la cabeza. Parecía dudar sobre la conveniencia de añadir algo.

–Lo del perro es una forma ruin de expresarlo –dijo al fin–. Pero puede valer.

–Hideputa.

–No lo toméis tan a la tremenda. Acordaos del otro día, en mi casa... Y añadiré algo a modo de consuelo: os vais en ilustre compañía.

–¿Cómo de ilustre?

–Adivinadlo.

Alatriste sumó dos y dos. El italiano aguardaba en la puerta, circunspecto y paciente.

–No puede ser –dijo de pronto el capitán.

–Ya lo escribió mi compatriota el Dante –repuso Malatesta–: *Poca favilla gran fiamma seconda.*

–¿Otra vez el rey?

Esta vez el italiano no respondió. Se limitó a ensanchar la sonrisa, ante la mirada de un Alatriste estupefacto.

–Pues no me consuela un carajo –concluyó éste al recobrarse.

–Podría ser peor. Quiero decir para vos. Estáis a punto de hacer historia.

Alatriste ignoró el comentario. Seguía dándole vueltas a lo principal.

–Decís que a alguien le sigue sobrando un rey en la baraja... Y que otra vez piensan en mí para el descarte.

Chirrió de nuevo la risa de Malatesta, mientras cerraba la puerta.

–Yo no he dicho nada, señor capitán... Pero si algo va a gustarme cuando os mate, es que nadie podrá decir que despacho a un inocente, o a un imbécil.

–Te amo –repitió Angélica.

No podía ver su rostro en la oscuridad. Volví en mí poco a poco, despertando de un sueño delicioso durante el que no había perdido la lucidez. Ella aún me rodeaba con sus brazos, y yo sentía latir mi corazón contra su piel medio desnuda, tersa como el raso. Abrí la boca para pronunciar idénticas palabras, pero sólo brotó un gemido asombrado, exhausto. Feliz. Después de esto, pensé aturdido, nadie podrá separarnos nunca.

–Mi niño –dijo.

Hundí más el rostro en su cabello desordenado, y luego, tras recorrerle con los dedos el contorno suave de las caderas, besé el hueco de su hombro, donde se aflojaban las cintas de la camisa entreabierta. En los tejados y chimeneas del palacio silbaba el viento nocturno. El aposento y el lecho de sábanas arrugadas eran un remanso de calma. Todo quedaba afuera, suspendido, excepto nuestros cuerpos jóvenes abrazados en la oscuridad y aquellos latidos, ahora por fin tranquilos, de mi corazón. Y comprendí de pronto, como en una revelación, que había hecho todo aquel largo camino, mi infancia en Oñate, Madrid, las mazmorras de la Inquisición, Flandes, Sevilla, Sanlúcar, con tantos azares y peligros, para hacerme hombre y estar allí esa noche, entre los brazos de Angélica de Alquézar. De aquella niña que apenas tenía mi edad y que me llamaba su niño. De aquella mujer que parecía poseer, en la misteriosa calidez de su carne tibia, los resortes de mi destino.

–Ahora tendrás que casarte conmigo –murmuró–... Algún día.

Lo dijo seria e irónica a la vez, con la voz temblándole de un modo extraño que me hizo pensar en las hojas de un árbol. Asentí, soñoliento, y ella besó mis labios. Eso mantuvo todavía lejos, en mi conciencia, un pensamiento que intentaba abrirse paso a la manera de un rumor distante, parecido al viento que soplaba en la noche. Quise concentrarme en él, pero la boca de Angélica, su abrazo, lo impedían. Me removí, inquieto. Había algo en alguna parte, decidí. Como cuando forrajeaba en territorio enemigo cerca de Breda, y el paisaje verde y apacible de los molinos, los canales, los bosques y las onduladas praderas podían arrojar sobre ti, de improviso, un destacamento de caballería holandesa. El pensamiento regresó de nuevo, más intenso esta vez. Un eco, una imagen. De pronto el viento aulló con más fuerza en el postigo, y recordé. Un relámpago, un estallido de pánico. El rostro del capitán. Aquello era, naturalmente. Por la sangre de Cristo.

Me incorporé de un brinco, desasiéndome del abrazo de Angélica. El capitán no había acudido a su cita, y yo estaba allí, en el lecho, ajeno a su suerte, inmerso en el más absoluto de los olvidos.

–¿Qué pasa? –preguntó ella.

No respondí. Puse los pies en el suelo frío y empecé a buscar a tientas mis ropas. Estaba completamente desnudo.

–¿Adónde vas?

Encontré la camisa. Recogí calzones y jubón. Angélica se había levantado y ya no hacía preguntas. Quiso sujetarme por la espalda y la rechacé con violencia. Forcejeamos allí mismo, a oscuras. Sentí cómo al cabo ella caía sobre la cama con un gemido de dolor o de rabia. No me importó. En aquel momento no me importaba otra cosa que la cólera contra mí mismo. La angustia de mi deserción.

–Maldito seas –dijo.

Me agaché de nuevo, tanteando por el suelo. Mis zapatos tenían que estar en alguna parte. Di con el cinturón de cuero, y al ir a ponérmelo comprobé que no pesaba lo debido. La vaina de la daga estaba vacía. Dónde diablos, pensé. Dónde está. Iba a hacer en voz alta una pregunta que ya sonaba estúpida antes de llegar a mis labios, cuando sentí un dolor agudo y muy frío en la espalda, y la oscuridad se inundó de puntitos luminosos, como minúsculas estrellas. Grité una vez, corto y seco. Luego quise volverme y golpear, pero fallaron mis fuerzas y caí de rodillas. Angélica me sujetaba por el pelo, obligándome a echar atrás la cabeza. Sentí correr la sangre por mi espalda, hasta las corvas, y luego el filo de la daga contra mi cuello. Pensé, extrañamente lúcido: me va a degollar como a un ternasco. O como a un cerdo. Había leído algo una vez sobre la maga, la mujer, que en la Antigüedad convertía a los hombres en cerdos.

Me llevó de nuevo hasta la cama, a tirones del pelo, sin apartar la daga de mi garganta, haciendo que me tumbase de nuevo en ella, boca abajo. Después se sentó a horcajadas sobre mí, medio desnuda como estaba, sus muslos abiertos en torno a mi cintura, aprisionándola. Seguía asiéndome por el cabello con fuerza. Entonces apartó la daga y sentí sus labios posarse en mi herida sangrante, acariciando sus bordes con la lengua, besándola como antes había besado mi boca.

—Me alegro —susurró— de no haberte matado todavía.

La luz deslumbraba los ojos de Diego Alatriste. O más bien el ojo derecho, porque el izquierdo seguía hinchado y los párpados le pesaban como dados cargados de plomo. Esta vez, comprobó, eran dos las sombras que se movían en la puerta del sótano. Se las quedó mirando, sentado en el suelo como estaba, recostado en la pared, las manos que no había logrado liberar, pese al esfuerzo que le desollaba las muñecas, atadas a la espalda.

—¿Me reconoces? —lo interrogó una voz agria.

Ahora estaba iluminado por el farol. Alatriste lo reconoció en el acto, y también con un escalofrío y un asombro que, supuso, debía de pintársele en la cara. Nadie hubiera podido olvidar aquella enorme tonsura, el rostro descarnado y ascético, los ojos fanáticos, el hábito negro y blanco de los dominicos. Fray Emilio Bocanegra, presidente del Tribunal de la Inquisición, era el último hombre que habría esperado encontrar allí.

—Ahora —dijo el capitán— sí que estoy bien jodido.

Tras el farol sonó la risa chirriante, apreciativa por el comentario, de Gualterio Malatesta. Pero el inquisidor carecía de sentido del humor. Sus ojos, muy hundidos en las órbitas, asaeteaban al prisionero.

—He venido a confesarte —dijo.

Alatriste dirigió una mirada estupefacta hacia la silueta oscura de Malatesta, pero esta vez el italiano se guardó de reír o hacer comentario alguno. Aquello iba en serio, por lo visto. Demasiado en serio.

Me llevó de nuevo hasta la cama...

–Eres un mercenario y un asesino –prosiguió el fraile–. En tu desgraciada vida has vulnerado todos y cada uno de los mandamientos de la ley de Dios. Y ahora estás a punto de rendir cuentas.

El capitán despegó la lengua, que al oír lo de la confesión se le había pegado al paladar. Sorprendido de sí mismo, lograba mantener la sangre fría.

–Mis cuentas –apuntó– son cosa mía.

Fray Emilio Bocanegra lo miraba inexpresivo, cual si no hubiera escuchado el comentario.

–La Divina Providencia –prosiguió– te da ocasión de reconciliarte. De salvar tu alma aunque hayas de pasar cientos de años en el Purgatorio... Dentro de unas horas te habrás convertido en instrumento de Dios, cuando actúen la espada del arcángel y el acero de Josué... De ti depende ir a ello con el corazón cerrado a la gracia del Creador, o aceptarlo con buena voluntad y la conciencia limpia... ¿Me entiendes?

Encogió los hombros el capitán. Una cosa era que lo despacharan y otra que le marearan de aquel modo la cabeza. Seguía sin comprender qué diablos hacía aquel fraile allí.

–Lo que entiendo es que vuestra paternidad debería ahorrarme el púlpito, porque no es domingo. Y ceñirse al asunto.

Fray Emilio Bocanegra guardó silencio un instante, sin dejar de mirar al prisionero. Luego alzó un dedo descarnado, admonitorio.

–El asunto es que dentro de muy poco el mundo sabrá que un espadachín llamado Diego Alatriste, por celos de una pecadora trasunto de Jezabel, liberó a España de un rey indigno de llevar corona... Ya ves. Un vil instrumento en manos de Dios para una justa cruzada.

Ahora relampagueaban los ojos del dominico, encendidos con la ira divina. Y por fin Alatriste confirmó sus barruntos. Él era la espada de Josué. O al menos iba a pasar a los libros de historia como tal.

–Los caminos de Dios –apuntó Malatesta a espaldas del fraile, consciente de que el prisionero había comprendido al fin– son inescrutables.

Sonaba casi alentador, persuasivo y respetuoso. Demasiado, conociendo como conocía Alatriste el cinismo del sicario. Que debía de estar para su coleto, decidió, disfrutando horrores con aquel absurdo entremés. Sombrío, el dominico se volvió a medias, sin llegar a mirar al italiano, y la chanza de éste le murió en la boca. En presencia del inquisidor, ni Gualterio Malatesta osaba ir demasiado lejos.

–Lo que me faltaba –suspiró en voz alta el capitán–. Escurrir la bola en manos de un fraile loco.

La bofetada restalló como un latigazo, volviéndole la cara a un lado.

–Ten la lengua, bellaco –el dominico mostraba la mano en alto, amenazando con repetir–. Es tu última oportunidad antes de la condenación eterna.

El capitán miró de nuevo a fray Emilio Bocanegra. Le ardía la mejilla donde había recibido el golpe, y él no era de los que ponían la otra. La desesperación se le anudó en la boca del estómago. Voto a los mismísimos huevos de Lucifer, se dijo conteniéndose. Hasta esa noche nadie le había puesto la mano en la cara, nunca. Por Cristo y quien lo engendró, estaba dispuesto a dar su alma de barato, si la tenía, por un instante con las manos libres para estrangular al fraile. Miró hacia la silueta negra de Malatesta, que seguía detrás del farol: ni risa ni comentarios. Al italiano no le había regocijado la bofetada. No entre hombres como ellos. Matar era una cosa, e iba de oficio. Humillar era otra.

–¿Quién más anda en esto? –preguntó, rehaciéndose–. Además de Luis de Alquézar, por supuesto... No se escabechan reyes así como así; hace falta un sucesor. Y el nuestro no tiene todavía un hijo varón.

–Correrá el orden natural –dijo muy tranquilo el dominico.

Así que era eso, resolvió Alatriste mordiéndose los labios. El orden natural de sucesión recaía en el infante don Carlos, el mayor de los dos hermanos del rey. Se decía que era el menos dotado de la familia, y que su poca inteligencia y blanda voluntad lo hacían influenciable por quien situara cerca de él a un confesor adecuado. Felipe IV era hombre devoto pese a sus libertinajes juveniles, pero –a diferencia de su padre Felipe III, que anduvo toda la vida salteado de frailes– tenía a raya al clero. Aconsejado por el conde-duque de Olivares, el rey español guardaba las distancias con Roma, cuyos pontífices sabían, a su pesar, que los tercios de los Austrias eran el principal baluarte católico frente a la herejía protestante. Lo mismo que Olivares, el joven rey mostraba simpatía por los jesuitas; mas en una tierra donde cien mil sacerdotes y religiosos se enfrentaban entre sí por el control de las almas y los privilegios eclesiásticos, pronunciarse no era fácil, ni conveniente. Los ignacianos eran odiados por los dominicos, que manejaban el Santo Oficio mostrándose enemigos implacables de franciscanos y agustinos; y todos, a su vez, formaban liga a la hora de sustraerse a la autoridad y la justicia reales. En esa lucha por el poder alimentada de fanatismo, orgullo y ambición, no era punto menor que la orden de santo Domingo, y con ella la Inquisición, mantuviese excelentes relaciones con el infante don Carlos. Tampoco era un secreto que éste los favorecía hasta el punto de haber elegido por confesor a un dominico. Tinto y en jarra, decidió Alatriste, sólo podía ser vino. O sangre.

–Si el infante moja en esto –dijo– es un mal nacido.

Con el ademán de quien espanta una mosca, fray Emilio Bocanegra apeló a la retórica profesional:

–A veces la mano derecha ignora lo que hace la izquierda. Lo esencial es que Dios Todopoderoso quede servido. Y en eso estamos.

–Os costará la cabeza. A vuestra paternidad, a ese italiano de ahí, al secretario Alquézar y al propio infante.

–Si de cabezas de trata, preocupaos de la vuestra –apuntó desde atrás Malatesta, flemático.

–O más bien –apostilló el inquisidor– de la salud del alma –sus ojos terribles traspasaron de nuevo a Alatriste–... ¿Os decidís a confesar conmigo?

El capitán apoyó la cabeza en la pared. Alguna vez tenía que ocurrir; lo grotesco era que fuese de aquella manera. Diego Alatriste, regicida. No era así como deseaba que lo recordasen los pocos amigos que lo iban a recordar en una taberna o en una trinchera. Aunque peor, concluyó, era terminar enfermo en un hospital de veteranos, o lisiado pidiendo limosna a la puerta de una iglesia. Al menos en su caso Malatesta oficiaría con limpieza y rapidez. No podían arriesgarse a que se volviera lenguaraz en el potro.

–Antes confesaré con el diablo. Tengo más trato.

Sonó atrás la risa sofocada y espontánea del italiano, interrumpida por una feroz mirada de fray Emilio Bocanegra. Después el inquisidor estudió largamente el rostro de Alatriste. Al rato movió la cabeza a modo de sentencia inapelable y se puso en pie sacudiéndose el hábito.

–Así será, entonces. El diablo y vos, cara a cara.

Salió, seguido por Malatesta con el farol. La puerta se cerró tras ellos como la losa de una tumba.

A ensayarnos a morir vamos en el sueño, que nos sirve de descanso y de advertencia. Nunca tuve tan clara conciencia de eso como al salir, con trasudores de muerte, de mi extraña duermevela: un desmayo poblado de imágenes, cual lenta pesadilla. Seguía boca abajo, desnudo en el lecho, y la espalda me dolía de modo atroz. Aún era de noche. En el caso, pensé alarmado, de que se tratara de la misma noche. Al tantearme en busca de la herida encontré mi torso envuelto por un vendaje. Me moví con precaución, en la oscuridad, comprobando que estaba solo. La memoria de lo ocurrido retornó de golpe: lo hermoso y lo terrible. Luego pensé en la suerte que habría corrido el capitán Alatriste.

Aquello me decidió del todo. Busqué mis ropas tambaleándome, apretados los dientes para no gemir de dolor. Cada vez que me agachaba a buscar una prenda se me iba la cabeza, y temí desmayarme de nuevo. Estaba casi vestido cuando advertí luz por debajo de la puerta y rumor de voces. Acercándome, hice ruido al pisar la daga. Me detuve, sobrecogido, pero nadie acudió. Introduje con cuidado el acero en la vaina. Después acabé de atar los cordones de mis zapatos.

El rumor cesó y oí ruido de pasos alejándose. La rendija de luz en el suelo osciló mientras aumentaba de intensidad. Me aparté, reparándome tras la puerta cuando Angélica de Alquézar, con una vela encendida en la mano, entró en el aposento. Llevaba un chal de lana sobre la camisa y el cabello recogido con cintas. Se quedó muy quieta mirando la cama vacía, sin exclamaciones de sorpresa ni palabra alguna. Luego se volvió con rapidez, adivinándome a su espalda. La luz rojiza de la vela iluminó sus ojos azules, intensos como dos puntas de acero helado. Casi hipnóticos. Al tiempo abrió la boca para decir algo, o para gritar. Yo estaba tenso como un resorte y no podía permitirle semejante lujo; reproches o conversación quedaban fuera de lugar. Mi golpe la alcanzó a un lado de la cara, borrando aquella mirada y arrancándole la vela de la mano. Fue hacia atrás en silencio, dando traspiés. Aún rodaba la vela por el suelo, el pábilo sin apagarse del todo, cuando cerré de nuevo el puño –juro a vuestras mercedes que sin remordimiento– y le aticé un segundo golpe

en la sien que la hizo desplomarse sobre la cama, desvaneci-
da. Esto último lo comprobé a tientas, pues se había extin-
guido la luz. Puse la mano sobre sus labios –los nudillos me
dolían del golpe casi tanto como la herida de la espalda– y
comprobé que respiraba. Eso me tranquilizó un poco. Luego fui a lo práctico. Aplazando el estudio de mis sentimientos, busqué la ventana y la abrí. Demasiado alta. Volví a la
puerta, la empujé con cuidado y me vi en el rellano de la escalera. Bajé tanteando los muros hasta un corredor estrecho,
iluminado por un candil colgado en la pared. Había una alfombra en el último tramo, una puerta y el arranque de otra
escalera. Pasé de puntillas junto a la puerta. Tenía un pie en
el segundo peldaño cuando oí conversación. Habría seguido adelante de no oír el nombre del capitán Alatriste.

A veces Dios, o el demonio, guían tus pasos en la dirección adecuada. Volví atrás, pegando la oreja a la puerta. Había al menos dos hombres al otro lado, y hablaban de una
cacería: ciervos, conejos, monteros. Me pregunté qué tenía
que ver el capitán con aquello. Luego pronunciaron otro
nombre: Felipe. Estará a tal hora, decían. En tal sitio. El nombre lo mencionaban a secas, pero tuve un presentimiento
que me hizo estremecer. La proximidad al aposento de Angélica permitía atar cabos. Estaba ante la puerta de Luis de
Alquézar, tío de Angélica, secretario real. Entonces, en la
conversación se deslizaron dos nuevas referencias: el alba y
La Fresneda. La debilidad por la herida o la certidumbre que
se instaló en mi cabeza estuvieron a punto de hacerme doblar las rodillas. El recuerdo del hombre del jubón amarillo

acudió hilando aquellos fragmentos dispersos. María de Castro había ido a pasar la noche a La Fresneda. Y aquel con quien se iba a reunir tenía previsto salir de caza al amanecer, con sólo dos monteros como escolta. El Felipe de la conversación no era otro que Felipe IV. Estaban hablando del rey.

Me apoyé en la pared, intentando ordenar mis pensamientos. Después respiré hondo, haciendo acopio de la energía que iba a necesitar. Con tal de que no se me abra la herida de la espalda, pensé. El primer socorro que imaginé fue don Francisco de Quevedo. De modo que bajé los peldaños con mucho tiento. Pero don Francisco no estaba en su cuarto. Entré, encendí luz. La mesa se veía llena de libros y papeles y la cama sin deshacer. Entonces pensé en el conde de Guadalmedina, y por el patio grande me encaminé a los aposentos del séquito real. Como temía, allí me cortaron el paso. Uno de los guardias, del que yo era conocido, dijo que no estaban dispuestos a despertar a su excelencia a tales horas ni hartos de vino. Así baje el turco, suba el galgo o se hunda el mundo, añadió. Callé mi urgencia. Estaba hecho a corchetes, soldados y guardias, y sabía que contárselo a tales pedazos de carne equivalía a contárselo a una pared. Eran veteranos tripones, mostachudos y tranquilos de los de sota, caballo y rey. Complicarse la vida no era parte de su oficio; lo suyo era impedir que nadie pasara, y nadie pasaba. Hablarles de conspiraciones y asesinatos de reyes era hablarles de los habitantes de la luna, y podía costarme, de barato, acabar en una mazmorra. Pregunté si tenían recado de escribir y di-

jeron que no. Volví al aposento de don Francisco, cogí pluma, tintero y salvadera, y compuse lo mejor que pude un billete para él y otro para Álvaro de la Marca. Los cerré con
lacre, garabateé sus nombres, dejé el del poeta sobre la cama
y volví donde los guardias.

–Para el señor conde, en cuanto se levante. Cosa de vida o
muerte.

No parecían convencidos, pero retuvieron el mensaje. El
que me conocía prometió que se lo entregarían a los criados
del conde si alguno pasaba por allí; lo más tarde, al salir de
facción. Tuve que conformarme con eso.

La hostería de la Cañada Real era mi última y débil esperanza. Tal vez don Francisco había vuelto a por más vino y
estaba allí, bebiendo, escribiendo, o tras honrar demasiado
el barro se había quedado a dormir en un cuartucho para no
regresar dando traspiés al palacio. De manera que anduve
hasta una de las puertas de servicio y crucé la lonja bajo un
cielo negro y sin estrellas que apenas empezaba a clarear hacia el este. Tiritaba a causa del viento frío que traía de las
montañas rachas de gotitas de agua. Aquello ayudó a despe-
jarme la cabeza, aunque no me diera nuevos filos al entendimiento. Caminé deprisa, lleno de inquietud. La imagen de
Angélica me vino a la mente; olí la piel de mis manos, que
conservaban el aroma de la suya. Luego me estremecí recordando el tacto de su carne deliciosa y maldije en voz alta mi
suerte perra. La espalda me dolía lo que no está escrito.

La hostería estaba cerrada, con un farol de luz trémula colgado en el dintel. Golpeé varias veces la puerta y me quedé allí cavilando, indeciso. Tenía las veredas tomadas y el tiempo corría implacable.

—Es demasiado tarde para beber —dijo una voz, cerca—. O demasiado pronto.

Me volví con un sobresalto. En mi zozobra no había visto al hombre sentado en un banco de piedra, bajo las ramas de un castaño. Estaba envuelto en su capa, sin sombrero, y tenía al lado una espada y una damajuana de vino. Reconocí a Rafael de Cózar.

—Busco al señor de Quevedo.

Encogió los hombros y miró distraído en torno.

—Se fue contigo... No sé dónde está.

La lengua se le enredaba un poco al representante. Si había escurrido el jarro toda la noche, calculé, debía de ir alumbrado hasta las tejas.

—¿Qué hace aquí vuestra merced? —pregunté.

—Bebo. Pienso.

Fui hasta él y me senté a su lado, apartando la espada. Yo era la viva estampa de la derrota.

—¿Con este frío?... No está la noche para andar al raso.

—El calor lo llevo dentro —soltó una risa extraña—. Está bien eso, ¿no?... El calor dentro, los cuernos fuera... ¿Cómo era aquello?

Y recitó, socarrón, entre dos nuevos tientos a la damajuana:

Muy bien los negocios van.
Di: ¿de dónde has aprendido
ser de tu amiga marido
y de tu mujer rufián?

Me removí en el banco, incómodo. No sólo por el frío.

—Creo que vuestra merced ha bebido más de la cuenta.

—¿Y cuál es la cuenta?

No supe qué responder, y nos quedamos un rato sin decir palabra. Cózar tenía el pelo y la cara salpicados de gotitas de agua que el farol de la hostería hacía brillar como escarcha. Me escudriñaba, atento.

—También tú pareces tener problemas –concluyó.

No dije nada. Al cabo me ofreció el vino.

—No es ésa –apunté, abatido– la clase de ayuda que necesito.

Asintió grave, casi filosófico, acariciándose las patillas tudescas. Después alzó la damajuana, y el líquido resonó al trasegarse a su gaznate.

—¿Hay noticias de vuestra mujer?

Me observó de reojo, hosco y turbio, la damajuana en alto. Después la dejó despacio sobre el banco.

—Mi mujer hace su vida –repuso, secándose el bigotazo con el dorso de una mano–. Eso tiene inconvenientes y ventajas.

Abrió la boca y levantó un dedo, dispuesto a recitar algo otra vez. Pero yo no tenía talante para más versos.

–Van a utilizarla contra el rey –dije.

Me miraba de hito en hito, la boca abierta y el dedo en alto.

–No comprendo.

Sonaba casi a ruego para seguir sin comprender. Pero yo estaba harto. De él, de su garrafa de vino, del frío que hacía y del dolor de mi espalda.

–Hay una conspiración –dije exasperado–. Por eso busco a don Francisco.

Parpadeó. Sus ojos ya no eran turbios: estaban asustados.

–¿Y qué tiene que ver María con eso?

No pude evitar una mueca de desprecio.

–Es el cebo. La trampa la han dispuesto para cuando amanezca. El rey va de caza con poca escolta... Quieren matarlo.

Sonó el cristal roto a nuestros pies. La damajuana acababa de caer, cascándose en su armazón de mimbres.

–Recristo –murmuró–. Creía que quien estaba borracho era yo.

–Digo la verdad.

Cózar miraba el estropicio del suelo, pensativo.

–Y aunque así fuera –arguyó–, ¿qué se me dan a mí rey o sota?

–He dicho que pretenden implicar a vuestra mujer. Y al capitán Alatriste.

Al oír el nombre de mi amo se rió bajito. Incrédulo. Le así una mano, obligándolo a acercármela a la espalda.

–Toque vuestra merced.

Noté sus dedos palpar el vendaje y vi que le cambiaba la cara.

–¡Estás sangrando!

–Claro que estoy sangrando. Me clavaron una daga hace menos de tres horas.

Se levantó del banco cual si lo hubiera rozado una serpiente. Permanecí inmóvil, viéndolo ir de un lado a otro en cortas zancadas.

–Día del Juicio vendrá –dijo como para sí– en que todo saldrá en la colada.

Al fin se detuvo. Cada vez más fuertes, las rachas de viento lluvioso le agitaban la capa.

–¿A Felipillo, dices?

Asentí.

–Matar al rey –prosiguió, haciéndose a la idea–... ¡A fe de quien soy que tiene gracia!... Se diría un lance de comedia.

–De comedia trágica –maticé.

–Eso, chico, es cuestión de puntos de vista.

De pronto se despabiló mi ingenio.

–¿Todavía tiene vuestra merced el coche?

Pareció desconcertado. Se balanceaba sobre los pies, mirándome.

–Claro que lo tengo –asintió al fin–. En la plaza. Con el cochero durmiendo dentro, que para eso cobra. Y también ha soplado lo suyo... Hice que le llevaran unas botellas.

–Vuestra mujer se fue a La Fresneda.

El desconcierto se le trocó en desconfianza.

—¿Y qué? —inquirió, receloso.

—Hay casi una legua, y no puedo ir a pie. Con el coche estaría en un momento.

—¿Para?

—Salvar la vida del rey. Y quizá la de ella.

Empezó a reír, sin ganas; pero no llegó lejos. Luego observé que negaba, reflexivo. Al fin se envolvió en la capa, el aire teatral, y recitó:

> *Bien, no intervengo, y he sido*
> *dichoso, aunque desdichado,*
> *pues podré quedar vengado*
> *antes de verme ofendido.*

—Mi mujer se cuida sola —concluyó, muy serio—. Deberías saberlo.

Y con la misma gravedad hizo una postura de esgrima, sin espada, que seguía apoyada en el banco, a mi lado. En guardia, ataque y parada. Era Cózar un hombre extraño, resolví. Mucho. De pronto sonrió, mirándome. Aquella sonrisa y aquellos ojos no parecían los del manso que andaba en boca de la gente. Pero tampoco era momento para meditar sobre eso.

—Pensad entonces en el rey —insistí.

—¿En Felipillo? —hizo ademán de envainar con elegancia el acero imaginario—... Por las barbas de mi abuelo, no me disgustaría que alguien le demostrara que la sangre sólo es azul en el teatro.

–Es el rey de España. El nuestro.

El representante no pareció afectado por aquel *nuestro*. Se arreglaba la capa sobre los hombros, sacudiéndola de salpicaduras de agua.

–Mira, chico... Yo trato reyes cada día, en los corrales de comedias: lo mismo emperadores que el gran Turco, o Tamorlán... Incluso me transformo en uno de ellos, de vez en cuando. Sobre los escenarios he hecho cosas que no están en el mapa. A mí los reyes me impresionan lo justo, vivos o muertos.

–Pero vuestra mujer...

–Y dale. Olvídate de mi mujer de una vez.

Miró de nuevo la damajuana rota y se quedó un rato inmóvil, fruncido el ceño. Al cabo chasqueó la lengua y me estudió, curioso.

–¿Piensas ir a La Fresneda tú solo?... ¿Y qué pasa con la guardia real, y los tercios, y los galeones de Indias, y la puta que los parió y nos parió a todos?

–En La Fresneda debe de haber guardias y gente de la casa del rey. Si llego daré la alerta.

–¿Por qué ir tan lejos?... El palacio está aquí mismo. Avísalos.

–No es tan fácil. A estas horas nadie me hace caso.

–¿Y si en La Fresneda te reciben a cuchilladas?... Tus conspiradores pueden estar allí.

Reflexioné sobre eso. Cózar se rascaba, pensativo, una patilla tudesca.

–En *El tejedor de Segovia* hice de Beltrán Ramírez –dijo de pronto–. Salvaba la vida del rey:

Seguidlos; sepa quién son
los que al soberano pecho
atrevieron mano vil
y osaron traidor acero.

Se quedó mirándome, a la espera de mi opinión sobre su
arte. Asentí breve con la cabeza. No era cosa de aplaudir.

–¿Es de Lope? –pregunté, por decir algo y seguirle la corriente.

–No. Del mejicano Alarcón. Comedia famosa, por cierto. Gran suceso. María hizo de doña Ana, y fue aplaudidísi-
ma. Yo, para qué contar.

Se quedó un instante callado, pensando en los aplausos,
o en su mujer.

–Sí –prosiguió al cabo–. Allí el rey me debió la vida. Primer acto, escena primera. Le quité de encima a dos moros, a
estocadas... No soy malo en eso, ¿sabes?... Al menos con espadas negras. De mentira. En la escena hay que saber de todo. Incluso esgrima.

Movió la cabeza, el aire divertido. Soñador. Al fin me
guiñó un ojo.

–Tendría gracia, ¿verdad?... Que Felipillo le debiera la vida
al primer actor de España. Y que María...

Calló, de pronto. Su mirada se tornó distante, fija en escenas que sólo él podía ver.

–El soberano pecho –murmuró, casi para su coleto.

Seguía moviendo la cabeza, y ahora musitaba palabras que no alcancé a oír. Tal vez eran más versos. De pronto se le ensanchó la cara en una sonrisa espléndida. Heroica. Luego me propinó un golpecito amistoso en el hombro.

–A fin de cuentas –dijo– siempre se
trata de interpretar
un papel.

XI. LA PARTIDA DE CAZA

uando le quitaron la venda mojada que lo cegaba, la luz gris macilenta y las nubes bajas, oscuras, entenebrecían el amanecer. Diego Alatriste alzó las manos atadas para frotarse los ojos; el izquierdo le molestaba, pero comprobó que podía abrir los párpados sin dificultad. Miró alrededor. Lo habían traído sobre una mula, entre el sonido de cascos de caballos; y luego, a pie, un trecho por terreno áspero. Gracias a eso había entrado un poco en calor aunque iba sin capa ni sombrero. Aun así apretó los dientes para que no castañetearan. Se hallaba en un bosque poblado de encinas, robles y olmos. A poniente, en el horizonte entrevisto detrás de la fronda, quedaban sombras de la noche; y la llovizna que mojaba al capitán y a sus acompañantes —un agua menuda de

las que terminan perseverando– acentuaba la melancolía del paisaje.

Tirurí-ta-ta. La musiquilla le hizo volver la cara. Gualterio Malatesta, arrebujado en su capa negra y con el chapeo hasta los ojos, dejó de silbar e hizo una mueca que lo mismo podía ser una burla que un saludo.

–¿Tenéis frío, señor capitán?

–Algo.

–¿Y hambre?

–Más.

–Consolaos pensando que lo vuestro acaba cerca. Nosotros todavía tenemos que volver.

Al concluir hizo un gesto con la mano, indicando a los hombres que estaban a su alrededor: los mismos –tres de los cuatro, faltaba el muerto– que le habían tendido al capitán la celada en los arroyos. Seguían vestidos con ropas de campo, a modo de monteros; y su aspecto rudo, de gente cruda, bigotazos y barbas, se acentuaba con la abundante panoplia que cargaban encima: cuchillos de caza, dagas, espadas y pistolas.

–Lo mejor de cada casa –resumió el italiano, adivinando el pensamiento de Alatriste.

Sonó a lo lejos un cuerno de caza, y Malatesta y los tres matachines atisbaron en esa dirección, cambiando entre ellos miradas significativas.

–Vais a quedaros un rato aquí –dijo el italiano, vuelto al prisionero.

Uno de los bravos se alejaba entre los arbustos, en la dirección por donde había sonado el cuerno. Los otros se situaron a ambos lados de Alatriste, obligándolo a sentarse en el suelo mojado, y uno empezó a atarle los pies con un cordel.

—Precaución elemental —aclaró el italiano—. Un honor que hago a vuestros redaños.

El ojo de la cicatriz parecía lagrimear un poco cuando miraba fijamente, como en ese momento.

—Siempre creí —dijo el capitán— que lo nuestro sería cara a cara. A solas.

—Pues en mi casa no parecíais dispuesto a darme cuartel.

—Al menos os dejé las manos libres.

—Eso es cierto. Pero hoy no puedo haceros esa gracia. Va demasiado al naipe.

Asintió Alatriste, haciéndose cargo. El que le ataba los pies azocó un par de nudos muy bien hechos.

—¿Saben estos animales en lo que andan metidos?

Los animales ni parpadearon, estólidos. Uno, acabada la ligadura, se levantaba sacudiéndose el barro. El otro prevenía que la lluvia no le mojase la pólvora de la pistola que cargaba al cinto.

—Claro que lo saben. Son viejos conocidos vuestros: me acompañaban en las Minillas.

—Habrán cobrado lo suyo.

—Imaginaos.

Alatriste intentó mover pies y manos. Nada. Estaba trincado a conciencia; aunque esta vez, al menos, le habían atado las manos delante, para que se sostuviera en la mula.

—¿Cómo pensáis ejecutar el encargo?

Malatesta había sacado de la pretina un par de guantes negros y se los calzaba con mucho esmero. Observó Alatriste que, además de la espada, la daga y la pistola, llevaba un puñal en la caña de la bota derecha.

–Conocéis, supongo, la afición del personaje a cazar temprano, con dos monteros como escolta. Aquí hay venados y conejos, y él es plático en eso: gran tirador, cazador intrépido... Toda España sabe que le gusta internarse en la espesura cuando va caliente tras un rastro. Parece mentira, ¿verdad?... Alguien de humor tan flemático que ni parpadea en público, siempre mirando hacia lo alto, pero que se transforma tras una buena pieza.

Movió los dedos para comprobar el ajuste de los guantes. Después extrajo unas pulgadas la espada de la vaina, dejándola caer de nuevo.

–Caza y mujeres –añadió con un suspiro.

Estuvo así un instante, el aire absorto. Luego pareció volver en sí. Hizo un gesto a los dos bravos, que cogieron al capitán por las piernas y las axilas para arrimarlo a una encina, apoyada en el tronco la espalda. Allí quedaba disimulado entre los arbustos.

–Ha costado un poco, pero se hizo –prosiguió el italiano–. Conocíamos que esta noche iba a estar aquí, solazándose con... Bueno. Ya sabéis... La gente adecuada arregló que lo acompañen hoy dos monteros de confianza. Quiero decir de *nuestra* confianza. Precisamente acaban de avisar, con ese toque de cuerno, de que todo va según lo previsto y la presa está cerca.

—Encaje de bolillos —observó el capitán.

Malatesta agradeció el cumplido tocándose el ala del chapeo por donde goteaba la lluvia.

—Espero que el ilustre personaje, con la escaramuza galante que tuvo anoche, se haya confesado antes de salir —el rostro picado de viruelas volvió a contraerse en otra mueca—. A mí me da lo mismo, pero dicen que es hombre piadoso... No creo que le agrade morir en pecado mortal.

La idea parecía divertirlo en extremo. Miró a lo lejos, cual si alcanzara a divisar su presa entre los árboles, y se echó a reír, apoyada una mano en la espada.

—Que me place —dijo, festivo y siniestro a la vez—. Hoy vamos a abastecer el infierno.

Mantuvo un poco la sonrisa, regocijándose con la idea. Luego miró al capitán.

—Y por cierto —añadió cortés—, creo que hicisteis bien en no allanaros anoche al sacramento de la penitencia... Si nosotros contáramos nuestra vida a un cura, éste ahorcaría los hábitos, escribiría una novela poco ejemplar y haría más fortuna que Lope de Vega con una comedia nueva.

Pese a la situación, Alatriste no pudo evitar mostrarse de acuerdo.

—Fray Emilio Bocanegra —concedió— no es ayuda para descargar la conciencia.

Sonó otra carcajada seca y chirriante del italiano.

—Estoy con vuestra merced en eso, voto a Dios. Yo también, diablo por diablo, prefiero rabo y cuernos en vez de tonsura y crucifijo.

–No habéis terminado de contarme lo mío.

–¿Lo vuestro? –Malatesta lo contempló, indeciso, hasta caer en la cuenta–... Ah, claro. El cazador y la presa... Supuse que imaginabais el resto: un conejo o un venado, el personaje que se adentra por la espesura en su busca, los monteros que se quedan atrás... Y de pronto, zas. Celos que del aire matan, etcétera. Un amante despechado, o sea, vos, que aparece y lo pasa lindamente por los filos de la espada.

–¿Lo haréis en persona?

–Claro. Lo suyo y lo vuestro. Doble placer. Luego os desataremos antes de colocar cerca vuestra espada, la daga y lo demás... Los fidelísimos monteros, llegados demasiado tarde al lugar de la tragedia, gozarán al menos la honra oficial de vengar al rey.

–Ya veo –Alatriste se miraba las manos y los pies atados–... En boca cerrada no entran moscas.

–Vuestra merced, señor capitán, tiene fama de hombre de hígados. A nadie sorprenderá que os defendáis como un tigre hasta la muerte... Muchos quedarían desilusionados si creyeran que vuestra piel salió barata.

–¿Y vos?

–Yo sé que no fue así. Podéis iros tranquilo, por Baco. Ayer me matasteis a un hombre. Y en las Minillas, a otro.

–No pregunto eso, sino qué haréis vos después.

Malatesta se acarició el bigote, complacido.

–Ah. Ésa es la parte amable del negocio: desapareceré una temporada. Tengo ganas de volver a Italia con algo de lastre en la bolsa... Salí de allí demasiado ligero de ella.

–Lástima que no os lastren con una onza de plomo en los huevos.

–Paciencia, capitán –el italiano sonrió, alentador–. Todo se andará.

Apoyó Alatriste la cabeza en el tronco de la encina. El agua le corría por la espalda, empapándole la camisa bajo el coleto. Sentía el fondillo de los calzones húmedo de barro.

–Quiero pediros un favor –dijo.

–Pardiez –el italiano lo observaba con genuina sorpresa–. Vos pidiendo, capitán... Espero que la Cierta no os ablande el cuajo. Quisiera recordaros tal cual.

–Íñigo... ¿Hay forma de dejarlo fuera?

El otro seguía mirándolo, impasible. Al cabo, un destello de comprensión pareció cruzar su cara.

–No está dentro, que yo sepa –repuso–. Pero eso no depende de mí, ni puedo prometeros nada.

El hombre que se había internado entre los arbustos estaba de regreso, e hizo un gesto a Malatesta señalando una dirección. El italiano dio órdenes en voz baja a los otros dos. Uno se situó junto al capitán, espada y pistola al cinto, una mano apoyada en el mango del cuchillo. El segundo fue a reunirse con el que aguardaba más lejos.

–Ese rapaz tiene casta, señor capitán. Podéis estar orgulloso. Os doy mi palabra de que me holgaré si escapa bien de ésta.

–Eso espero. Así, puede que un día os mate él.

Malatesta iba en pos de sus hombres, dejando al otro como custodia del prisionero.

–Quizás –dijo.

De pronto se volvió despacio, y sus ojos sombríos se clavaron en los de Alatriste.

–Al cabo –añadió–, como a vos, alguien tendrá que matarme alguna vez.

La llovizna arreciaba, mojándonos la cara. Con las dos mulas casi al galope, el coche traqueteaba hacia La Fresneda bajo el cielo gris y los álamos negros que se prolongaban a ambos lados del camino. Era Rafael de Cózar quien, espada al cinto, manejaba las riendas y azuzaba el tiro, pues al cochero lo habíamos encontrado completamente ebrio y desollaba la zorra dormido sobre un asiento. A Cózar no se le había ido la suya; pero la acción, el agua que nos refrescaba y una especie de oscura determinación que parecía haberse adueñado de él a última hora, le disipaban un poco los vapores del vino. Conducía el coche como un rayo, animando a las mulas con voces y golpes de látigo, hasta el punto de que llegué a preguntarme, inquieto, si era aquello habilidad de auriga o inconsciencia de borracho. De cualquier modo, el coche parecía volar. Yo iba en el pescante junto a Cózar, arrebujado en el gabán del cochero, bien agarrado donde podía y dispuesto a tirarme desde lo alto si volcábamos, cerrando los ojos cada vez que el representante acometía una curva del camino, o los cascos de las bestias y los saltos del carruaje arrojaban salpicaduras de barro.

Reflexionaba sobre lo que iba a decir, o hacer, en La Fresneda, cuando dejamos atrás el estanque –una mancha plomiza entrevista tras las ramas de los árboles– y distinguí, todavía lejos, el tejado flamenco en forma de escalones del pabellón real. En ese lugar el camino se bifurcaba a la izquierda, internándose en un frondoso encinar; y al mirar en esa dirección vi una mula y cuatro caballos medio ocultos por una revuelta del sendero. Se los señalé a Cózar, que tiró de las riendas con tanta violencia que una mula se desbocó y a punto estuvo de dar con nosotros en tierra. Salté del pescante el primero, vigilando alrededor con suspicacia. El amanecer estaba avanzado, pese a que el cielo lluvioso seguía enturbiando el paisaje. Quizá todo era inevitable, temí, y llegar hasta el pabellón iba a ser una pérdida de tiempo. Aún dudaba cuando Cózar tomó la decisión por los dos: saltó del pescante, cayendo cuan largo era sobre un charco enorme, y se levantó sacudiéndose la ropa antes de caer otra vez al tropezar con su propia espada. Se incorporó, maldiciendo truculento. Los ojos le relucían en la cara embarrada, con el agua sucia chorreándole por las patillas y el bigote. Por alguna extraña razón, pese a las maldiciones, parecía divertirse horrores.

–Sus y a ellos –dijo–, quienquiera que sean.

Me quité el gabán y cogí la espada del cochero, que se había caído al piso del carruaje con los vaivenes del camino y roncaba allí como un bendito. La espada era en realidad una mala herreruza; pero eso y mi daga eran mejor que nada, y no quedaba tiempo para vacilaciones. La firme confianza, solía decir en Flandes el capitán Bragado, era dañosa en los consejos y dudas previas, pero utilísima en la ejecución. Y en ésas estaba yo: ejecutando. Así que señalé hacia las caballerías atadas a los árboles.

—Voy a echar un vistazo. Vuestra merced podría llegarse a la casa y pedir ayuda.

—Ni lo pienses, chico. Esto no me lo pierdo por nada del mundo. Los dos, a lo que saliere.

Parecía Cózar otro hombre, y sin duda lo era. Hasta su tono resultaba distinto. Me pregunté qué papel interpretaba en ese momento. De pronto se acercó al cochero y empezó a darle unas bofetadas que sobresaltaron a las mulas.

—Despierta, imbécil —lo increpó con la autoridad de un duque—. España te necesita.

Un momento después, el cochero, aún aturdido y sospechando, supongo, que su amo estaba mal de la cabeza, restallaba el látigo y seguía adelante con el carruaje para alertar en La Fresneda. No parecía hombre de muchas luces; de manera que Cózar, para no enredar más las cosas, le había dado instrucciones elementales: llegar al pabellón, gritar mucho y traer a cuanta gente pudiera. Las explicaciones vendrían luego.

—Si vivimos para darlas —apostilló en mi honor, dramático.

Luego se dobló atrás la capa con ademán solemne, acomodó la espada y echó a andar, menudo y decidido, internándose en el bosque. A los cuatro pasos tropezó otra vez con la espada y cayó de bruces al barro.

–Vive Dios –dijo en el suelo– que al próximo que me empuje, lo escabecho.

Lo ayudé a levantarse mientras se sacudía otra vez la ropa. Espero que el cochero sea capaz de convencer a la gente del pabellón, pensé desesperado. O que el capitán, esté donde esté, pueda arreglárselas solo. Porque si todo depende de Cózar y de mí, España se queda sin rey como yo me quedé sin padre.

Se oyó de nuevo el cuerno de caza. Sentado contra el tronco de la encina, Diego Alatriste observó que su guardián se volvía a mirar en la dirección del sonido. Era el mismo sujeto barbudo, bajo y ancho de espaldas, que se había topado en la posta de Galapagar antes de la emboscada. Y no parecía hombre locuaz. Seguía en el mismo sitio que ocupaba al irse Malatesta, de pie bajo la lluvia que ahora caía más fuerte. Mojándose sin otro resguardo que un capotillo encerado. Se le veía hecho a esa vida, notó Alatriste; él mismo podía apreciarlo mejor que nadie. Gente a la que se decía: aquí te quedas, aquí matas, aquí mueres, y acataba las órdenes sin rechistar. Los mismos hombres podían ser héroes asaltando un baluarte flamenco o una galera turca, o asesinos si se trataba de negocios privados. No era fácil trazar la divisoria. Todo era cosa de cómo rodaran las brechas: los dados de la vida. Que en la tabla salieran, como naipes, el setenil de espadas o la puta de oros.

Al cesar el sonido del cuerno, el bravo se frotó el cogote y miró al prisionero. Después vino hasta él, lo contempló un instante con ojos inexpresivos y extrajo el cuchillo de la funda. Con las manos atadas en el regazo, Alatriste apoyó la cabeza en el tronco del árbol sin apartar la vista de la afilada hoja. Sentía un incómodo cosquilleo en las ingles. Tal vez, se dijo, Malatesta lo había pensado mejor, delegando la tarea en el subalterno. Una sucia forma de acabar: sentado en el barro, manos y pies atados, degollado como un cerdo, y con un largo futuro en los libros de historia como regicida ejemplar. Mierda de Cristo.

—Si intentáis escapar —advirtió el bravo, desapasionadamente— os clavo al árbol.

Alatriste parpadeó a causa de la lluvia que le caía en la cara. Por lo visto los planes eran otros. En vez de aplicarle el cuchillo a la garganta, el bravo cortaba las ligaduras de sus pies.

—Arriba —dijo animándolo con un empujón.

Se incorporó el capitán sin que el otro lo perdiera de vista un momento, con la hoja de acero a una pulgada de su garganta. El sicario lo empujó de nuevo.

—Vámonos.

Alatriste comprendió. No iban a matarlo allí para luego verse obligados a arrastrar su cuerpo hasta donde estaba el rey, dejando rastros en el barro y la maleza. Acudiría lindamente, por su pie, al lugar de la doble ejecución. Paso a paso se agotaban el tiempo y la vida. Aunque eso, pensó de pronto, ofrecía una oportunidad. La última de todas. A fin de cuentas, morir por morir, podía considerarse muerto y enterrado. Lo demás era ganancia.

—¡Compasión! —gritó, dejándose caer. Una rodilla en tierra, la otra a medias.

El bravo, que iba detrás, se detuvo cogido de improviso.

—¡Compasión!

Volviéndose, el capitán tuvo tiempo, fugacísimo, de leer el desprecio en los ojos del otro. Te creía de más cuajo, proclamaba esa mirada.

—Misera... —empezó a decir el bravo.

En ese instante entendió la treta. Pero el cuchillo se había apartado una cuarta, y ya Alatriste, ballesteando sobre la pierna que tenía flexionada, se arrojaba contra su barriga con el hombro por delante. El golpe casi le dislocó el brazo, pero logró levantar al otro sobre los pies, haciéndole perder el equilibrio. La palabra inacabada se trocó en rugido, y hubo un chapoteo en el barro cuando el capitán, cerrando en un puño doble las manos atadas, reunió toda su fuerza para asestarle al caído un golpe demoledor en la cara, mientras aquél intentaba acuchillarlo. Por suerte para Alatriste, el machete era grande; de haber sido puñal o daga corta, allí mismo se habría visto con las costillas atravesadas. Pero de cerca, cuerpo a cuerpo, el golpe no tenía fuerza para traspasar el coleto mojado, y resbaló de filos. El capitán aprisionó con una rodilla el brazo armado. Pese a la atadura, sus manos tenían holgura suficiente para aferrar las quijadas del enemigo, clavándole un pulgar en cada ojo. La cosa no estaba para compases circunflejos, ángulos obtusos ni protocolos de esgrima, así

que apretó con todas sus fuerzas, contando mentalmente
cinco, diez, quince; hasta que, llegando a dieciocho, el otro
soltó un alarido y aflojó. La lluvia diluía la sangre en la cara
del caído y en las manos de Alatriste cuando, ya sin oposición, arrebató el cuchillo de monte, lo apuntó bajo la barba
del bravo y empujó de golpe, clavándole el cuello al barro.
Lo mantuvo así, firme, apretando con todo el peso del cuerpo
y conteniendo el pataleo del otro, hasta que éste, con un suspiro de fatiga que no salió de su boca sino de la hoja de acero
clavada en su garganta, dejó de moverse. Entonces Alatriste
giró sobre sí mismo, espalda en el barro y cara a la lluvia, y
recobró el aliento. Después le arrancó al otro el cuchillo del
gaznate, y sosteniendo el mango entre las rodillas y un árbol
liberó sus manos procurando no cortarse una vena. Mientras lo hacía observó que un pie del bravo empezaba a tem-
blar. Era curioso, pensó, aunque conocía el efecto. A veces,
aunque un hombre estuviera muerto, sus tuétanos se nega-
ban a morir.

Despojó el cadáver de lo necesario. Espada, cuchillo, pistola. La espada era buena, de Sahagún, algo más corta que las
que él usaba. Se ciñó el arnés sin perder tiempo. El cuchillo
de montero tenía el mango de asta de ciervo y dos cuartas de
largo; habría preferido una daga, pero tampoco estaba mal. La
pistola no debía de valer gran cosa después de la pelea en el
barro, pero se la metió en el cinto, las manos tiritándole a medida que se enfriaba tras la acción. Le dio un último vistazo al
cadáver: el pie había dejado de moverse y la sangre se extendía
como vino aguado entre el repiqueteo de la lluvia. Las ropas

del muerto estaban empapadas y sucias; poco iban a protegerlo del frío, así que cogió sólo el capotillo encerado y se lo puso.

Oyó un ruido a un lado, entre los arbustos, y sacó la espada. Su peso en la mano era familiar, tranquilizador. Ahora, dijo en sus adentros, os va a costar haceros con mi pellejo.

Me quedé hecho mármol. El capitán Alatriste estaba ante mí espada en mano, un cadáver a los pies y el barro corriéndole por la cara como una máscara. Parecía salido de un pantano de Flandes, o un fantasma vuelto del más allá. Cortó en seco mis exclamaciones de alegría, mirando a Rafael de Cózar, que acababa de aparecer a mi espalda pisoteando charcos y quebrando ramas que sonaban como pistoletazos.

–Por Cristo –dijo, envainando–... ¿Qué hace ése aquí?

Lo expliqué en pocas palabras; pero antes de que yo hubiese acabado, el capitán dio media vuelta y se puso a caminar, cual si de pronto hubiera dejado de interesarle la presencia del comediante.

–¿Has dado aviso?

–Creo que sí –respondí, recordando inquieto la cara abotargada del cochero.

–¿Crees?

Caminaba a grandes zancadas entre los arbustos, y yo le iba detrás. A mi espalda oía a Cózar murmurando cosas ininteligibles, que a veces parecían versos y a veces maldiciones. Sus y a ellos, repetía de vez en cuando, hecho un racimo de uvas. Sus y a ellos, juro a dix y vive Dux. Santiago y cierra España. A veces, cuando nos deteníamos un momento para que el capitán se orientara, mi amo volvía el rostro, echándole al representante un vistazo malhumorado antes de seguir camino.

Sonó cerca un cuerno de caza –me había parecido oírlo de lejos antes del encuentro– y nos quedamos quietos bajo la lluvia. El capitán se llevó un dedo al mostacho, mirando a Cózar y luego a mí. Después me mostró una mano con la palma vuelta hacia abajo –el gesto silencioso que usábamos en Flandes para esperar mientras alguien hacía la descubierta– y se alejó cauteloso, desapareciendo entre los arbustos. Hice que Cózar se arrimara conmigo al tronco de un árbol y nos quedamos allí, esperando. El actor, visiblemente admirado de todos aquellos gestos y del entendimiento casi militar que se daba entre mi amo y yo, iba a decir algo; pero le tapé la boca. Asintió, comprensivo, mirándome con más respeto que antes, y tuve la certeza de que ya nunca me llamaría chico. Sonreí, y me devolvió la sonrisa. Sus ojos relucían de excitación. Lo contemplé: menudo, sucio, chorreando agua, con sus patillas-mostacho tudescas y la mano en la espada. Tenía un chocante aire bravo, como el de esos individuos de poca estatura y talante pacífico que, de pronto, pegan un salto y te arrancan a mordiscos una oreja. Desde luego, fuese por el vino o por lo que fuera, Cózar no parecía tener ni pizca de miedo. Aquélla, confirmé, era su gran representación. La aventura de su vida.

El capitán apareció al fin, silencioso como se había ido. Me miró y alzó la mano, esta vez con la palma vuelta hacia

mí y extendidos los cinco dedos. Cinco hombres, traduje
mentalmente. Luego giró el pulgar hacia abajo: enemigos. A
continuación movió la mano de un hombro a la cadera opuesta, como indicando una banda, y acto seguido alzó el índice.
Oficial, traduje. Uno. Pulgar hacia arriba. Amigo. Entonces
comprendí a qué se refería. La banda roja era señal de jerarquía en los tercios. En aquel bosque, el oficial de alta jerarquía
sólo podía ser uno.

Diego Alatriste volvió a asomarse a la linde del claro, res-
guardado tras un árbol. A veinte pasos había una peña entre
retamas, al pie de una encina enorme; y junto a ella, un hombre joven con una escopeta en las manos. Era espigado, rubio, vestido con tabardo y calzones de paño verde, y tocado
con sombrero de visera. Llevaba polainas altas, manchadas
de barro; y al cinto, desprovisto de espada, unos guantes doblados y un cuchillo de monte. Estaba inmóvil, erguido, de
espaldas a la peña; la cabeza alta y un pie ligeramente adelantado. Como si con esa actitud pretendiera tener a raya a los
cinco hombres que lo rodeaban en semicírculo.
Las voces del grupo no llegaban hasta Alatriste, apagadas
por el rumor de la lluvia. Sólo, a veces, una palabra aislada.
El hombre vestido de cazador callaba, y era Gualterio Malatesta, cuya capa y sombrero negros relucían de agua, quien
llevaba el gasto de la conversación. El italiano era el único
que conservaba la espada en su vaina; a uno y otro lado, es-

trechando el semicírculo en torno al cazador, los otros sicarios, dos de ellos vestidos de monteros reales, tenían las espadas en las manos.

Alatriste se quitó el capotillo. Luego, olvidándose de la pistola que llevaba al cinto, en cuyo cebo no podía confiar, apoyó las manos en las empuñaduras del cuchillo y de la espada mientras, estudiando el terreno con ojo plático, calculaba distancia y tiempo para recorrerla. El hombre rubio, pensó con amargura, no parecía de mucha ayuda: seguía inmóvil, hierático, la escopeta en las manos, mirando a los asesinos que lo cercaban, el aire tan indiferente como si nada de aquello lo concerniese. Observó que, por hábito de cazador, mantenía un faldón del tabardo sobre la llave de la escopeta, para protegerla del agua. De no ser por la lluvia, el barro y los cinco hombres amenazantes, se habría dicho que posaba para un retrato cortesano de Diego Velázquez. El capitán compuso una mueca a medio camino entre la admiración y el desprecio. Valor tal vez, se dijo. Pero también, y sobre todo, estupidez y absurda compostura a la borgoñona. Al menos quedaba un amargo consuelo: ni siquiera sabiéndose en peligro de muerte, el rey por el que arriesgaba la vida perdía las maneras. Y eso estaba bien. Aunque quizá lo que ocurría era que aquel figurín palaciego no terminaba de creerse lo que estaba pasando, ni lo que iba a pasar.

A fin de cuentas, reflexionó Alatriste, qué infiernos le iba a él mismo en ello. Quién lo obligaba a jugársela por un fulano que no era capaz de mover una mano para defenderse, cual si esperase que bajaran los ángeles del cielo o salieran de la maleza sus arqueros de la guardia o sus tercios, apellidando a Dios y a España. Malas costumbres, las palatinas. Peor crianza. Lo pintoresco era que, en efecto, allí en el bosque estaban los tercios: él, Íñigo, Cózar, con la sombra de María de Castro suspendida en las gotas de lluvia. Siempre había algún imbécil a mano, dispuesto a dejarse matar. El recuerdo lo estremeció de cólera. Voto a Dios y a quien lo engendró, que sería no poca justicia que aquel boquirrubio, aficionado a gozar de lances sin riesgo y mujeres ajenas, le viera los colmillos al jabalí. Allí no había Guadalmedinas para sacarle las castañas del fuego. Pardiez. Que pagara el precio que, tarde o temprano, pagaban todos. Con Gualterio Malatesta enfrente, aquel precio iba a ser al contado.

–Entregue la escopeta vuestra majestad.

Esta vez las palabras del italiano llegaron claras hasta Alatriste, que se mantuvo oculto tras el árbol, contemplando la escena con malsana curiosidad. Las posibilidades del rey eran mínimas: el cuchillo de montero no contaba, carecía de espada, y en el mejor de los casos todo se reduciría a un tiro de escopeta, si estaba cargada y la pólvora seca.

–Entregadla –repitió uno de los sicarios, impaciente, acercándose al rey con la espada dispuesta.

Entonces Felipe IV hizo algo extraño. Impasible, sin mudar la expresión del rostro, inclinó un poco la cabeza para mirar el arma como si hasta ese momento la hubiera olvidado. Lo hizo con la indiferencia de quien observa algo sin la menor importancia. Tras un instante de inmovilidad, echó atrás el percutor de la llave de chispa y se llevó la escopeta a la cara. Luego, tras apuntar al sicario con una pasmosa frialdad, lo derribó de un escopetazo en la frente.

Ahora sí, pensó Alatriste sacando la temeraria. Qué más da el trapo del que esté hecha la bandera. Ahora sí merece la pena morir por ese rey.

El estampido fue como una señal. Yo estaba con Cózar al otro lado del claro, obedeciendo las últimas indicaciones del capitán para que flanquease a Malatesta y los suyos, y desde allí vi que mi amo abandonaba su resguardo corriendo al descubierto, espada en una mano y cuchillo en la otra. Saqué la mía y fui adelante también, sin comprobar si Cózar llegaba hasta el final y me seguía.

—¡Favor al rey! —lo oí gritar de pronto, a mi espalda—... ¡Ténganse, que yo lo digo!

Virgen santa, pensé. Lo que faltaba. El italiano y los bravos oyeron los gritos y el chapoteo de nuestros pasos sobre los charcos y el barro, y se volvieron, sorprendidos. Eso fue lo último que pude apreciar con nitidez: la cara de Malatesta vuelta hacia nosotros, su gesto de furia gritando órdenes a los suyos mientras metía mano con la celeridad de un rayo, los aceros de los sicarios alzándose entre la lluvia. Y detrás, inmóvil, con la escopeta humeante en las manos, el rey que nos miraba.

—¡Favor al rey! —seguía vociferando Cózar, hecho un tigre.

Éramos dos contra cuatro, pues el representante, supuse, no contaba mucho. Había que andar listo y precaverse. Así que me vi frente a uno de los monteros, le tiré al pasar una cuchillada tan recia que le hizo soltar el arma. Luego, escurriéndome por su lado como una ardilla, me enfrenté al que estaba detrás. Éste acometió, acero por delante. Me afirmé lo mejor que pude mientras sacaba la daga con la zurda, rogando a Dios no resbalar en el barro. Paré fijando de daga con bastante buena fortuna, gané pies cambiando a la guardia contraria, y agachándome hasta sus rodillas le metí la espada de abajo arriba; lo menos tres palmos por lo blando del vientre. Cuando eché atrás el codo para sacar la hoja, el bravo cayó de bruces mirándome asombrado, con cara de que nada de aquello podía haberle pasado al hijo de su madre. Pero quien me preocupaba ya no era él, sino el que había dejado atrás, sin espada mas con una daga en la otra mano; de manera que me revolví, esperando encontrármelo encima. Entonces vi que estaba trabado con Cózar, reparándose como podía, un brazo estropeado y la daga en la zurda, de los terribles mandobles que el representante le asestaba.

No pintaba mal el lance, después de todo. En lo que a mí se refiere, la herida de Angélica me dolía espantosamente, y confié en que no se abriera con el ejercicio, desangrándome como un puerco. Me volví para socorrer al capitán, y en ese instante, mientras mi amo arrancaba su espada del cuerpo de un bravo que había doblado y echaba sangre por la boca como un jarameño, observé que Gualterio Malatesta, negro y firme bajo la lluvia, se pasaba la espada a la otra mano, sacaba del cinto una pistola, y tras una breve vacilación entre mi amo y el rey apuntaba a este último a cuatro pasos. Yo estaba demasiado lejos para intervenir, y hube de ver, impotente, cómo el capitán, recobrado su acero, intentaba interponerse en la trayectoria del disparo. Pero también él estaba lejos. Alargó Malatesta la mano armada, apuntando con sumo cuidado; y vi que el rey, mirando a la cara a su asesino, arrojaba la escopeta, erguía el cuerpo y cruzaba los brazos, resuelto a que el pistoletazo lo hallase con la debida compostura.

–¡A mí esa bala! –gritó el capitán.

El italiano ni se inmutó. Seguía apuntando al rey. Apretó el gatillo y golpeó el pedernal en la cazoleta.

Nada.

La pólvora estaba mojada.

Acero en mano, Diego Alatriste se interpuso entre Malatesta y el rey. Nunca había visto al sicario con aquel semblante. Estaba descompuesto. Movía la cabeza incrédulo, contemplando la inútil pistola que tenía en la mano.

–Tan cerca –le oyó decir.

Luego pareció volver en sí. Miró al capitán como si lo viera por primera vez, o no recordara que estuviese allí, y al cabo sonrió un poco, siniestro, bajo el ala goteante del sombrero.

–Estuve tan cerca –repitió, amargo.

Al fin encogió los hombros y tiró el arma, empuñando la espada con la mano diestra.

—¡A mí esa bala! —gritó el capitán.

—Me habéis arruinado el negocio.

Se soltaba el lazo de la capa, que le estorbaba los movimientos. Señaló con el mentón al rey, pero seguía mirando a Alatriste.

—¿De veras creéis que tal amo merece la pena?

—Venga —respondió el capitán, seco.

Lo dijo en tono de vamos a lo nuestro. Mostraba su espada, señalando con ella la que Malatesta empuñaba. El italiano estudió los aceros y luego al rey, considerando si quedaba alguna manera de terminar el trabajo. Después encogió de nuevo los hombros mientras doblaba con parsimonia la capa mojada sobre el brazo izquierdo, como si fuera a arrodelársela en él.

—¡Ténganse al rey! —seguía gritando Rafael de Cózar, aún trabado con su enemigo.

Malatesta miró en aquella dirección, el aire entre divertido y fatalista. Entonces vino la sonrisa. El capitán advirtió el peligroso trazo blanco en el rostro picado de viruela, el destello de crueldad en los ojos sombríos. Y se dijo: esta serpiente no está vencida todavía. La certeza vino de golpe, haciéndolo reaccionar y precaverse un momento antes de que el italiano arrojase la capa sobre su espada, para estorbársela. Aun así, Alatriste perdió un instante desembarazándose del paño mojado; mientras lo hacía, el acero de Malatesta centelleó ante sus ojos cual si buscara dónde clavarse, pasó de largo y se dirigió hacia el rey.

Esta vez el monarca de ambos mundos retrocedió un paso. Alatriste alcanzó a leer la incertidumbre en sus ojos azules mientras, ahora sí, el augusto belfo austríaco se crispaba esperando la estocada. Demasiado cerca para seguir impertérrito, supuso el capitán, con los ojos negros de Malatesta encarnando la mirada misma de la Muerte. Pero el instante que él había ganado adivinando la intención fue suficiente. El acero se interpuso al acero, desviando el antuvión que parecía inevitable. La hoja de Malatesta resbaló a lo largo de su espada, pasando a menos de una cuarta de la real gorja.

–Puerca miseria –maldijo el italiano.

Y eso fue todo. Luego volvió la espalda, corriendo como un gamo entre los árboles.

Yo había asistido a la escena de lejos, impotente, pues todo ocurrió en medio avemaría. Al ver huir a Malatesta, mientras el capitán se volvía hacia el rey para comprobar que no estaba herido por la cuchillada del italiano, salí detrás sin pensarlo, pisoteando charcos, espada en mano. Corrí así, agachando el rostro y el brazo alzado para protegerme de las ramas que me arrojaban encima ráfagas de agua. La figura negra de Malatesta llevaba poca ventaja; yo era joven y de buenas piernas, de manera que le fui dando alcance. De pronto miró atrás, me vio solo y se detuvo, recobrando el aliento. Llovía con tanta fuerza que el barro parecía hervir a mis pies.

–Quédate ahí –dijo, apuntándome con su espada.

Me detuve, indeciso. Tal vez el capitán venía a los alcances, pero de momento estábamos solos.

–Ya está bien por hoy –añadió.

Empezó a caminar de nuevo, esta vez de espaldas, sin quitarme la vista de encima. Entonces me di cuenta de que cojeaba: al apoyar el pie derecho, el mentón se le descomponía en una mueca de dolor. Sin duda estaba herido de la escaramuza, o se había lastimado al correr. Parecía cansado bajo el aguacero, empapado y sucio. Había perdido el sombrero en la carrera, y el cabello, largo y mojado, se le pegaba a la cara. Tal vez su rotura y su fatiga, pensé, iguale destrezas y me dé una oportunidad.

–No merece la pena –dijo, adivinándome el propósito.

Anduve un trecho. La espalda me dolía mucho, pero mi vigor estaba entero. Avancé un poco más. Malatesta movió la cabeza cual si aquello fuese una impertinencia. Luego sonrió apenas, retrocedió un paso conteniendo la mueca dolorida que le acudió a la boca, y se puso en guardia. Lo tanteé con muchísimo cuidado, tocándose los extremos de nuestros aceros, mientras buscaba el modo de entrarle por algún sitio. Él, perro viejo, se limitaba a aguardar. Aun impedido, su destreza era superior a la mía, y ambos lo sabíamos. Pero yo me sentía como ebrio, dentro de una esfera gris que me anulaba el juicio. Él estaba allí, y yo tenía una espada.

Abrió la guardia un momento, como al descuido; mas entreví la flor y me mantuve sobre mis pies, sin atacar, el codo flexionado y la cazoleta de la espada a la altura de mis ojos, buscando un hueco que no fuese una treta. La lluvia seguía cayendo, y yo estaba atento a no resbalar en el barro. Mi vida no habría valido una blanca.

—Te has vuelto prudente, rapaz.

Sonreía, y supe que me estaba incitando para que le fuera encima. Así que guardé la calma. De vez en cuando me quitaba el agua de los ojos con el dorso de la mano de la daga, sin perderlo de vista.

A mi espalda, entre los árboles y la maleza, oí vocear mi nombre. El capitán nos buscaba. Grité para orientarlo. Entre el cabello que la lluvia le adhería a la cara, los ojos del italiano echaron un rápido vistazo a un lado y a otro, buscando una salida. Metí pies y le entré como un rayo.

Era bueno, el hideputa. Era muy diestro y muy bueno. Paró sin el menor esfuerzo una estocada que a otro habría pasado de parte a parte, y en el revés me dio con mucha flema, por la contra, una cuchillada a la altura de los ojos que, de no haberle fallado la pierna lastimada al apoyarse, me habría abierto una zanja de un palmo en la cara. Aun así me desarmó la diestra, enviando mi espada a un par de varas de distancia. Ni siquiera pensé en cubrirme con la daga; permanecí inmóvil como una liebre deslumbrada, esperando el golpe final. Entonces vi a Malatesta contraer el rostro de dolor, ahogando un gemido rabioso, retroceder dos pasos involuntariamente y fallarle de nuevo la pierna.

Cayó hacia atrás, sentado en el barro, la espada en la mano y una blasfemia en la boca. Por un instante nos miramos, aturdido yo, desencajado él. Una situación idiota. Al

fin reaccioné, corriendo en busca de mi espada, que estaba
al pie de un árbol. Cuando me alcé con ella, Malatesta, todavía sentado, hizo un movimiento rápido, algo zumbó junto a mí como un relámpago metálico, y un puñal quedó vi-
brando clavado en el tronco, a un palmo de mi cara.

–Un recuerdo, rapaz.

Fui hacia él, resuelto a atravesarlo sin más, y lo vio en mis
ojos. Entonces arrojó su espada entre los arbustos y se echó
un poco atrás, apoyándose en los codos.

–Vaya día llevo –dijo.

Me acerqué con precaución, y usando la punta de la herreruza le revisé las ropas, buscando armas ocultas. Después
apoyé la punta en su pecho, situándole el corazón. El pelo
mojado, la lluvia que le corría por la cara y los cercos violá-
ceos bajo los párpados le daban aire de extremo cansancio,
envejeciéndolo.

–No hagas eso –murmuró, con suavidad–. Mejor déjaselo
a él.

Miraba la maleza, a mi espalda. En ese momento oí un
chapoteo y apareció a mi lado el capitán Alatriste, resoplan-
do y sin resuello. Pasó veloz como una bala y se lanzó contra el italiano. No abrió la boca. Agarrándolo por el pelo,
dejó a un lado la espada y sacó el enorme cuchillo de montero, poniéndoselo en la garganta.

Reflexioné rápido. No mucho, desde luego. Más bien nos
vi al capitán y a mí en aquel bosque, y pensé en el fiero aspecto
del conde-duque, en la hostilidad del conde de Guadalmedina
y en el augusto personaje que habíamos dejado atrás con Ra-

fael de Cózar como única escolta. Sin Malatesta como testigo habría que dar muchas explicaciones, y tal vez no tuviéramos respuesta para todas las preguntas. Al comprenderlo sentí un repentino pánico. Entonces sujeté el brazo de mi amo.

–Es mi prisionero, capitán.

No pareció oírme. Su perfil obstinado era de granito, resuelto y mortal. Los ojos, que la lluvia agrisaba, parecían del mismo acero que la hoja que empuñaba. Vi tensarse los músculos, venas y tendones de su mano, dispuesta a clavar.

–¡Capitán!

Me interpuse, casi encima de Malatesta. Mi amo me apartó con un movimiento brusco, la mano libre alzada para abofetearme. Sus ojos me traspasaron como si el cuchillo me lo fuese a meter a mí.

–¡Se me rindió!... ¡Es mi prisionero!

Parecía una pesadilla en el centro de aquella esfera húmeda y sucia, la lluvia cayéndonos encima, el barro donde forcejeábamos, la respiración agitada del capitán, el aliento de Malatesta a un palmo de mi cara. El capitán apretó más. Sólo la fuerza que yo hacía sujetándole el brazo impedía al cuchillo seguir su camino.

–Alguien –insistí– tendrá que explicar a la Justicia lo que ha pasado.

Mi amo no apartaba los ojos de Malatesta, que echaba atrás la cabeza cuanto podía, aguardando el golpe final con las mandíbulas apretadas.

–No quiero que a vuestra merced y a mí –dije– nos torturen como a cerdos.

Era cierto. La sola idea me aterrorizaba. Al fin noté que el
capitán aflojaba, crispada aún su mano en torno al mango
del cuchillo, como si la cordura de mis palabras
le calara poco a poco en el juicio.
A Malatesta le había calado ya.
—Joder, rapaz —exclamó
cayendo en la cuenta—.
Déjalo que me
mate.

EPÍLOGO

lvaro de la Marca, conde de Guadalmedina, le ofreció una jarra de vino al capitán Alatriste.

–Debes de tener una sed de mil demonios.

El capitán aceptó la jarra. Estábamos sentados en los escalones del porche de la casa de La Fresneda, rodeados de guardias reales armados hasta los dientes. Afuera, la lluvia repiqueteaba sobre las mantas que cubrían los cuerpos de los cuatro sicarios muertos en el bosque. Al quinto, maltrecho por los golpes de Rafael de Cózar, con una brecha en la cabeza y un par de puñaladas de barato, se lo habían llevado en unas angarillas, más muerto que vivo. Para Gualterio Malatesta el trato era especial: el capitán y yo lo vimos alejarse caballero en una triste mula, con grilletes

en las manos y en los pies, cercado de guardias. Al cruzarnos
por última vez, sucio, derrotado, sus ojos inexpresivos se habían posado en nosotros cual si no nos hubiera visto en la vida. Me vinieron a la cabeza sus postreras palabras en el bosque, con el cuchillo del capitán apoyado en la garganta. Y era
cierto: más le habría valido morir, pensé imaginando lo que
le aguardaba, el interrogatorio y la tortura para que contase
cuanto sabía de la conspiración.

–Y creo –añadió Guadalmedina bajando un poco la voz–
que te debo una disculpa.

Acababa de salir del pabellón tras larga parla con el rey.
Mi amo mojó el mostacho en el vino, sin responder. Parecía
muy cansado, el pelo revuelto y el rostro con huellas de barro y de fatiga, la ropa húmeda, destrozada por la pelea entre los arbustos. Me miró con sus ojos glaucos, fríos, y luego
se volvió a observar a Cózar, que estaba sentado algo más lejos, en un poyete del porche, con una manta sobre los hombros y una sonrisa beatífica en la cara, persignado de araña-
zos, una brecha en la frente y un ojo a la funerala. También a él
le habían dado bebida que despachaba sin ayuda de nadie
–en realidad llevaba tres jarras en el coleto–. Se le veía feliz,
el orgullo y el vino desbordándole por los rotos del jubón.
De vez en cuando hipaba, vitoreaba al rey, rugía como un
león o recitaba, trastocados y por lo bajini, fragmentos de
Peribáñez y el comendador de Ocaña. Los arqueros de la
guardia real lo miraban pasmados, murmurando sobre si estaba borracho o habría perdido la chaveta:

Soy vasallo, es su querida,
corro en su amparo y defensa;
él quitarme el honor piensa,
y yo le salvo la vida.

El capitán me pasó la jarra y bebí un largo trago antes de devolvérsela. El vino me alivió un poco la tiritona. Luego miré a Guadalmedina, seco, elegante, de pie ante nosotros, la mano apoyada con displicencia en la cadera. Había llegado justo para recoger los laureles tras leer mi billete al levantarse de la cama, galopando con veinte arqueros para encontrárselo todo resuelto: el rey ileso, sentado en una piedra bajo la gran encina del claro del bosque, Malatesta boca abajo en el barro con las manos atadas a la espalda y nosotros intentando reanimar a Cózar, que había perdido el conocimiento aferrado a su bravo, yacente debajo y más maltrecho que él. Aun así, los arqueros nos acariciaron la gorja con sus espadas antes de hacerse idea cabal de lo ocurrido; y sólo cuando estaban a punto de acogotarnos sin que Guadalmedina opusiera una palabra en nuestro favor, el propio Felipe IV situó las cosas en su sitio. Que esos tres hidalgos –con tales palabras lo dijo el rey– habían salvado su vida con mucho valor y riesgo. Con tan regia patente, nadie nos molestó; e incluso a Guadalmedina le cambió el humor. De modo que allí estábamos ahora, rodeados de guardias y con una jarra de vino en la mano, mientras Su Católica Majestad era atendido dentro y las cosas volvían a ser –no sé si mejores o peores– lo que siempre fueron.

Álvaro de la Marca hizo traer otra jarra, chasqueando los dedos. Cuando un sirviente se la puso en la mano, la levantó en obsequio del capitán.

–Por lo de hoy, Alatriste –dijo sonriente, haciendo la razón–. Por el rey, y por ti.

Bebió, y luego alargó desde arriba una mano enguantada para estrechar la de mi amo, o para ayudarlo a ponerse en pie, esperando que éste se sumara al brindis. Pero el capitán permaneció sentado e inmóvil, su jarra en el regazo, ignorando la mano extendida. Miraba caer la lluvia sobre los cadáveres alineados en el barro.

–Quizás... –empezó a decir Guadalmedina.

De pronto calló, y vi desvanecerse la sonrisa en sus labios. Me miró, y desvié la vista. Estuvo así un momento, observándonos. Luego dejó muy despacio la jarra en el suelo y volvió la espalda, alejándose.

Permanecí callado, sentado junto a mi amo, escuchando el rumor del agua sobre el techo de pizarra.

–Capitán –murmuré al fin.

Sólo eso. Sabía que era suficiente. Sentí su mano áspera apoyarse en mi hombro, y luego darme un golpecito suave en el pescuezo.

–Seguimos vivos –dijo al fin.

Me estremecí de frío y de recuerdos. No pensaba sólo en lo ocurrido esa mañana en el bosque.

–¿Qué será de ella ahora? –pregunté en voz baja.

No me miró.

–¿De ella?

–De Angélica.

Estuvo un rato sin despegar los labios. Contemplaba pensativo el camino por el que se habían llevado a Gualterio Malatesta, rumbo a su cita con el verdugo. Después movió la cabeza y dijo:

–No se puede ganar siempre.

Sonaron voces alrededor, ruido de armas, pisadas mar--ciales. Los arqueros formaban a caballo, escarchadas de lluvia sus corazas, mientras un coche de cuatro caballos rucios se acercaba a la puerta. Apareció de nuevo Guadalmedina poniéndose un elegante sombrero enjoyado, entre varios gentilhombres de la casa real. Dejó resbalar la vista sobre nosotros y dio un par de órdenes. Sonaron más voces de mando, relinchos de caballos, y los arqueros se alinearon disciplinados, muy gallardos en sus monturas. Entonces el rey salió de la casa con botas, sombrero y espada. Había cambiado el indumento de cazador por un vestido de brocado azul. Cózar, el capitán y yo nos pusimos en pie. Todos se descubrieron menos Guadalmedina, que como grande de España tenía el privilegio de cubrirse ante el monarca. Felipe IV miró hacia lo alto, impasible, con el mismo gesto distante de cuando la escaramuza en el bosque. Anduvo por el porche hacia los carruajes, la cabeza erguida, pasó ante nosotros sin mirarnos y subió al coche que habían acercado a los escalones mismos. Guadalmedina iba a plegar el estribo y cerrar la portezuela, cuando el rey le dirigió unas palabras en voz baja. Vimos cómo Álvaro de la Marca se inclinaba para escuchar muy atento, pese al aguacero que le caía encima. Luego frunció el ceño, moviendo afirmativamente la cabeza.

—Alatriste —llamó.

Me volví hacia el capitán, que miraba confuso a Guadalmedina y al rey. Por fin dio unos pasos hacia ellos, saliendo de la protección del porche. Los ojos azules del Austria se clavaron en él, acuosos y fríos como los de un pez.

—Devolvedle su espada —ordenó Guadalmedina.

Un sargento se acercó con el acero y su arnés. En realidad no era el del capitán, sino el que le había quitado al primer bravo tras degollarlo. Mi amo se quedó con la espada en la mano, más desconcertado que antes. Luego se la ciñó despacio a la cintura. Cuando alzó el rostro, su perfil aquilino sobre el espeso mostacho, por cuyas guías goteaba la lluvia, le daba el aspecto de un halcón desconfiado.

—A mí esa bala —dijo Felipe IV, como si reflexionase en voz alta.

Me quedé asombrado hasta recordar que ésas habían sido las palabras del capitán cuando Malatesta apuntaba al rey con su pistola. Ahora mi amo observó al monarca con flema y curiosidad, como preguntándose en qué iba a parar aquello.

—Vuestro sombrero, Guadalmedina —requirió Su Católica Majestad.

Hubo un silencio larguísimo. Al cabo, Álvaro de la Marca obedeció descubriéndose de no muy buen talante —se estaba mojando igual que una esponja—, y le pasó al capitán su lindo chapeo adornado con pluma de faisán y toquilla ornada de diamantes.

–Cubríos –ordenó el rey–, capitán Alatriste.

Por primera vez desde que lo conocía vi a mi amo quedarse con la boca abierta. Y aún permaneció así un momento, indeciso, dándole vueltas al fieltro entre las manos.

–Cubríos –repitió el monarca.

El capitán asintió, cual si comprendiera. Miró al rey, a Guadalmedina. Luego contempló el sombrero, pensativo, y se lo puso como dando a todos ocasión de rectificar.

–Nunca podréis alardear en público de ello –advirtió Felipe IV.

–Lo supongo –respondió mi amo.

Durante un largo momento, el oscuro espadachín y el señor de dos mundos se miraron cara a cara. En el rostro impasible del Austria se deslizó, fugaz, una sonrisa.

–Os deseo suerte, capitán... Y si alguna vez os quieren ahorcar o dar garrote, apelad al rey... De ahora en adelante tenéis derecho a que os decapiten como hidalgo y caballero.

Eso dijo el nieto de Felipe II aquella lluviosa mañana en La Fresneda. Después dio una orden, Guadalmedina subió al coche, levantó el estribo y cerró la portezuela, el cochero hizo restallar el látigo desde el pescante, y el carruaje se puso en movimiento abriendo surcos en el barro, seguido por los arqueros a caballo y los vítores de Cózar. Larga vida al rey católico, vociferaba el representante, alumbrado de nuevo. O haciéndoselo. Larga vida al Austria, etcétera. Que Dios bendiga a España, custodia de la verdadera fe. A España y a la madre que la parió.

Me acerqué al capitán, impresionado. Mi amo miraba alejarse el carruaje real. El elegante sombrero de Guadalmedina contrastaba con el resto de su apariencia: manchado de barro, rasguñado, maltrecho, roto. Tanto como yo. Cuando llegué a su lado comprobé que reía contenido, casi para sus adentros. Al sentirme, volvió el rostro y guiñó un ojo, quitándose el sombrero para mostrármelo.

–Con suerte –suspiré– algo nos darán por los diamantes de la toquilla.

El capitán estudiaba los adornos del chapeo. Al cabo movió la cabeza y se lo puso de nuevo.

–Son falsos –dijo.

La Navata, agosto de 2003

EXTRACTOS DE LAS

FLORES DE POESÍA
DE VARIOS INGENIOS DE ESTA CORTE

❧❧❧❧❧❧❧❧❧❧❧❧❧❧❧❧❧❧❧❧❧❧❧❧❧❧❧

Impreso del siglo XVII sin pie de imprenta

conservado en la Sección «Condado de Guadalmedina» del Archivo y

Biblioteca de los Duques del Nuevo Extremo (Sevilla).

☞ DE DON FRANCISCO DE QUEVEDO

AL PROCURADOR SATURNINO APOLO, AMIGO DE MALOS VERSOS Y DE BOLSAS AJENAS.

Procurador que sólo por la mosca
procuras en ochavos o doblones,
rufián archimandrita entre ladrones,
sanguijuela voraz, golosa y tosca.

Tu pluma, péñola grosera, fosca,
perpetra zafiedad en sus borrones;
eres doctor en versos motilones,
lameculos infame que se enrosca,

muladar trompetero donde estira
la soberbia lujurias de macaco,
pedorro de la hiel y la mentira,

zurrapa de las musas, gran bellaco;
te importa más la bolsa que la lira,
y más que Apolo te emparenta Caco.

☛ DE DON LUIS DE GÓNGORA
SOBRE LA FUGACIDAD DE LA BELLEZA
Y DE LA VIDA.

Mientras por competir con tu cabello
oro bruñido al sol relumbra en vano;
mientras con menosprecio en medio el llano
mira tu blanca frente el lirio bello;

mientras a cada labio, por cogello,
siguen más ojos que al clavel temprano,
y mientras triunfa con desdén lozano
del luciente cristal tu gentil cuello,

goza cuello, cabello, labio y frente,
antes que lo que fue en tu edad dorada
oro, lirio, clavel, cristal luciente,

no sólo en plata o víola troncada
se vuelva, mas tú y ello juntamente
en tierra, en humo, en polvo, en sombra, en nada.

☞ DE FÉLIX LOPE DE VEGA CARPIO

SOBRE LOS DELEITES Y CONTRADICCIONES QUE CAUSA EL AMOR.

Desmayarse, atreverse, estar furioso,
áspero, tierno, liberal, esquivo,
alentado, mortal, difunto, vivo,
leal, traidor, cobarde y animoso;

no hallar fuera del bien centro y reposo,
mostrarse alegre, triste, humilde, altivo,
enojado, valiente, fugitivo,
satisfecho, ofendido, receloso;

huir el rostro al claro desengaño,
beber veneno por licor süave,
olvidar el provecho, amar el daño;

creer que un cielo en un infierno cabe,
dar la vida y el alma a un desengaño;
esto es amor: quien lo probó lo sabe.

APROBACIÓN

He visto este libro intitulado *El caballero del jubón amarillo*, quinto volumen de las llamadas *Aventuras del capitán Alatriste*, para el que Don Arturo Pérez-Reverte pide licencia de impresión. Como los anteriores, nada encuentro en él repugnante a nuestra Santa Fe ni a las buenas costumbres; antes como lucido parto de ingenio y prendas de su autor, contiene saludables advertencias que bajo apariencia de cuento y fábula donosa encierran lo más grave y serio de la humana filosofía. Pese a no abundar en reflexiones cristianas o piadosas, pienso que su lectura edificará a la juventud; pues su lenguaje admira al retórico, los lances y concetos entretienen al curioso, lo riguroso contenta al docto, lo avisado advierte al prudente, y en el cierto amargor de sus exemplos y enseñanzas hay mucha saludable instrucción, por lo que resulta de él no menos provecho que deleite.

Por todo lo cual es mi parecer que se le debe dar al autor la licencia de impresión que pide.

Fecha en Madrid, a diez días del mes de octubre, año de 2003.

Luis Alberto de Prado y Cuenca
Secretario del Consejo de Castilla

ÍNDICE

La primera edición de este libro
se terminó de imprimir
en los talleres gráficos
de Editorial Nomos S.A.,
en el mes de diciembre de 2003
Bogotá, Colombia.